SERVICE DE PRESSE

FLEUR DE FEU
*est le trois cent onzième livre
publié par Les éditions JCL inc.*

Catalogage avant publication de la Bibliothèque nationale du Canada

Dumas, Germain, 1929-
    Fleur de feu
    ISBN 2-89431-311-X
    1. Titre.
PS8557.U395F53 2004   C843'.54   C2004-940194-7
PS9557.U395F53 2004

© **Les éditions JCL inc., 2004**
Édition originale : mai 2004

Fleur de feu

Les éditions JCL inc., 2004
930, rue Jacques-Cartier Est, CHICOUTIMI (Québec) G7H 7K9
Tél. : (418) 696-0536 – Téléc. : (418) 696-3132 – www.jcl.qc.ca
ISBN 2-89431-311-X

GERMAIN DUMAS

Fleur de feu

Roman

LES ÉDITIONS JCL

Nous reconnaissons l'aide financière du gouvernement du Canada par l'entremise du Programme d'aide au développement de l'industrie de l'édition (PADIÉ) pour nos activités d'édition. Nous bénéficions également du soutien de la SODEC et, enfin, nous tenons à remercier le Conseil des Arts du Canada pour l'aide accordée à notre programme de publication.

Gouvernement du Québec – Programme de crédit d'impôt pour l'édition de livres – Gestion SODEC

À Bertrand,
mon frère et ami.

Chapitre 1

Le miroir du mur derrière les tablettes où s'alignent les bouteilles d'alcool fragmente le corps ventru d'Albert, le patron, qui lave les verres et les place, tête renversée, dans les glissières. Sur une colonne près du bar, Maurice Richard, dans un chandail rouge où triomphe le CH, presse la coupe Stanley dans ses bras.

Je le découvre soudain, juché sur un tabouret, les coudes sur le zinc. Absent, seul parmi les buveurs, il joue avec son verre. « C'est bien lui, me dis-je. La cavité au côté gauche du front ne trompe pas. »

Un client éméché interpelle le serveur : « Hé, une grosse molle! » Yvon, qui ne m'a pas reconnu, l'apaise d'un geste, dépose sur ma table une chope de bière au col mousseux, étale les pièces de monnaie et enfouit le pourboire dans une poche de la ceinture noire qui enserre son ventre. « Merci, mon bon ami », répète-t-il, comme autrefois quand nous entrions à la taverne chez Albert avec nos souliers à crampons, et qu'affairé, il servait les *Intrépides* autour des tables rapprochées.

Dans l'attente que s'apaise le trouble qui m'envahit, je regarde la lumière crue du soleil pénétrer par la porte ouverte et découper le faux marbre du plancher et les chaises au dossier de bois.

— Salut, Julien, dis-je, la main sur son épaule.

Le miroir renvoie notre image, la sienne floue à travers l'émotion qui m'étreint.

— Je t'ai vu entrer, mais j'étais pas sûr que c'était toi. Depuis le temps!

— Oui, depuis le temps!

Un sourire adoucit ses yeux qui me regardent sans ciller, attentifs, me semble-t-il, aux changements qu'il déchiffre sur mon visage. Il pivote sur son siège, s'avance vers une table au fond de la pièce, son verre à la main. Il s'amuse de mon front dégarni et moi, des fils d'argent dans sa tignasse. Ses yeux, parcourant les tables collées au mur, reviennent vers moi.

— Ouais, seize ans!

Je n'ajoute rien d'autre, retenu par les images qui déferlent, celles de notre jeunesse insouciante. Nos rires et nos embrassades après chacune de nos victoires que nous arrosions chez Albert. Les deux coudes sur la table, il ouvre et ferme la main gauche, celle qui tenait la mitaine du receveur, la balance de haut en bas, dans un geste très lent. Dans la chambre des joueurs, comme sur le terrain, il parlait très peu, roc massif sur qui chacun s'appuyait. Après une partie jouée mollement et perdue, il avait sifflé entre ses dents : « Moi, les flancs mous, ça m'écœure! »

Il avait accroché son sac à son épaule au sortir de l'autobus. Le crissement des pneus de sa camionnette avait écrasé le silence du vestiaire. Aucun d'entre nous n'avait oublié son absence à notre taverne, ce soir-là. Sa conduite rageuse nous avait portés le reste de la saison.

Le temps a gravé son visage tanné par le soleil, marqué de rides légères autour des yeux. Il a aussi rayé son front, mais n'a pas alourdi son corps aux larges épaules. Les muscles de ses bras saillent toujours sous la chemise à carreaux rouges. La barbe court sur ses joues et cache les lèvres minces qui s'entrouvrent sur des dents jaunies par la nicotine.

Les aiguilles de l'horloge, qui s'égarent parmi les

lettres de *Molson,* marquent neuf heures du soir. Julien se lève et marche d'un pas qu'il s'efforce de raffermir.

La buée a formé un cercle sous la chope de bière. Mon doigt, distraitement, dessine des arabesques enchevêtrées. Tout a si peu changé! Le téléviseur muet, vissé au mur, diffuse un match de tennis. J'écoute la rumeur indistincte des voix, le chuintement des boules de billard sur les bandes et leur choc, la chasse d'eau de la toilette où s'est engouffré un homme voûté, une casquette des Yankees sur la tête. Au lieu du juke-box bruyant, deux vidéo-pokers agglutinent des joueurs aux cheveux gris. Mes sens exercés à la pénombre constatent peu à peu la fatigue des murs, les brûlures des cigarettes sur les tables, l'odeur emmêlée de poussière, de sueur et de bière de la vaste salle éclairée au néon.

Julien revient du bar, un bock dans chaque main. Il en pousse un vers moi, malgré mon refus.

— La soirée est jeune, Emmanuel!

Par une étrange pudeur, nous n'avions guère parlé de nous, comme si le temps qui nous avait séparés avait aboli le privilège de nous dire comme autrefois, dans ces nuits chaudes et embaumées des fleurs du jardin des Martel, lorsque, sur la galerie, nous nous racontions notre avenir.

Il me quittait à la troisième ou quatrième présence de maman : « Mes p'tits ch'napans, voulez-vous bien aller dormir », nous grondait-elle, à travers la porte-moustiquaire. Avant que je ne monte l'escalier, elle m'embrassait : « Dors bien, mon petit. » J'aurais bientôt seize ans!

Son rêve d'ingénieur avait été saccagé, un dimanche après-midi. Dans nos jeux d'adolescents fougueux, une poussée l'avait projeté sur le coin du trottoir. L'opération à la tempe lui avait laissé des migraines fréquentes et l'avait éloigné des longues études auxquelles il aspirait. Il avait terminé son secondaire, avait suivi un cours de menuiserie et travaillé quelque temps à la boutique de son père.

Cet accident l'avait vieilli d'un seul coup. Il avait perdu l'exubérance tranquille qui nous le rendait indispensable. Il mesurait encore davantage ses paroles, ayant développé un réseau de signes que son corps nous transmettait. Ses reparties acérées, plus rares maintenant, crevaient ses silences et atteignaient leur cible par la justesse de leur observation. Par quelle mystérieuse alchimie sa présence feutrée prenait-elle encore autant d'importance parmi nous?

Durant plusieurs années, jusqu'à mon départ de notre petite ville, il m'appelait « l'étudiant ». À travers la tendre ironie, je percevais une tristesse voilée.

— Ça va, Julien?

Il hausse les épaules. Ses yeux striés de rouge me fixent puis s'égarent vers la porte ouverte où s'affale la nuit. Il boit une longue gorgée, allume une cigarette et dépose l'allumette dans le cendrier qu'un nouveau serveur a vidé tout à l'heure. Ses gestes lents, précautionneux, me révèlent son ivresse.

— Ça va! Comme ça! Depuis l'accident...

Ma main sur son bras l'interrompt.

— Oui, je sais. Bernard!...

— Ton frère t'en a parlé? Ah! bon...

Il ferme les yeux, appuie sa tête sur sa large main, comme si rien n'existait d'autre que le souvenir que nous avons évoqué. Éviter, me dis-je, que l'homme silencieux et secret regrette bientôt les épanchements de l'alcool et que la gêne s'installe entre nous. D'un geste, il m'indique les toilettes, fronce les sourcils :

— On ne contrarie pas la nature, dit-il en se levant.

Le goût âcre de la bière trop chaude me soulève le cœur. « Oui, je sais, Julien, comment tout a basculé il y a cinq ans. L'embardée sur la route 170 emportait Régine, ta femme, et Julie, votre petite fille de quatre ans. » Les journaux comme la télévision avaient multiplié les images de la voiture écrabouillée. Au téléphone, Bernard avait ajouté des détails. Je t'avais écrit et cherché à te rejoindre après les funérailles. En vain.

Je commande pour lui un bock qu'apporte le patron dont le sourire laisse paraître une dent en or.

— Hein! c'est toi? dit-il en me reconnaissant. On t'a pas vu dans les parages depuis un sacré bout de temps. Ça fait du bien de te revoir.

Il se penche et appuie les mains sur la table.

— Laisse-le pas tout seul. Autrement, y va fermer le bar, la tête penchée sur ses bras. Quand y sort du bois, y passe ses soirées icitte. Là où vous êtes, c'est son coin. Comme y disparaît plusieurs mois sur les monts Valin sans prendre une goutte, après deux ou trois bières, y est fin saoul.

Il refuse le billet que j'ai déposé sur la table.

— Laisse! C'est ma tournée. J'aurai pas à faire venir un taxi qui l'vole la plupart du temps. Ton ami, un maudit bon gars qui a pas eu d'chance! murmure-t-il, avant de hausser la voix à la vue de Julien qui s'avance d'un pas hésitant. Hé! un rev'nant! dit le gros homme en me pointant du doigt, avant de s'éloigner.

Julien s'assoit lourdement, boit une longue gorgée de bière. Ses doigts gourds ramassent des graines de tabac, jouent avec le paquet de cigarettes.

— On s'est revus la dernière fois au *400 Coups*. Tu t'en souviens? T'avais laissé la shop de ton père pour entrer à l'Alcan.

— Le père? Vaut mieux pas en parler. De toute façon, j'étais pas fait pour vivre avec un patron collé aux fesses!

Il allume une cigarette à celle qu'il vient de terminer, baisse la tête un long moment.

— Arvida! Crever de chaleur, travailler sur les

shifts. Essayer de dormir le jour, le soir, la nuit! Sortir du travail, sale, même après une douche. J'ai essayé durant quelques années avant de lever les pattes. Plus capable!

— Bernard m'a dit que tu trappais?

— Ouais! Je me suis bâti un camp en bois rond sur les bords du lac à la Croix. Juste là que je suis heureux.

Sa bouche mâchouille les mots, des mots rocailleux, à peine audibles. Ses yeux se ferment un moment et vacillent comme fatigués par l'effort. Il a semblé s'assoupir avant de reprendre une gorgée de bière.

— On s'en va, Julien, mon frère m'attend.

Il termine sa bière, m'agrippe pour me retenir.

— Hé! deux autres! crie-t-il, tourné vers le bar.

— T'en as assez, Julien, lui répond Albert, d'un ton ferme. Ton ami te reconduit chez ta sœur, O.K.?

Chapitre 2

La nuit m'étourdit par sa chaleur. Des éclairs balafrent le ciel. Julien ferme à clé les portes d'une camionnette bosselée, chaussée de pneus d'hiver. Ma main sur son épaule le conduit vers ma voiture dont il flatte, pour s'amuser, le velours du siège avant. Il me guide vers le boulevard Saint-Hubert, puis vers la rue Principale où je reconnais le stand de taxis, non loin des rails du chemin de fer. La poissonnerie des Deux Frères, vieux garçons au crâne chauve, le magasin Maltais n'existent plus, remplacés par un Pizza Hut et un club de danseuses. Je stationne sur la rue des Érables, en face d'une maison de bois. Julien me précède dans l'escalier de fer. La porte s'ouvre sur une jeune femme vêtue d'une robe de chambre délavée, les pieds chaussés de bas de laine. La faible clarté de la rue cache son visage.

Nous entrons derrière elle, qui oublie de me saluer, tout occupée de son frère qu'elle dirige vers une chambre au bout du corridor. À travers les bougonnements de Julien, le son mat des bottes sur le plancher et le couinement des ressorts du lit, s'élève le murmure apaisant de la voix féminine. Les minutes s'écoulent sans qu'elle réapparaisse.

Je me suis assis sur un sofa fatigué, non loin d'une chaise berceuse. La télévision projette un film du temps de la Résistance française, me semble-t-il. Un roman de Danielle Steel traîne sur une table encom-

15

brée de revues. À gauche, une lampe de chevet éclaire une chambre aux couleurs pastel.

Je ne l'ai pas entendue venir. Elle s'assoit très droite et ferme sur elle la vieille robe de chambre.

— Merci de l'avoir ramené. Quelquefois, le chauffeur de taxi doit m'aider à le coucher. C'est pas toujours facile. Pas ce soir. Il va dormir jusqu'au matin.

Je l'écoute, attentif à la voix rauque où perce une tendresse voilée tandis que ses yeux s'accrochent aux images qui déferlent à la télévision.

— Tu ne m'as pas reconnu, Coralie?

Elle me regarde un moment, les bras croisés sur sa poitrine, baisse la tête. De nouveau, elle me fixe comme si elle cherchait sur mon visage des souvenirs qu'elle ne déchiffre pas, qui s'égarent dans ses prunelles. Je suis frappé par leur fuite, comme si elle craignait de découvrir un passé perdu. Des yeux très noirs s'allument un moment puis s'éteignent, aspirés par la télévision.

— Tu avais tout au plus douze ou treize ans quand je suis allé, pour la dernière fois, chez tes parents rencontrer Julien. Tu étais assise sur le sofa près de ton père.

Elle s'agite sur sa chaise et se mord les lèvres. Ses mains, qu'elle a posées sur les genoux, tremblent à peine. Dans ma hâte de ne rien laisser paraître de son trouble, j'enchaîne, m'efforçant à la gaîté :

— J'ai gardé de toi un souvenir précis.

Elle se tourne vivement vers moi, inquiète tout à coup.

— Ton rire – oui, tu riais souvent – creusait deux fossettes dans tes joues.

Elle couvre son visage de ses mains aux ongles très courts.

— Oui, c'est vrai! On s'amusait de mes fossettes, dit-elle, en riant.

— Tiens, elles réapparaissent!

Que je le lui rappelle la rend à elle-même, me semble-t-il, comme si elle retrouvait, l'espace d'un instant, la petite fille d'autrefois chez la jeune femme dans la vingtaine qui s'est rembrunie. Son corps très droit s'est de nouveau tassé sur la chaise berceuse. Ses bras croisés sur sa poitrine, ses pieds à plat sur le prélart, tout dans son attitude donne une impression de raideur. J'ai le sentiment bizarre qu'elle s'est retirée à l'intérieur de son corps dans l'oubli du monde extérieur. Comme si je n'existais pas.

— Nous étions toujours ensemble, ton frère et moi. Il venait souvent à la maison et maman le considérait comme son troisième fils. Tu es sûrement venue voir jouer les *Intrépides*.

— Bien sûr! Je vous... je t'ai reconnu tout de suite.

Sa franchise me désarçonne. Et pourtant, elle n'a manifesté aucune réaction à mon arrivée. J'évite de souligner sa réserve pour ne pas la troubler.

— Comment va Julien?

— Je le vois assez peu. Il passe des mois à son camp, dans le bois, à trapper. Il arrive tout à coup sans avertir, passe trois jours, une semaine ou davantage. Durant la journée, il court à droite et à gauche pour vendre ses peaux, s'acheter des vivres, renouveler son matériel. À l'automne, il rencontre des clients qui l'ont appelé ici pour leur servir de guide à la chasse à l'orignal. Les soirées, il les passe presque toutes chez Albert. Quand il se réveille le lendemain avec un mal de tête épouvantable, il regrette sa folie. Mais il y retourne!

— Il est heureux?

La question la surprend. Elle hésite un moment, plante son regard sur les images du téléviseur qu'elle ne voit sans doute pas.

— Ça veut dire quoi, être heureux? demande-t-elle

17

d'une voix absente. Il ne pourrait plus vivre en ville. Trop de bruits, trop de pollution. Trop d'imbéciles, comme il répète souvent. À deux reprises, je suis restée avec lui durant la semaine de Noël. Je retournerais à son camp, s'il me l'offrait...

Elle s'interrompt, songeuse, gardant pour elle les souvenirs qui affleurent sans doute à sa mémoire. Le ronflement irrégulier de Julien nous fait sourire.

— Il vit là-bas une vie qu'il aime... dit-elle, avant de reprendre plus tard :

— Il ne s'est pas remis de la mort de sa femme et de Julie, sa petite fille de quatre ans.

Elle se berce à nouveau, emmurée dans un silence qui l'habitera désormais.

Un vent chargé de pluie renverse les feuilles du peuplier qu'éclaire le réverbère. Elle me salue d'un signe de tête quand je la quitte. Je me suis retourné dans l'escalier pour lui lancer :

— Bonne nuit, Coralie!

Un sourire furtif dessine les fossettes de ses joues.

Chapitre 3

À peine ai-je quitté la ville et gagné la 175, que l'orage trop longtemps retenu éclate soudain. Je roule lentement, aveuglé par la pluie qui fouette le pare-brise et le halo flou des voitures. Le souvenir de Coralie me distrait : « Quelle drôle de fille! » me dis-je en m'efforçant de l'oublier pour me concentrer sur la route qui disparaît par moments sous les trombes d'eau.

J'ai choisi de longer le Saguenay, malgré l'heure tardive, pour goûter l'éclat noir et gris des vagues qu'illuminent en rafales les phares des autos. À une courbe de la route, au loin, se dresse le pont de Chicoutimi. J'écoute, dans mon souvenir, la voix feutrée de papa décrire l'harmonie des lignes incertaines de cette structure d'acier, sous le rideau de bruine. Je tourne involontairement la tête vers la place du passager pour tenter de retrouver l'homme qui aurait aimé vivre de la peinture. Des gouttes de pluie tombent encore et forment des cloques dans les flaques du chemin. Mon esprit divague et revient, obsédé, vers la jeune femme engoncée dans sa vieille robe de chambre : « Elle ressemble à un oiseau blessé », ai-je répété tout haut.

Je me gare près de la voiture de mon frère. Aucun bruit dans la maison. La veilleuse du corridor me guide vers ma chambre, près de celle des garçons. Plus âgée, Marika a choisi celle du sous-sol. La pluie a repris et tambourine dans la fenêtre.

Je m'efforce de dormir malgré la chaleur pesante. En vain. Les gargouillements de mon estomac me signalent que j'ai oublié de manger depuis le midi, trop absorbé par Julien et Coralie. Je me lève et sors du sac de voyage *L'Égypte des grands Pharaons* de Christian Jacq, un pays que je souhaite visiter au début de l'été. Les paragraphes s'enchevêtrent parmi les paroles de Julien, le murmure de Coralie clouée sur sa chaise, l'échappée de ses yeux vers le téléviseur. Trop indolent pour reprendre les pages inintelligibles, je retiens çà et là des fragments épars de l'essai, poursuivant la lecture malgré la fatigue qui chauffe mes yeux.

Je suis surpris tout à coup par une pluie jaune qui m'enserre de toutes parts.

Je suffoque, les yeux et la bouche ensablés, luttant contre un vent étrange. Le ciel s'obscurcit et masque le ruissellement de la lumière sur l'étendue du désert, là où surgissaient des dunes au gré des mirages. J'imite le guide qui nous précède et m'accroupis, la tête cachée dans le capuchon d'un grand manteau. Julien continue d'avancer, mais une bourrasque plus vive le plaque au sol. La peur d'être englouti par une tornade m'envahit. Nous nous sommes levés, délivrés comme par enchantement, et marchons sous le soleil brûlant. Parmi les monticules au dos roux, Okhmar, le fils du Nil, choisit celui du centre, en tête longuement la muraille, dégage le sable et le calcaire de la paroi, pousse enfin une pierre énorme qui tourne sur elle-même. Nous nous glissons dans un tunnel où règne la nuit. Qu'est-ce qui coule sur mes mains? Le sable ou un serpent dont nous avait prévenus notre guide? L'épouvante me gagne. Une lueur blafarde s'infiltre dans le couloir à l'odeur fade de renfermé et de feuilles mortes. Nous accédons enfin à une pièce exiguë, « une salle funéraire », murmure l'Arabe, éclairée à partir de la voûte en forme de cône. Un scribe inconnu a tracé des hiéroglyphes à moitié effacés sur une colonne. Un socle de marbre bleu retient un sarcophage d'où pendent des bandelettes. Je m'approche et crie d'horreur. Au fond, enserrée dans une étoffe défraîchie, repose une momie. Son visage noir d'où s'avancent les dents garde deux trous comme des fossettes. Des bas gris cachent ses pieds. « Tombe pillée », dit la voix en écho d'Okhmar, notre guide.

Je me réveille en sursaut, le livre de l'Égypte serré entre les mains. Assis au bord du lit, je ferme les yeux pour apaiser mon cœur qui bat et laisser le cauchemar se dissiper. Je garde dans la bouche un goût de bile assorti d'un mal de tête carabiné. L'aurore rosit à peine l'horizon au-dessus des toits à travers le rideau agité par le vent. Je retrouve le petit bureau dans le coin de la chambre, mes vêtements pliés sur la chaise. Au mur, la photo de Bernard et de sa famille semble vivre dans la pénombre.

Combien de temps ai-je dormi? Le soleil inonde la chambre dont on a fermé la porte. L'eau de la douche me revigore. Florence a déjà déposé devant moi deux rôties, un camembert et ses fraises maison dont je raffole. Bernard, qui m'a vu venir du patio, sirote un café, assis au bout de la table. Je goûte à chaque rencontre la bonté de ce couple, sa tendresse prévenante qu'il partage avec ses enfants.

— Tu sais l'heure? gronde Bernard. Ta petite amie, quand vas-tu...?

Ma belle-sœur l'interrompt. À ma réaction, elle sait que la question m'embarrasse.

— Et ta thèse? demande-t-elle en me versant un café noir.

— Elle avance par à-coups dans mes temps libres. Je cherche une motivation qui ne vient pas.

Nous nous sommes assis sur la terrasse, Bernard et moi. La pluie a lavé les feuilles de l'érable qui nous protège du soleil. La présence de mon frère dans la douceur du matin me remplit d'un bonheur très simple comme je n'en ai pas connu depuis un bon moment. Le roucoulement d'une colombe près de la haie de cèdres me rappelle soudain le chant plaintif de cet oiseau sur le toit de notre maison, quand nous étions enfants, non loin de la masse sombre du lilas. Dans la mangeoire picore une mésange qui agite ensuite ses ailes dans la fontaine. Deux jeunes enfants inventent des obstacles imaginaires en zigzaguant au milieu de la rue. À travers les feuilles de l'érable, le soleil crée des flaques d'ombre et de lumière.

De la cuisine, parvient la sonnerie atténuée du téléphone. Florence vient vers moi, le sans-fil à la main.

— Allo! ai-je demandé, perplexe. Oui, c'est moi, Emmanuel!

Au-delà de la voix enrouée, je cherche qui veut m'atteindre.

J'écoute, abasourdi, le rire et la voix enfin reconnus. Je reprends des bribes de paroles de Julien à l'intention de Bernard.

— Quoi? Tu veux que je t'accompagne à... Qu'est-ce que tu dis? Répète. Épelle lentement : «Masteuiatsh! » Connais pas. « Le nom indien de Pointe-Bleue? » Ah! bon! « Ton ami montagnais, Maxime Basilish, veut te voir? » « Rendez-vous rue des Érables, à onze heures trente. » Bon, d'accord.

Je dépose l'appareil sur la table, étonné de l'invitation de Julien, déconcerté d'avoir si vite accepté, heureux cependant de retrouver avec cet ami les paysages de l'immense plaine qui ceinture le lac Saint-Jean, région jumelle si différente de celle du Saguenay, avec ses forêts, ses montagnes, son fjord. Ces deux territoires distincts, mais réunis depuis des millénaires par les canots et les portages des tribus indiennes venues du nord des lacs Mistassini et Pékuakami jusqu'à Tadoussac. Ils y rencontraient celles du sud qui descendaient le vaste fleuve pour échanger maïs, tabac, objets fabriqués, outils et verreries contre leurs fourrures réputées.

Bernard avance de quelques pas, arrache une feuille sèche de bouleau.

— C'est Julien? Il reste chez sa sœur. Elle s'appelle?

— Coralie.

— Un beau brin de fille? s'amuse Bernard.

— Ça n'a rien à voir!

— Bien sûr!

Si le besoin de retrouver Julien et le plaisir du voyage prenaient leur source dans le désir de revoir la jeune fille? ai-je pensé soudain. Je raconte à mon frère nos retrouvailles d'hier après-midi à la taverne Albert, à la recherche de notre passé, de notre jeunesse chez les *Intrépides*. Je l'avais reconduit, à la fin de la soirée, chez sa sœur Coralie, une drôle de fille.

— J'ai rencontré Julien, il y a quelques années, au salon funéraire. Tu te souviens? L'impact de l'accident avait défiguré sa femme et leur fille, Julie. On avait déposé, sur les cercueils fermés, des photos d'elles, souriantes, dans leurs robes d'été. C'était d'une tristesse!

— Tu l'as revu souvent? je lui demande.

— Non, il s'est enterré dans le bois.

Il se tait un long moment, bras croisés, puis ajoute:

— Des rumeurs ont couru à l'époque au sujet de sa femme. Des cancans, sans doute.

Il secoue la tête. Je sais qu'il n'en dira pas plus. Il me conduit ensuite à mon auto. Florence, de la porte, me salue de la main.

— Dis bonjour à Julien. À Coralie aussi que tu embrasseras sur une joue pour moi! ajoute-t-il, en un sourire moqueur et plein de tendresse.

Chapitre 4

La voiture à peine garée, j'entends trembler l'escalier sous le poids lourd de Julien. Même accoutrement qu'hier, à part une chemise bleue à carreaux. Je me dirige à sa suite vers la camionnette et m'arrête, figé par l'apparition, sur le balcon, d'une blouse beige et d'un pantalon vert foncé. Coralie! Je monte vers elle et retire de sa main une petite glacière, un igloo rouge et blanc. Ses yeux très noirs me dévisagent. Sa présence me réjouit. Un sourire ténu vacille sur ses lèvres et creuse à peine ses joues.

— Viens!

La camionnette fonce sur la route asphaltée que resserrent à droite les parois dynamitées, et, à gauche, des boisés d'épinettes et de bouleaux envahissant les champs étroits et bosselés. Paysage étriqué qui s'ouvre à l'approche de Saint-Bruno où s'étale la plaine du Lac-Saint-Jean.

Coralie, très droite, tient ses mains inertes sur ses genoux. Je ne sais si ses yeux contemplent les champs immenses devant nous ou s'ils poursuivent un rêve intérieur. Leur fixité m'étonne. Aux rares questions que je lui pose, elle répond par des monosyllabes, sans bouger la tête. Je suis surpris qu'elle occupe si peu de place sur la banquette, malgré sa taille élancée et sa carrure, comme si son corps tassé sur lui-même creusait l'espace entre elle et moi.

Je ne parle guère à Julien, aspiré par le changement rapide des paysages. Vers l'ouest lointain, les Laurentides au dos rond frémissent dans la lumière bleue de la chaleur de juillet et barrent l'horizon. En face de nous, égarées dans les champs fraîchement coupés, les grosses meules de foin sèchent dans l'attente des tracteurs, insectes énormes qui rampent vers les granges rondes. Sur mon bras, Coralie pose sa main légère comme l'aile d'un oiseau et pointe la vaste nappe bleue, immobile, irisée, qui arrête sa course à la lisière de la campagne, au bout de notre regard. Je ne sais que répondre à son interrogation muette. Est-ce le jeu troublant du ciel qui ferme l'horizon et se marie à la vallée, ou un champ inondé par les pluies printanières qui croupissent au soleil? La camionnette roule toujours. Au tournant d'une courbe, devant mes yeux éblouis, s'étend la plaine démesurée du « lac plat », le lac Saint-Jean. J'entends le rire saccadé de Julien qui a suivi la manœuvre de sa sœur, souriante, les mains posées sur son visage.

Il a fallu l'illusion de la nature pour que la jeune fille s'amuse à partager avec moi la beauté fastueuse de cette région, pour qu'elle oublie sa rigidité première dont je ne sais l'origine. Je la sens plus détendue, douée pour le jeu peut-être. Elle a croisé une jambe qui dégage un pied aux ongles peints en rouge.

Se peut-il que la Coralie entrevue la veille, qui m'avait paru si peu accessible dans sa peur de se livrer, se révèle différente de celle assise près de moi? L'aurais-je fabriquée à travers des impressions fausses, effarouchée par mon vif besoin de percer son mystère? Oiseau fragile à apprivoiser dans la lenteur du temps.

Le lac Saint-Jean s'étale à notre droite. Nous le contournons sur une route qui s'en éloigne quelquefois pour le retrouver plus loin dans le miroitement de ses vagues bleues qui ont abandonné une frange duvetée de blanc sur le sable de sa rive. En son milieu, surgit soudain une île qui s'étire au ras de l'eau comme un géant antique à demi submergé dans sa tunique verte.

Nous traversons Roberval. À la sortie de la petite ville, l'écriteau indique Masteuiatsh. De chaque côté, des champs de foin coupé, de trèfle, d'orge. Nous côtoyons des champs jaunes. Julien répond à mon étonnement : « Du canola! »

Nous entrons dans le village, semblable à ceux qui jalonnent les routes du Québec, si peu amérindien, à mon étonnement. Les Montagnais se seraient-ils résignés, dans leur réserve, à ressembler aux Blancs? Tout petit, j'y étais un jour venu avec papa. Leur misère s'étalait partout. « Regarde, Emmanuel, plusieurs vivent encore dans leur tente et leur maison sert de remise! » Plus rien, aujourd'hui, de leur colère vaine ou de leur rejet des Blancs. Un petit village, propre, propre. Aux renseignements, le jeune homme ne connaît pas la langue que parlent encore ses parents. Julien gare la camionnette en face du lac Pekuakami, au centre du village. Coralie apporte l'igloo sur un banc près d'un tipi massif, taillé dans un bloc de ciment, comme les autres qui marquent l'emplacement de la promenade. Elle étend une nappe colorée, y dépose la salade, les sandwiches et un morceau de gâteau. Julien décapsule deux bières que nous buvons, assis à l'ombre d'un bouleau. Coralie, appuyée au parapet, grignote un sandwich, s'avance vers nous et soutient mon regard. Elle s'assoit près de son frère que j'interroge pour oublier le léger tressaillement intérieur que provoque la présence de la jeune femme.

— Maxime Basilish, tu le connais depuis long-temps?

Il ne répond pas tout de suite, boit une longue gorgée de bière. Déjà venu à plusieurs reprises à Masteuiatsh, chez Robertson Fourrures, il était entré dans une maison, tout près d'ici, et avait rencontré une pièce d'homme, légèrement voûté, aux mains fortes qui tenaient un bocal aux mixtures étranges. Il l'avait ouvert. L'odeur de pourriture avait fait rire les chasseurs montagnais rassemblés. De nouveau, il l'avait revu à son deuxième automne dans son camp. Sur le lac, un canot s'efforçait de rejoindre une anse pour se mettre à l'abri. Du quai, il avait interpellé l'homme qui luttait pour maintenir son embarcation face à la vague. Une demi-heure plus tard, Maxime Basilish se séchait près du poêle. Un sac bosselé s'entassait dans un coin.

— Il avait dévoré deux assiettes de mon ragoût. Sûr qu'il n'avait pas mangé depuis le début de la journée.

Julien me dévisage un long moment avant de prononcer, en martelant les mots :

— Ma recette de ragoût, tu vas la manger un de ces jours, chez moi! J'ai des intuitions qui trompent pas, ajoute-t-il, mi-sérieux.

Cette prédiction farfelue déconcerte Coralie autant que moi. Le regard ironique de son frère la trouble, me semble-t-il.

Dans des phrases entrecoupées de silence, reprend Julien, Maxime avait parlé de son voyage, en bas, à la recherche de médicaments pour sa femme, trop faible pour l'accompagner.

L'aube à peine levée, le voyageur avait senti le vent et regardé le ciel. Le soleil inonderait bientôt la nature. Il avait quitté Julien, sans un mot, après avoir longuement serré sa main.

Comme un rituel, avant de s'enfoncer pour l'hiver dans la solitude de son territoire de chasse, Maxime arrêtait une journée ou deux au camp de son ami. Son voyage n'avait pu sauver sa femme, morte deux jours après son arrivée. Au quatrième automne, il avait découvert Julien, couché, fiévreux. Une vilaine plaie au pied s'était envenimée. L'Indien l'avait examinée, palpée, lavée avec du sel. Avant de franchir la porte, il lui avait dit : « Je reviens! » Deux heures plus tard, il jetait des herbes médicinales dans de l'eau bouillante. Julien avait bu une potion amère, pendant que Maxime enveloppait son pied d'herbes retirées de l'eau : « Dors, je suis là. »

Durant dix jours, il avait veillé son ami, préparé les repas, gardé la chaleur du camp, levé les pièges. « J'pars, demain, au p'tit matin. Prends ton temps. Ton pied est pas tout à fait guéri. Mais t'es sorti du bois! » Ils avaient ri tous les deux en buvant une « ponce » de gros gin avec du miel, dans des tasses de granit bleu.

Julien s'est tourné vers nous :

— Maxime, c'est mon ami. Il m'a pas demandé de le rencontrer pour rien! Je sens une mauvaise nouvelle. Je vais chez lui. Vous autres?

— Laisse-nous au musée amérindien, suggère sa sœur.

En retrait de la sortie du musée, je me suis assis dans l'herbe, envahi par un tourbillon d'images que m'ont livrées, de l'histoire des Montagnais, les deux heures lentement égrenées auprès d'enfants sans sourire, de jeunes femmes portant dans leurs *papuss* des bébés joufflus, de vieilles femmes toutes ridées assises à l'entrée d'une tente et grattant la peau des fourrures, d'hommes débitant un orignal ou retirant de trous creusés dans la glace un long filet rempli de poissons. Là, un canot comme un squelette qu'on habille de sa peau d'écorce. Le silence qui m'entoure m'aide à reconstituer les scènes quotidiennes de la vie des familles montagnaises d'autrefois. Je poursuis ma songerie pendant que mes yeux s'égarent sur les maisons et un pan du lac, reviennent vers un édifice de plusieurs étages de briques rouges. Je fixe les fenêtres, petites, la cour de terre battue où poussent quelques mauvaises herbes. Une galerie de bois s'étend sur le côté gauche. Que m'arrive-t-il soudain? Je ne puis réprimer un sanglot qui jaillit d'une source inconnue. Je reconnais l'orphelinat où l'on m'a enfermé avec mon frère. J'ai sept ans et je marche dans la cour où croissent au bord de la palissade trois cormiers aux fruits rouges, à l'automne. Près de la haute grille, en bas, j'écoute le bruissement étouffé du fleuve, comme le chuchotement à mon oreille de la voix de maman. Je ne veux pas pleurer. La religieuse qui nous surveille ne le permet pas. Au deuxième étage, la salle de récréation avec ses jeux de mississipi. Avant la prière du soir, à la chapelle, la sœur directrice ouvrira un livre. Je me souviens encore du titre : *Robinson Crusoé*. Je ne l'ai jamais relu, et pourtant, oui, c'est vrai, je pourrais en réciter de larges extraits par cœur.

Je sursaute. Une main sur mon épaule, celle de Coralie. Elle me présente Viviane Charlish, que j'avais entrevue à l'entrée.

— Bonjour, Viviane!

Sa main est douce et ferme. Elle possède une étrange beauté, avec ses cheveux noirs très longs, des yeux de jais légèrement bridés, une peau sombre, cuivrée. Son corps ressemble à celui de Coralie, élancé, fait de souplesse et de force, ai-je pensé. Des dents égales, très blanches, éclairent son sourire.

— Vous avez déjà vécu dans ça? ai-je demandé à la jeune fille qui s'est assise près de moi. Coralie, en retrait, près d'elle, nous observe.

— Non, mais mon oncle Maxime, un de ses frères et deux de ses sœurs ont vécu dans ça, dit-elle, en insistant sur le dernier mot. Le pensionnat! Mon oncle Maxime, l'ami du frère de Coralie, n'en parle jamais, pour ne pas ouvrir une blessure qui saigne encore.

— Je peux comprendre. J'ai vécu dans un orphelinat de sept à dix ans. J'ai jamais oublié... Le pensionnat était clôturé, ai-je affirmé, comme une évidence. L'hiver, les petits prenaient leurs rangs dehors, dans la neige!

Viviane me fixe de ses yeux très noirs, voilés d'une ombre de tristesse. Elle prend mon bras et le serre.

— Tu as vécu un peu comme les petits Indiens, mais tu n'as pas connu le pire: le mépris, l'humiliation quotidienne. Pointe-Bleue, devenue Masteuiatsh, désigne toujours une réserve, une prison!

Coralie a détourné la tête, émue, ennuyée peut-être aussi par le geste affectueux de Viviane.

De la côte souffle le moteur d'une camionnette qui transporte dans la boîte arrière un canot de toile de seize pieds. Julien apparaît, suivi d'un Indien à la forte carrure, au visage marqué de rides taillées au couteau. Une casquette cache ses cheveux dont quelques touffes poivre et sel s'échappent de côté. Ma main disparaît dans la sienne.

— C'est ton canot, mon oncle? interroge Viviane.

— Que Maxime m'a donné. J'ai pas voulu, avant qu'il m'annonce une mauvaise nouvelle que j'ai prise de travers, explique Julien.

— J'irai plus à mon territoire! Quand il va se servir de mon canot, chaque fois, y va penser à moi. Depuis le temps qu'il voulait qu'on chasse ensemble, dit Maxime en s'efforçant de sourire. La carcasse suit plus. Et là-bas, je m'ennuie tout seul.

— Je tiens aux jours que tu as promis de passer à mon camp, lui répond Julien qui enfle sa voix pour cacher sa peine.

Viviane me souffle à l'oreille :

— Viens avec moi au musée.

Et pour que le petit groupe l'entende :

— J'emmène Emmanuel.

Coralie s'est figée, les yeux tournés vers le village.

— Comme c'est simple avec toi, Viviane. Il y a le soleil, le lac et toi, très belle, qui me tiens le bras, dis-je, sans penser à mal.

— Un chaman montagnais dirait que tu es pur comme une eau de source! Ne parle pas de ma beauté qui compte si peu auprès de gens qui ne regardent que la couleur de ma peau. Je le constate quelquefois au Collège de Jonquière, surtout à l'hôpital, durant mes stages.

— Tu es infirmière?

— Pas encore. Dans un an, je reviendrai ici. Et toi?

— Bof! Prof de collège, en train d'écrire un mémoire de maîtrise durant ses temps libres. J'enseigne dans un collège de Montréal.

— Et Coralie dans tout ça?

— Concours de circonstances.

— Tu ne lui es pas indifférent!

— Mais non!

Elle va derrière le comptoir, cherche un long moment parmi des cartes et des photos avant de m'en présenter deux.

— Pour te souvenir de tes sept ans et de tes petits frères indiens, me souffle-t-elle.

Je regarde la première photo légèrement embrouillée où de jeunes garçons, en rang, attendent près d'un escalier enneigé. Une religieuse les accompagne, silhouette noire, bergère d'un troupeau transi, immobile. Au premier plan de la seconde, les yeux immensément tristes d'un petit Indien me regardent, assis à un pupitre de bois. Derrière lui, des têtes, aux cheveux très courts, où nagent des yeux vides, très noirs, d'enfants perdus. Nous revenons vers le petit groupe qui nous attend.

— Je te reconduis? offre Julien.

— Non, répond Maxime. Je veux marcher avec ma

nièce qui va me parler de médicaments, de pilules pour soulager mes rhumatismes.

Viviane s'approche, embrasse Coralie et me serre dans ses bras en nous souhaitant de revenir à Masteuiatsh.

Avant de monter à bord de la camionnette, Coralie marmonne :

— Je connais une belle Indienne qui va s'ennuyer, ce soir, de son prince charmant!

Je n'ajoute rien, désarçonné par le ton acide du propos.

Nous avons très peu parlé durant le voyage de retour, accaparés par la fin du jour qui inondait le lac et les champs. Julien écoutait une cassette de Miles Davis. Coralie, les yeux fermés, renfrognée, feignait de dormir. J'étais frappé par le calme qui émanait de la nature et rayonnait sur les villages que nous traversions. Le repas dans le restaurant suspendu au-dessus de la grève offrait sans surprise la tourtière du Lac-Saint-Jean et le pâté aux bleuets. Nous avons préféré les steaks. Avant l'arrivée à Jonquière, Julien, à brûle-pourpoint, m'a dit :

— Dimanche, je monte au chalet, sur les monts Valin. Tu m'accompagnes?

— Je confirme demain. Oui, sans aucun doute.

J'ai serré la main de Coralie. Elle a gardé la mienne un moment et, penchée vers moi :

— Je m'excuse pour ma méchanceté envers Viviane et toi.

— Tu es plus belle que Viviane! Le sais-tu?

Elle hausse les épaules et se retourne, avant de monter l'escalier, pour m'envoyer un bonsoir de la main.

Sur la table de cuisine, un mot de Bernard :

« Serons de retour vers 23 h. Tu es chez toi. »

J'ai fermé la lampe de chevet. Bercé par la musique assourdie de la chambre sous la mienne, j'ai roulé dans un sommeil sans rêves.

Chapitre 5

— Allo! Julien?

— Oui, Emmanuel! Tu montes avec moi sur les Monts.

— Oui, je suis ton homme!

J'écoute sa voix forte me demander l'adresse de mon frère.

— Vers treize heures, demain? me suggère-t-il.

— J'emporte la bouffe pour quatre dîners et soupers. Occupe-toi des déjeuners.

— Comme tu veux! Quatre jours, ça ira, répond-il.

— Coralie est là?

— Oui, une seconde. Salut!

Le téléphone enregistre le bruit étouffé d'une porte et celui plus près d'une respiration.

— Allo? interroge la voix.

— Coralie? Bonjour! Tu vas bien?

— Oui, ça va! répond la voix incertaine.

— Mon frère, Bernard, m'a offert deux billets que lui a donnés un ami pour la représentation, ce soir, de *La Fabuleuse Histoire d'un royaume.* Tu as vu le spectacle?

— Euh, hésite-t-elle, non!

— Je souhaiterais être accompagné par une jolie femme! J'apprécierais davantage, j'en suis sûr!

J'écoute son silence qui ponctue sa surprise et sa méfiance, sans doute, de s'engager.

— T'as trouvé personne d'autre?

— J'ai pas cherché.

Autre silence avant qu'elle ne réponde d'une petite voix :

— Ben... c'est d'accord! Si ça peut te faire plaisir.

— Et toi?

— Moi aussi, répond sa voix plus assurée, qui a repris son timbre un peu rauque. La représentation commence à vingt heures, à l'aréna de La Baie. C'est annoncé partout. Vers dix-neuf heures, je te cueille, chez ton frère, comme une fleur. L'heure te convient?

— Oui, je t'attendrai, ai-je répondu, amusé de la repartie inattendue.

Elle coupe la communication sans un au revoir. Quelle femme énigmatique! Je l'imagine, assise dans la berceuse du salon ou de retour dans sa chambre, mécontente de la décision prise, du souci de s'être trop aventurée, supputant les conséquences de son consentement. Qu'elle ait accepté m'a surpris et me remplit de joie. « Tu ne lui es pas indifférent », m'avait affirmé la belle Indienne. Si c'était vrai? Pourtant, rien dans son attitude, hier, n'avait révélé la véracité de cette affirmation. Peut-être un début de jalousie – le mot est-il juste – envers Viviane? « T'illusionne pas », murmure une voix que je ne connais que trop bien.

Je suis revenu de l'épicerie, les bras chargés de victuailles. Florence s'amuse de la fièvre qui m'anime, pendant qu'elle m'aide à la cuisson du jambon et du rôti de porc. Installé au bout de la table, je coupe les légumes d'une future soupe délicieuse grâce aux herbes dont ma belle-sœur possède le secret.

— Cet après-midi, tu me laisses la cuisine. Ma recette de bœuf à la provençale impose silence et solitude.

— Silence et solitude! pouffe Florence. J'aurais aimé te voir avec les trois petits accrochés à tes basques!

Bernard lève les yeux de son journal pour des commentaires sur les fameux repas qu'il prépare avant son départ pour la chasse à l'orignal.

— Menteur! s'écrie sa femme. Tu t'en vas toujours avec ta part que j'ai préparée, étiquetée, pour que tu ne te trompes pas entre le bœuf et le veau.

L'après-midi s'étire dans l'attente engourdie des heures, avant l'arrivée de Coralie. Brel et Richard Desjardins, à la radio, m'ennuient. La recette qui mijote me semble fade, trop claire la sauce, trop chaud le soleil qui joue dans le bouleau près de la terrasse.

La petite Volkswagen rouge s'arrête près du trottoir à l'heure convenue.

— Bonjour! la sportive, dis-je, un regard sur la main qui manie les vitesses d'un geste vif.

— Bonjour!

Des lunettes de soleil cachent ses yeux. Le ton de sa voix sans éclat ne me renseigne guère sur son plaisir de m'accompagner. Elle conduit vite, d'un mouvement fluide, dans les courbes et les dépassements.

— Tu as aimé le voyage à Masteuiatsh? ai-je demandé pour remplir le silence.

— Oui, la campagne et le lac Saint-Jean, ça me rend heureuse chaque fois.

Elle parle sans effort, comme si elle tenait sa réponse toute prête.

— Moi aussi. La visite du musée m'a beaucoup renseigné sur l'histoire des Montagnais qu'on a traités si injustement.

— Dommage que je t'aie enlevé ta belle Indienne?

— Pourquoi insister, Coralie?

— Je ne sais pas, répond-elle en haussant les épaules.

Je me tourne vers elle, croyant saisir comme une fêlure dans sa voix. Comment expliquer le besoin de ramener le souvenir, pénible sans doute pour elle, de Viviane?

Le soleil de fin du jour dore les champs et les gazons à demi brûlés. Nous ne parlons pas. Goût sûr de la jeune femme qui a passé une blouse crème sur un pantalon brun découvrant le bas de la jambe et la sandale de cuir pâle du pied sur l'accélérateur. Tout au loin, la route surplombe le fjord du Saguenay qui se confond avec le bleu barbouillé de blanc du ciel. Bientôt, s'étend sous nos yeux la baie ouverte aux bateaux à l'ancre et à d'autres amarrés au quai. À notre gauche, les immenses tas de bois de l'usine, la Consol, comme on l'appelle. Un peu plus loin, je retrouve l'église Saint-Édouard où, durant mes vacances à Port-Alfred, m'emmenait mon oncle Alphonse, le dimanche matin, avant d'aller pêcher, sur le quai, les éperlans qui frétillaient dans le petit panier bientôt rempli. Je reconnais à peine l'aréna qui se mêle dans mes souvenirs adolescents à Colette, ma cousine préférée, et à la musique de Strauss que grinçaient les haut-parleurs à l'intention des patineurs qui tournaient, tournaient sur la patinoire. Nous nous tenions par la taille et il m'arrivait de toucher la poitrine qui s'offrait à ma gaucherie. Nos mains serrées ensemble dans les mitaines de laine, au retour vers l'appartement, et mon premier baiser sur les lèvres froides de ma cousine dans les marches d'escalier du deuxième étage. Mes premiers émois amoureux!

Je lui raconte ces bribes du passé, pendant qu'un préposé nous guide dans le stationnement du théâtre du Palais municipal. Elle s'abandonne à un rire très doux que je ne lui connais pas.

— Comme c'est émouvant et drôle en même temps! murmure-t-elle.

Les mains sur le volant, elle demeure un moment silencieuse.

— Ton enfance a été heureuse? demande-t-elle en se glissant hors de la voiture.

— Oui, fais-je, en la rejoignant. Malgré l'orphelinat, l'entassement d'un tas d'enfants dans la maison, la sévérité et l'impatience de papa qui n'arrivait pas à joindre les deux bouts – ça, je l'ai compris plus tard –, nous étions heureux. Dans mes souvenirs, il pleut rarement et le soleil nous accompagne partout, ai-je ajouté, surpris de ma réponse. Oui, c'est vrai! Dans notre rue, sur la rivière, sur le Cran à Jacob, le soleil était là, avec nous!

— Tu as de la chance, murmure-t-elle en enlevant ses lunettes.

Elle se tait. « Tiens, elle s'emmure », ai-je pensé. Je marche près d'elle dans la foule qui déambule, s'agglutinant en petits groupes. Des bénévoles accompagnent des personnes de l'Âge d'or à qui l'on a ouvert les portes avant l'heure. Un restant de soleil traîne sur l'esplanade. D'autres, comme nous, parcourent les commentaires du programme qui raconte l'épopée de *La Fabuleuse Histoire d'un royaume*, soutenue par la ferveur et la solidarité de la petite ville de La Baie où les gens, tous bénévoles, ont créé cette œuvre, jouée depuis... La fin de la phrase se perd dans une bousculade qui la happe et nous sépare.

— On se retrouve aux places inscrites sur nos billets! ai-je le temps de crier.

Je la reconnais, debout, légèrement inquiète, à une quinzaine de rangées de la scène, au parterre qui a envahi l'ancienne patinoire.

Une nuit bleutée envahit la scène d'où naît dans la douceur de l'aube le murmure d'une rivière. L'Esprit du fjord souffle le récit des êtres qui l'ont parcouru depuis des millénaires dans de frêles embarcations d'écorce, ont vaincu ses courants, ses marées traîtresses, ses tempêtes. Apparaissent des canots sur la rivière Saguenay. À l'avant du premier avironne une jeune Indienne, bandeau au front, vêtue d'une veste de cuir. La main de Coralie touche mon bras tandis qu'elle s'efforce de ne pas s'esclaffer.

— C'est pas gentil! me suis-je exclamé, penché sur elle qui hoche la tête en signe d'assentiment.

« Le souvenir de Viviane, tu vois, je l'ai exorcisé », semble me signifier son rire retenu.

Le soleil frappe l'eau de la rivière, et de la goélette descendent des hommes avec des baluchons sur les épaules, des coffres, des valises que traînent deux porteurs.

— Tiens! l'arrivée des Vingt-et-un à La Baie, venus de Charlevoix! chuchote Coralie, alors que, de la rangée avant, une dame agacée se tourne vers elle.

Nous les retrouvons bûchant, tirant à chaque bout le godendart pour scier les billots transportés aux menuisiers qui construisent le premier camp de bois rond.

Dans la terre nouvelle, à la barre du jour, Alexis Tremblay, « Picoté », sème le blé. D'autres imitent son geste. La colonisation se poursuit avec les nouvelles familles installées sur leur lot. On entend les gémissements d'une jeune épouse donnant naissance au premier enfant du futur village de Saint-Alexis.

L'arrivée du couple dépareillé de mademoiselle Thérèse et de son soupirant sans cesse repoussé, Jos Maquillon, dont le langage rude et les manières ne conviennent pas à la maîtresse d'école pincée, fait rire Coralie qui retrouve dans la vieille fille une amie du secondaire qu'elle n'avait pas revue depuis longtemps. Dans la classe, s'efface mademoiselle Thérèse. Je revois maman comme en un songe. Deux ans avant sa mort, je l'avais accompagnée dans un pèlerinage, comme elle disait, vers ses années heureuses de jeune fille. Elle m'avait conduit à la maison paternelle de

Saint-Félicien qui regardait la rivière Ashuapmushuan. « Viens voir ma petite école », m'avait-elle soudain demandé dans son rire qui chante encore en moi. Elle m'avait conduit dans le Troisième Rang. Sa petite école n'existait plus. Nous avions marché dans l'ancienne cour où jouaient les enfants. Je la tenais par le bras, lourde de fatigue et de tendresse. Elle mimait ses allées et venues parmi ses petits, quelques-uns plus grands qu'elle. Sur un tableau imaginaire, elle écrivait les lettres qu'elle faisait épeler aux enfants de première, tandis que les autres divisions travaillaient en mathématiques, répondaient à un questionnaire de règles de grammaire, étudiaient un chapitre d'histoire, et que ronronnait la *truie* remplie de bûches.

— Tu dors? me demande Coralie, intriguée par mes yeux fermés.

— Mais non!...

La musique endiablée de gigue et de rigodon me ramène vite au spectacle de la place du village où jeunes et moins jeunes dansent des sets carrés aux multiples figures. Beauté des costumes et des robes qui s'envolent en tournoyant. Sur les perrons, on rit, on se berce, les enfants s'amusent et courent partout. Les violons, l'accordéon, les cuillers à claquettes accompagnent le *calleux* qui s'époumone :

« Les femmes au milieu, les hommes autour... »

« Changez de compagnie, vous vous êtes trompés... »

« Swingne la bacaisse dans l'fond d'la boîte à bois... »

Des tableaux de *La Fabuleuse*, je ne veux garder dans mon souvenir que ceux où participe, à ma grande surprise, Coralie, si éloignée de la jeune femme entrevue dans sa vieille robe de chambre et ses bas de laine. Je la regarde, transformée, suivre la foule battre des mains au rythme de la musique.

La première partie de *La Fabuleuse Histoire*... se termine sur un paysage de désolation et de gens prostrés, frappés par le feu de 1870 qui a ravagé le Royaume, de Saint-Félicien à La Baie.

— Tu bois quelque chose?

— Non! répond Coralie. Je veux plutôt me dégourdir les jambes.

Je n'ai pas encore atteint l'allée centrale qu'une voix s'écrie : « Emmanuel! » Je suis dans les bras d'Odile qui m'embrasse sur la joue. J'ai tout de suite reconnu l'étudiante dont nous étions tous amoureux à l'université.

— Odile, je te présente Coralie!

— Ta blonde?

— Non, pas encore! Une amie, ai-je répondu en riant.

Les deux jeunes femmes s'observent. Malgré les « enchantée », je sens qu'elles ne deviendront jamais amies, trop différentes l'une de l'autre : Odile, expansive, sûre d'elle dans sa beauté éclatante; Coralie, secrète, inconsciente peut-être de son charme.

— Excusez-moi! Je vous laisse, j'ai besoin de bouger. Bonne soirée, euh... Odette.

— Odile! répond mon ancienne camarade, sourire aux lèvres.

Pendant que Coralie monte l'allée, Odile siffle entre ses dents :

— Où t'as accroché cette...?

— La sœur d'un ami. Et toi, ça va?

— Bah! oui. J'enseigne toujours, comme toi, sans doute.

Elle se tait, me regarde longuement comme si elle me retrouvait depuis toutes ces années. Ses yeux s'égarent sur les gradins d'en face, puis reviennent se poser sur moi. Elle hausse les épaules, joue avec ses mains.

— Tu me caches quelque chose, Odile?

— Jacques m'a laissée depuis bientôt six mois. Pas facile à vivre, tu sais! Non, tu ne le connais pas. Un homme d'affaires toujours en voyage ou derrière son bureau. Plus âgé que moi. Divorcé, deux enfants qu'il a laissés à sa femme. N'en veut plus d'autres.

Elle parle vite, avale les mots comme si elle avait envie de pleurer. Devant la franchise inattendue de la jeune femme que je n'osais fréquenter autrefois par peur d'être éconduit, je regarde à l'arrière pour cacher mon embarras. Mes yeux, l'espace d'une seconde, croisent ceux de Coralie. Nous épie-t-elle? me suis-je demandé, en écoutant distraitement Odile. Après un moment d'hésitation, rêveuse, elle demande si je reste encore quelques jours. J'ai à peine le temps de répondre qu'arrive Coralie. Elle la salue de la tête et retourne à son siège.

— On pourrait se revoir? insiste mon ancienne camarade. Souper ensemble, un de ces soirs? Je suis libre.

Du coin de l'œil, j'entrevois Coralie se ronger un ongle, à demi tournée vers nous. Odile griffonne un numéro de téléphone sur un bout de papier.

— À bientôt! me dit-elle en me serrant le bras.

Je ne puis m'empêcher de la regarder marcher vers son siège, élégante, racée, ses cheveux blonds ondulants sur ses épaules nues.

Les spectateurs reviennent lentement prendre place. Je m'assois près de Coralie.

— Le pot de colle t'a agrippé pour une sortie avec elle? demande Coralie en fixant la scène où les accessoiristes introduisent le dispositif scénique du début de la deuxième partie.

— Pourquoi es-tu méchante? Le pot de colle, franchement! Une ancienne camarade d'université, brillante, tu sais! Pourquoi as-tu fait mine d'oublier son prénom, alors que tu le connaissais?

43

Elle sourit à peine, préfère pointer le billet qu'Odile m'a remis. Je le froisse en boule et le lui donne.

— Que veux-tu que j'en fasse de ton universitaire qui enseigne sans doute au collège?

J'évite de répondre, étonné du changement en si peu d'heures de la jeune femme ombrageuse durant le voyage vers La Baie, enjouée ou tendre durant le spectacle, hautaine envers Odile, malveillante dans le jugement porté sur elle. Les moi successifs de la même Coralie : comme un lac si varié selon les heures et pourtant toujours le même, en apparence.

— Pardonne-moi d'être injuste envers ton amie.

— Mais ce n'est pas mon amie! Une ancienne camarade, voilà tout.

Elle se détend, comme si le spectre d'Odile s'évanouissait.

— Toi, murmure-t-elle, tu ne sais pas jeter ton fiel, parce que tu es heureux et qu'on ne t'a jamais fait de mal!

La scène s'illumine et s'emplit des cavalcades des chevaux qui sortent des coulisses. Une calèche tourne sur scène dans l'allégresse de la foule. 1867. Jour de la Confédération. Ni les vivats des figurants ni le déploiement des hauts personnages ne parviennent à ramener en moi le bonheur facile des spectateurs.

Le bal chez le notaire, malgré la dégringolade de la Bourse en 1929, le Charleston endiablé dansé par les filles et leurs partenaires, scandé par la foule, se mêlent aux images évanescentes de Viviane et d'Odile, toutes deux ridiculisées par Coralie. D'où vient son antipathie envers elles? Je n'ose croire à sa jalousie et pourtant! J'ai appuyé la tête sur le haut du siège, fermé un moment les yeux. Elle s'est tournée à quelques reprises vers moi, attentive à mon absence, sans doute. Sa main prend la mienne et la retient, comme un désir que je revienne vers elle. Ce geste me surprend par sa tendresse et son besoin de ma présence. Il me déroute en même temps. Est-ce que je rêve? Qui es-tu, Coralie, toi qui te dénoues? Qu'attends-tu de moi? Je ne sais que répondre pendant que je m'efforce de revenir au temps de la Conscription, en 1942, qui s'est abattue sur la province, malgré la promesse de Mackensie King et du ministre Lapointe, son lieutenant au Québec. Les soldats en kaki envahissent la scène. Certains arborent un brassard au bras : M.P. – military police –, en anglais, s'il vous plaît, à la recherche des jeunes gens qui refusent de s'enrôler. Pire, on chasse les déserteurs! Tiens! en voici quelques-uns qu'on embarque dans une jeep. En moi, l'enfant de dix ans se souvient de la visite à la maison d'un monsieur à la tête blanche, Rodrigue Senneville. Il nous raconte que les parents l'avaient caché, en 1944, durant plusieurs mois, dans le grenier. Il rappelle les repas que papa lui apportait avec les journaux et le surplus de couvertures, pendant les jours et les nuits où rôdaient les M.P. anglais dans notre rue.

Mon attention dérive vers ce passé à jamais disparu, vers un présent incertain auprès d'une jeune femme que je ne puis déchiffrer, mais que j'aime, ai-je reconnu dans un éblouissement. Ben oui! tu l'aimes, triple idiot! Les scènes qui se déroulent ne parviennent pas à m'atteindre, bouleversé que je suis par cette vérité toute simple, je l'aime. Et elle? Musique, décors, personnages, voix qui raconte basculent pêle-mêle, pendant que je m'efforce de faire taire le martèlement de mon cœur pour retrouver Coralie qui s'agite. Comment sait-elle mon absence, sinon par ce lien mystérieux qui m'unit à elle? Je m'oblige à revenir vers le visage émouvant de René Lévesque exprimant son bonheur d'être québécois. Partout le fleurdelisé, en ce 15 novembre 1976. La scène et la salle vibrent dans l'immense espoir de posséder un pays, à nous, peut-être un jour.

Le spectacle s'achève par l'épreuve du Déluge qui réunit tout le Royaume dans l'entraide. Sur grand écran, la pluie ne cesse de tomber, le tonnerre gronde, les maisons dégringolent, entraînées dans des torrents de boue. Sur le déluge, sur la désolation, se dresse la petite maison blanche, symbole d'un coin de pays, debout.

Pendant que diminuent les applaudissements, je me penche vers Coralie :

— Es-tu prête? Autrement, on va être embourbés dans la circulation.

— Oui, on y va! souffle-t-elle.

Nous hâtons le pas, louvoyons à travers des groupes éparpillés, atteignons la foule, près de la porte. La pression de sa main dans la mienne m'oblige à la suivre dans une course vers le stationnement.

— Tes sandales tiendront pas!

— J'm'en fous!

La voiture démarre, à peine me suis-je assis. Les indications lumineuses nous guident vers la sortie. Nous roulons bientôt sur la rue Principale. Plus loin, brille l'enseigne d'un Dairy Queen.

— Une crème glacée avec une boule aux noix, ça serait pas mal! Et toi?

— Un sundae au caramel!

Sur un banc de la terrasse, je m'assois en face d'elle. Je m'amuse de sa bouche qui ne peut retenir un mince filet de crème glacée que j'enlève avec une serviette de papier. Surpris de mon audace, je crains sa réaction.

— Toi, tu en as sous le nez! rit-elle.

— Durant la soirée, j'ai roulé dans ma tête un compliment, mais je n'ai pas osé le dire de peur que tu ne l'acceptes pas! Peut-être parce que je ne sais pas qui tu es à travers toutes les Coralie entrevues depuis notre première rencontre chez toi.

La surprise joue sur son visage. Elle se ressaisit.

— Tu m'attends? Je vais me laver les mains. Au retour, tu me le sers, ton compliment? répond-elle, misérieuse, pour cacher une émotion qui affleure dans ses yeux très sombres.

Les mains sur le volant, elle se tourne vers moi qui reste silencieux. Nous traversons la campagne.

— Tu es belle, Coralie! Davantage à mes yeux que Viviane ou Odile. Mais tu ne l'acceptes pas, par crainte de je ne sais quoi! Je te l'offre, ce compliment, comme un cadeau.

— Un cadeau que tu es le premier à m'offrir.

— Peut-être suis-je le premier à oser franchir le mur que tu t'efforces de maintenir autour de toi? De refuser quiconque voudrait t'aimer.

— Qu'est-ce que tu dis?

— Tu te caches sans cesse, toi si ombrageuse.

— Mais non, je ne me cache pas, reprend-elle, interdite.

— Tu joues à l'indifférente, pour dissimuler une sensibilité qu'un rien fait frémir. Par moments, tu laisses entrevoir une Coralie drôle, pleine d'humour, mais vite, la Coralie méfiante se referme dans sa carapace. Si une tendresse trop refoulée explose en un geste, une phrase, un regard, aussitôt tu t'efforces de l'effacer dans une attitude désinvolte. Durant le spectacle, tu as accompagné chaque danse en dansant toi-même comme une petite fille que tu es quand tu te laisses aller. Tu possèdes une sensibilité aiguë, intuitive, venue me chercher, puisque tu savais que je m'étais égaré, à quelques reprises, dans mes souvenirs. Dans notre course vers le stationnement, tout à l'heure, tu as brisé le moule de la Coralie sérieuse, rigide, pour laisser paraître la Coralie spontanée, un peu « tom boy ». Sous les différents masques qui te cachent, je souhaite qu'un jour, un homme découvre la vraie Coralie. Tu vas m'en vouloir peut-être. Il aurait été plus facile de parler du spectacle que tu as aimé comme moi. Mais il fallait, par amitié, te dire ce que je ressens après ces quelques jours puisque nous n'aurons peut-être plus l'occasion de nous revoir.

— Demain, tu montes au chalet avec Julien?

Je suis surpris de cette question. « Elle se défile, plutôt que de répondre! » ai-je pensé, un peu déçu. Je respecte son silence. Les phares de l'auto balaient les champs où se profilent, l'espace d'un instant, une grange, un troupeau, un tracteur perdu. Nous atteignons le boulevard Talbot avant de tourner vers la rue où habite mon frère. Elle stationne la voiture, me remercie pour la soirée. Je sors et m'éloigne. Elle m'appelle :

— Emmanuel! Qui sait si un jour on ne se retrouvera pas?

Je me penche pour regarder son beau visage ému malgré elle.

Chapitre 6

Je ne vois, à l'arrivée de la camionnette, que la présence de Coralie, assise près de Julien. « C'est pas vrai! » ai-je murmuré, stupéfait, partagé entre la surprise heureuse et une légère inquiétude à la pensée des jours seul avec elle.

— Hé! Emmanuel! on campe pas durant un mois! pouffe Julien en sortant du réfrigérateur portatif les provisions que je lui apporte.

— Le jeûne, pis le carême, c'est derrière nous! lui dis-je, pendant que nous serrons la main de Bernard et que j'embrasse Florence.

Coralie, toujours assise, agite une main timide. Nous roulons en silence dans des rues dégagées où s'abat un soleil de plomb. Julien conduit lentement. La cabine sent l'huile et l'épinette. Coralie s'est recroquevillée afin de tenir le moins d'espace possible, comme pour éviter de m'effleurer. Elle porte un pantalon kaki troué aux genoux, un chandail trop grand dont elle a roulé les manches. Une casquette de baseball enserre sa tête et cache ses cheveux. D'où lui vient ce besoin de vêtements qui ne l'avantagent pas, comme un refus de son élégance d'hier soir?

Sur le pont que nous traversons, la main de Julien pointe vers la rivière Saguenay qui vibre au soleil. Au loin, ses rives étalent des fermes blanches dans les champs. Au bout du fjord, les pics joignent le ciel et les eaux dans une même échancrure brumeuse.

— On a un beau pays, nous autres, hein? s'exclame Julien.

Je tourne la tête vers lui. Il est caché par sa sœur. Elle me regarde, fascinée, il me semble, par le spectacle grandiose qui s'offre à nous. Des yeux de velours très noirs, un instant posés sur moi, qu'émeut la beauté. « Elle a gardé le don d'émerveillement », me dis-je, heureux de ce sentiment qui me rapproche de la jeune femme.

— C'est elle qui m'a demandé de venir avec nous! lance Julien pour taquiner sa sœur.

— Grand panier percé! s'écrie-t-elle.

Nous tournons vers l'entrée de la zone écologique des monts Valin. Inscription, permis de séjour et de pêche auprès d'un agent de la conservation. Je m'offre à payer la part de la jeune femme qui refuse net.

— Je suis assez grande pour m'occuper de ma petite personne, glisse-t-elle.

La remarque m'afflige par sa brusquerie que je ne comprends pas. Je croise Julien qui discute avec un gros homme à la face lunaire. Le flot constant des camionnettes, les rires et les plaisanteries des hommes m'éloignent de la présence de la jeune femme. Un camionneur rajuste les chaînes de la charge énorme transportée par son mastodonte : des troncs d'arbres entiers que les tronçonneuses ont écorcés et décapités dans le flanc des montagnes. Coralie surgit au bout de la galerie où je suis assis.

— C'est vrai que je suis bête quelquefois! murmure-t-elle, le regard tourné vers son frère et le gros homme.

Je soulève les épaules, déconcerté : « Une façon pour elle de s'excuser, peut-être », ai-je pensé.

La camionnette s'engage sur le chemin de gravier et soulève un nuage de poussière. Nous ne parlons pas, attentifs au vallonnement des épinettes et des bouleaux morts au tronc noirci. Au loin, le ruban jaune du chemin grimpe sans arrêt.

— Ouais! Jos Gagnon, du lac Doumic, me demande de l'aider à réparer sa toiture, avance Julien qui évite le regard de sa sœur.

— C'est pas vrai! Toujours la même chanson! poursuit-elle, d'une voix accablée. Combien de jours?

— Je pars demain matin. À la réparation du toit, faut ajouter certains travaux à la remise. Deux ou trois jours, peut-être quatre...! calcule Julien.

— Ah non!

L'essoufflement du moteur dans les côtes emplit le silence. Coralie a écrasé sa casquette sur ses yeux et croisé les bras. Sa mine renfrognée ne semble pas affecter son frère, mais elle me plonge dans l'embarras, à la pensée de toutes ces heures à vivre avec elle.

J'essaie d'oublier ce contretemps d'un séjour sans Julien. Sur ma droite, un canard à tête verte lisse sa poitrine. Il s'envole soudain et trace un sillon éphémère sur la surface du lac. Des lambeaux de nuages flottent, immobiles dans le ciel.

La camionnette tourne sur un chemin étroit, monte à travers les épinettes et débouche sur le haut d'une côte où poussent, de chaque côté, des framboisiers. En bas, le chalet, dans son revêtement de vinyle blanc, repose face au lac, comme un immense oiseau dans la lumière adoucie de la fin d'après-midi.

Après le souper vite englouti, nous transportons le canot de Maxime dans le sentier qui conduit au quai. En face, une baie étroite où dorment des nénuphars. Nous avironnons tous les deux, moi en avant, dans de courtes vagues soulevées par le vent d'ouest.

— Tu le trouves comment, le canot de Maxime? demande Julien.

— Il prend la vague comme un charme. Léger et peu versant. Tu as de la chance!

— Ouais! murmure Julien, pendant que sa main

m'indique la zone du chenal entre le bouleau écorché et le chalet des Théberge.

— Pêche ici, quand le soleil tombe à travers les épinettes.

Assis au fond du canot, je regarde tomber le soleil qui embrase l'horizon. Le canot entre dans une baie tranquille. Des bouleaux cachent à demi un camp de bois rond abandonné.

— Moreau, le métis, vivait ici, à l'année. Un bon ami de papa. Ce que j'en ai passé des heures avec lui! Il m'a appris bien des trucs pour trapper.

À droite, un ruisseau serpente à travers un bosquet d'aulnes et de joncs avant de se perdre dans le lac. La nuit s'avance vers nous comme une marée dans la trouée de la montagne par où les orignaux venaient boire quand leur chalet avait été bâti. J'avironne de nouveau. Julien suit le rythme que j'impose au canot. Sur le quai, tourné vers le chalet, il murmure :

— Tu sais avec qui je me suis promené sur le lac, en canot, la dernière fois?... Avec Julie, ma petite fille...!

Chapitre 7

— Tu me demandes, Julien, ce que je suis devenu après mon départ de notre ville?

Les branches d'épinette et de pin crépitent dans une volée d'étincelles. Il se lève, tourne les bûches et les ramène dans le brasier. Coralie nous a rejoints. Assise sur un vieux banc aux planches mal équarries, elle semble absente, absorbée par le feu.

— Un prof de littérature dans un collège.

— Ça, je le sais. T'es seul?

— Maintenant oui. J'avais connu une fille à l'université. Elle étudiait en architecture. Je l'avais rencontrée au café étudiant, au Campus, un samedi soir. On a dansé, pris une bière. On s'est promenés longtemps sur Côte-des-Neiges. Je me souviens que je marchais trop vite et qu'elle tirait sur mon manteau pour que je ralentisse. Je l'ai invitée dans un restaurant vietnamien. J'ai prétexté une visite au petit coin pour examiner le contenu de mon portefeuille. De retour à la table, elle s'est mise à rire. Elle savait. Ensemble, nous avons compté nos sous. On a quitté très vite, gênés du maigre pourboire!

Debout, Julien tisonne le feu, rajoute une bûche de bouleau. L'écorce pétille, s'enflamme et s'unit à la vie feutrée de la forêt : course inquiète d'un lièvre, hululement de la chouette sur le chicot d'une épinette en arrière de la « shed » à bois, le floc de la martre dans l'eau, près du quai. Coralie, les coudes sur les genoux, fixe la flamme dans l'attente que je poursuive; je le constate, par ses yeux rivés sur moi pendant que je déroule mes souvenirs.

— Le coup de foudre? interroge Julien, appuyé sur son bâton.

— Ouais! Notre vie ensemble, ç'a été le prolongement du restaurant. Une vie amoureuse de rire, même dans les moments difficiles, de connaissance intuitive de l'autre. Deux ans à s'aimer comme des p'tits fous. La tendresse a remplacé peu à peu une passion qui nous isolait de nos amis et nous rendait trop dépendants l'un de l'autre. Elle travaillait dans un bureau d'architectes important qui l'obligeait à voyager. Je n'aimais pas ça. Après une scène, elle m'a fait comprendre ma jalousie. Pas facile de lui donner raison. Et puis, tout a basculé...

Coralie s'est levée pour se diriger vers la cuisine du chalet. Je m'apprête à continuer :

— Non, Emmanuel, elle va apprécier que tu l'attendes pour la suite de ton histoire.

— Ta sœur, une étrange fille!

— Tu peux pas la comprendre sans son passé. Pas très drôle.

Il s'est tu à l'arrivée de Coralie. Elle porte dans ses mains deux bières et un verre de jus d'orange. Nous avons trinqué. Julien, tourné vers moi, s'est assis sur une bûche. Je continue :

— Elle s'est relevée péniblement d'une fausse couche, a repris le travail. Un an plus tard, elle devenait de nouveau enceinte. Nous avons fêté la nouvelle avec un couple d'amis qui lui avaient offert des mocassins de bébé et qui connaissaient notre désir de plusieurs enfants.

Une fin d'après-midi de novembre, on me demande à l'hôpital de Maisonneuve. Je m'y rends, inquiet du bébé à naître. « Pas encore une fausse couche! » ai-je pensé. Un médecin me reçoit dans son bureau.

— Votre femme a subi un accident cardiovasculaire. Avant qu'on ait pu la transporter ici, il était déjà trop tard.

— Pas possible, elle n'a que trente ans!

J'ai étouffé cette phrase sans en mesurer l'absurdité.

— Elle était enceinte, n'est-ce pas? m'a demandé le médecin.

— Oui, de quatre mois.

Il a hoché la tête, les paroles devenant inutiles. J'ai marché à ses côtés dans un corridor, sans rien voir, sans rien entendre que ma propre voix qui bourdonnait à mes oreilles : « C'est pas vrai! C'est pas vrai! » La porte a glissé sans bruit : « Je vous laisse un moment », m'a-t-il dit.

On lui avait fermé les yeux. J'ai pris son visage, surpris du froid dans mes mains. Son front était lisse, légèrement cireux. La cicatrice légère que j'embrassais souvent pour l'amuser barrait sa joue. Penché sur elle, j'essayais de me persuader qu'elle était morte. Je n'y parvenais pas, étonné de n'être pas confondu par l'inéluctable réalité, effrayé même de ne pas ressentir une émotion incontrôlable qui m'emporterait.

J'ai vécu les jours suivants dans un tourbillon d'actions et de gestes dérisoires, envahi par les parents, les amis, les collègues qui s'agitaient et m'écrasaient de leurs embrassades, de leurs paroles, de leurs conseils. J'ai même couché deux fois chez ma sœur qui voulait m'éviter le choc de l'appartement vide.

— Elle s'appelait comment? demande Coralie d'une petite voix.

— Mireille.

Elle se lève, s'approche de moi, se ravise.

— Je vais me coucher. Bonne nuit, Emmanuel!

— Bonne nuit, Coralie!

— Pis moi? demande Julien.

— Bonne nuit, toi aussi. Essaie de pas ronfler, dit-elle dans un rire enjoué.

Nous ne parlons pas, attentifs au murmure de la forêt ponctué de bruits de branches cassées, de cris étouffés, de silences. La vie, la mort s'accouplent dans un mystérieux accomplissement. La lune éclaire le lac immobile. Le feu rampe un long moment avant de ronger le reste calciné d'une bûche. Je poursuis :

— Au fil de toutes ces années, Julien, nous avons traversé des expériences semblables. La mort nous a enlevé celle que nous aimions, nous laissant libres d'une liberté inutile. Toi, tu as perdu, en plus, ta petite fille! Je n'ai pas encore trouvé de compagne, incapable d'oublier Mireille, comme si mon deuil n'était pas achevé.

Julien jette d'un geste brutal une bûche dans les braises, puis rapproche une chaise de la mienne.

— T'as raison! On a été frappés par le même malheur. Mais ce que tu sais pas, c'est que moi, j'ai souffert tout ça pour rien. J'ai été désespéré par la mort de Régine, presque à en crever. Dans les moments où j'en pouvais plus, j'essayais de me rappeler son visage, son corps que j'avais oubliés. Ma mémoire était pleine de trous! Je recherchais celle que j'aimais toujours, ma compagne avec qui j'avais tout partagé. On avait fait ensemble, dans l'amour, une petite fille merveilleuse. Pis, c'était faux. Tout était faux. J'ai été baisé, comprends-tu ça, Emmanuel?

Il a craché les dernières paroles. Lui, si discret, si maître d'habitude de ses moindres réactions, ne se possède plus.

— Je te parle pas de ma petite fille, Julie, mon ange, que j'ai plus jamais revue même dans son cercueil fermé. Elle l'avait entraînée dans la mort. Une saloperie!

Je l'écoute, stupéfait, et n'ose interrompre le torrent qui dégringole, balayant toutes les résistances de ces années durant lesquelles il couvait sa rancœur.

Pendant qu'à l'Alcan il se faisait suer à travailler quelquefois seize heures de suite afin de lui offrir une toilette, un voyage, la garce courait les motels, deux fois par semaine, pour coucher avec son amant. Quatre mois sans qu'il s'en aperçoive, heureux de ses sourires, de ses caresses! Il avait été roulé comme un grand naïf qui croyait à l'amour. Pendant qu'il la fêtait et qu'il promenait son bonheur tranquille, comme une fleur à la boutonnière, plusieurs dans son dos le plaignaient : « Pauvre lui, y mérite pas ça! »

Un après-midi, après avoir forniqué, la brave maman-épouse est allée chercher leur fille à la maternelle. Elles ne sont jamais revenues à la maison.

Durant des semaines, il avait été un veuf qui portait un brassard noir dans la tête, enfermé à double tour en lui-même pour ne rien perdre des souvenirs qui l'enchaînaient à elle et l'aidaient à survivre jusqu'à ce qu'un compagnon de travail l'assomme : « Faut que je te le dise... » Julien l'avait pris au collet : « Des preuves, des maudites bonnes preuves, autrement t'auras plus de visage! » Il lui en avait donné, des preuves, puis l'avait serré longtemps dans ses bras : « Ni moi ni tes chums, on était plus capables de te mentir. » Il fallait comprendre son humiliation. Tous ces gens qui le rencontraient, qui le saluaient, devaient savoir. Il devenait fou de honte et de rage. Les amis, ce sont eux qui l'ont porté pendant les deux années qui ont suivi, avant qu'il n'ait terminé son camp en bois rond. Il a tout laissé ensuite, la maison, le job, la ville qui l'ennuyait, pour commencer une autre vie.

Le feu s'est peu à peu consumé. Les reflets orange et bleu des braises palpitent encore avant de se coucher dans la cendre chaude. La nuit nous environne, sereine, avec ses étoiles qui naviguent dans une mer lumineuse. La lune a chaviré dans le lac. Julien s'est apaisé, je le sens à la cassure de ses épaules, au ton de sa voix. Il reprend et s'efforce à la gaîté.

— Tout un voyage dans le passé, hein! Tu gardes en toi une question? Je te réponds avant que tu la poses. Oui, Emmanuel, je commence à être heureux. Ma petite fille, Julie, dort dans mon cœur. Une chanson qu'elle aimait, un rire qui lui ressemble la réveillent un moment. Je lui parle pour la rendormir. C'est triste et doux en même temps! J'aime ces moments-là, même si j'ai encore un peu mal.

Il se tait un long moment. J'écoute son silence. Pourquoi l'interrompre, alors que je sais qu'il va poursuivre, sans tricher, sa longue quête vers le passé.

— J'ai de la rancœur pour Régine par moments. Ça m'arrive quand je m'y attends le moins. Il me reste rien d'elle, excepté des souvenirs qui s'échappent comme des mauvais rêves. Lui, l'amant, je ne cherche pas à l'oublier. Il faudra bien un jour vider la question, comme des hommes. Tous les deux. Il me rencontre de temps en temps : « Salut, Julien, ça va? » Ça me fait tout drôle chaque fois. Je me contente de le regarder, sans rien dire. Peut-être qu'il se doute pas que je sais ou qu'il se sent coupable et voudrait que je lui pardonne. Je le crois capable de s'humilier, de commettre les pires bassesses pour être lavé de la souillure qui lui colle à la peau. Pour que ça redevienne comme avant.

— Comment peux-tu le juger? Tu l'as tout de même pas confessé!

Julien rit d'un rire un peu triste.

— Dans le bois, on a le temps de réfléchir, de démonter les gestes et les paroles d'un homme, de les relier au passé. Ce gars-là a toujours feinté, a toujours été faux depuis que je le connais. Je l'ai flairé dès le début.

« Qu'adviendra-t-il de l'homme qui l'a dupé? » me

suis-je demandé, pendant que je jette de la terre sur les dernières braises. Je me répète ses paroles alors qu'il marche vers le chalet : « Lui, l'amant, je cherche pas à l'oublier. » Je le rejoins sur la galerie pendant qu'il fixe le ciel bourré d'étoiles.

— Durant les soirées, tout seul dans mon camp, je m'assois à la fenêtre pour apprendre à lire dans ce grand livre-là. Ce qu'il doit y en avoir d'enregistrées des histoires d'hommes! Les nôtres, elles valent quoi au juste?

— La tienne, ton histoire, tu devrais l'oublier.

— Non, murmure-t-il, elle est inscrite dans les astres!

Sa voix a repris sa douceur. Que cache-t-elle d'implacable?

— Ce que je t'ai raconté, ça pourrissait en dedans de moi depuis bien longtemps.

Il regarde toujours le ciel étoilé. La cigarette qu'il porte à la bouche éclaire un moment son visage.

— Demain, je pars tôt. Lève-toi pas. Je déjeunerai chez Alfred qui veut qu'on travaille une grosse journée. Pas sûr qu'il pleuve pas demain avec ce vent du sud, ce qui peut nous retarder.

— Dors bien.

Sa large main s'est ouverte sur mon épaule pour me dire bonne nuit.

J'ai éteint la lampe au propane qui siffle à peine au plafond de la chambre. Au-dessus, le bruit d'un sommier m'avertit que Coralie ne dort sans doute pas encore. Le sommeil, subitement, s'est abattu sur moi. Je ne me souviens pas d'avoir rêvé. J'ouvre les yeux, ébloui par l'aube qui embrase mon lit d'une lumière rosée.

Chapitre 8

Je monte vers le chalet par le petit sentier où poussent des framboisiers et des fougères. Coralie apparaît un moment dans le grillage de la porte. Assise dans le fauteuil près de la fenêtre, elle boit un jus d'orange. Je retrouve la table mise et l'odeur du café que j'avais préparé.

— Bonjour, Coralie!

Elle hoche la tête et murmure un bonjour à peine audible. Je me sers un café.

— Tu en veux?

— Non, merci!

L'attention que je lui porte l'importune. Entre nous est tombé le silence que rompt le bruit timide de mon couteau sur l'assiette, le raclement de la cuiller dans le pot de confiture. Tout à coup, se lève un sanglot au fond de moi au rappel des premiers matins sans Mireille dans la cuisine de notre appartement. Je suis là, hébété, à entendre battre mon cœur. Rien d'autre n'importe dans cet instant magique que le mal de son absence. Je veux répéter le bruit du couteau et celui de la cuiller pour que se renouvelle la vision douce-amère de mon amour perdu. En vain. Mes yeux indifférents voient le soleil cribler le lac et la masse inerte d'une jeune femme. Je me lève et vais m'asseoir sur la galerie, la tasse de café à la main.

Je bois une gorgée. Le café est froid. Combien de temps suis-je resté ainsi, la tasse à la main, perdu dans

61

le passé, insensible au lac, à la forêt que couvre le voile bleuté de la chaleur, tout au loin? Le soleil qui cuit mes jambes et mes bras nus m'oblige à retraiter. Une ombre cache un moment le bout de la galerie où je me suis réfugié. Coralie, debout, m'observe. J'ai envie de sourire de son accoutrement, un coton ouaté qui la tient prisonnière, malgré la chaleur écrasante de l'air.

— Je n'ai pas dormi, hier soir, à vous entendre parler. Julien surtout.

— Il faudrait s'excuser? ai-je demandé.

L'ironie mordante ne la déconcerte pas.

— Ce n'est pas un reproche, poursuit-elle. Je dors mal souvent, la nuit. Le moindre bruit me réveille. Quand Julien est là, sa présence m'apaise et m'évite des cauchemars...!

Elle s'interrompt, laisse couler quelques secondes :

— Il faut qu'il t'aime pour t'avoir raconté son passé que je connaissais en partie. C'est vrai que ses amis l'ont sauvé.

— Toi aussi, tu l'as sauvé.

Le changement de ma voix la déstabilise. Elle cherche à cacher le plaisir d'être reconnue, me regarde pour s'assurer que je ne me moque pas.

— Il te l'a dit? demande-t-elle naïvement.

— Je le sais.

Pourquoi se force-t-elle à l'indifférence, alors que ses yeux, qui s'embuent et se détournent, affirment le contraire?

— Est-ce qu'on doit craindre pour le gars qui lui a pris sa femme et qu'il croit responsable de ses malheurs?

— Je connais mon frère, tu sais! répond-elle, après un moment de silence. Comme trappeur, il a appris les mœurs et les habitudes des animaux. Des hommes aussi qu'il croit moins vrais. Il a appris la patience. Il attend peut-être son heure!

Elle reste là, indécise dans l'attente de paroles qui ne viennent pas. Je ne sais que dire de cette crainte vague que nous partageons. Elle me quitte brusquement pour entrer dans le chalet.

Le soleil tape dur, mais la brise qui souffle rend moins pénible la réparation du quai, une corvée qui surprendra Julien de la part de son ami l'intellectuel! Enlever les traverses pourries, les remplacer par des madriers trouvés dans la remise, les couper à la bonne longueur et les clouer, ces tâches ont rempli les heures de la matinée. Je souris à voir les ampoules dans mes mains.

Le vent sur mon corps sèche l'eau qui m'a rafraîchi tout à l'heure. À deux reprises, Coralie a paru sur la galerie, mais n'a pas satisfait mon secret désir qu'elle descende vers le quai.

Les stores tirés rendent ombreux et frais l'intérieur du chalet. Assis sur le divan, je bois à petites gorgées la bière fraîche qui coule dans ma gorge. Le travail sous le soleil m'a fatigué. Je ferme les yeux, puis les ouvre à demi. Coralie épie mes gestes et se réfugie dans le livre qu'elle tient à la main lorsqu'elle croise mon regard. Elle a délaissé l'enfer du coton ouaté pour un t-shirt orange et un bermuda brun qui dégage ses jambes. Je suis surpris de leur blancheur. Ses cheveux rejetés en arrière libèrent l'ovale de son visage.

— J'ai envie de te tourner de nouveau un compliment, dis-je en souriant.

Elle se cabre, prête à la riposte. Je me lève et hausse les épaules. Je n'ajouterai rien pour ne pas l'indisposer davantage.

— Vas-y toujours! répond-elle, d'un ton sec.

— Bof! Je voulais te dire que je te trouvais belle, voilà tout!

— À quoi veux-tu jouer?

— À rien du tout! Est-ce mal de te dire que tu es

belle maintenant, alors que tu détonnais, ce matin, dans ton accoutrement sous trente degrés de chaleur?

Elle se renfrogne et se contente de répondre :

— Ben oui! Il faisait trop chaud. Je me suis changée, exprime-t-elle pour éviter de livrer toute sa pensée.

— Tu ne sembles pas heureuse de te retrouver seule avec moi. Pourtant j'aurais souhaité vivre ces deux ou trois jours dans l'harmonie avec toi. Ça ne semble pas possible, dis-je en marchant vers le réfrigérateur. Tu dînes? Je fais chauffer de la soupe aux légumes et me prépare une salade. Tu en veux?

— Non, je mangerai plus tard.

Elle lit pendant mon repas. Aucun mot n'est prononcé. Je lave ensuite les quelques morceaux de vaisselle, puis gagne ma chambre. Le sommeil ne vient pas, bien entendu! L'attitude de la jeune femme me déboussole. Approche-t-elle d'une certaine tendresse qu'elle s'en éloigne. Quelle plaie douloureuse garde-t-elle enfouie au plus profond d'elle-même pour se cuirasser ainsi? Et cette violence qui affleure constamment, où prend-elle sa source? Elle cherche à cacher ses sentiments, comme elle cherche à cacher son corps, sans y parvenir. Dissimulée sous un coton ouaté ridicule, voilà qu'elle réapparaît pimpante et serrée dans des vêtements qui l'avantagent. Le ton acéré d'une conversation se transforme soudain en propos banals, sans que je sache pourquoi. Quelle danse inventer pour accompagner ses pas et vibrer à son rythme? Les questions s'embrouillent. Je me relève, courbaturé et la tête lourde. Dans le silence feutré, la présence de Coralie, toujours clouée dans la berceuse, me surprend par son immobilité et ses yeux fixés sur le livre qu'elle ne lit pas. Je m'approche d'elle qui se crispe et manifeste un léger recul. « Un petit animal traqué », je répète cette phrase retenue depuis notre première rencontre à son appartement. Accroupi devant elle, je la force à me regarder et lui raconte le souvenir d'un petit chien donné à Mireille par une amie. Un schnauzer nain poivre et sel, très doux, de sept mois, qui s'écrasait devant un étranger ou quand on élevait la voix. Le vétérinaire était convaincu que, tout petit, Gris-gris avait été battu. Elle détourne les yeux qui s'embrument. Pourquoi me craindre, moi qui suis l'ami de son frère Julien? Comment croire un seul instant que j'aurais l'intention d'abuser d'elle? Je suis déconcerté d'avoir prononcé ces paroles ambiguës que je n'ai pu retenir et qui dépassent ma pensée. Elle manifeste un certain étonnement, puis s'apaise comme si un ressort trop tendu se relâchait.

Je me relève et me dirige vers la porte. Il reste à terminer le travail du quai. Je n'ose lui demander de m'aider, par crainte d'un refus. L'étrangeté de sa conduite me poursuit pendant les heures qui s'étirent dans l'ennui d'une tâche qui ne me plaît guère.

Chapitre 9

Le vent a forci et a rafraîchi l'air. Les vagues roulent leur écume sur la grève, s'immobilisent, reprennent leur respiration, comme si elles s'amusaient à rendre incertain mon besoin de pêcher. Au fond du lac, le ciel se teinte de blanc crème et de gris. « Possible que j'essuie un grain. Tout va se calmer ensuite! »

J'ai enfilé dans ma chambre mon habit de pluie et mes bottes, attrapé ma canne à pêche et le coffre de mouches et de cuillers.

— Julien oserait pas prendre la chaloupe par un temps pareil, me dit Coralie, le dos appuyé à la porte.

— Je risque une grosse pluie, tout au plus.

— N'y va pas, supplie-t-elle. Tu ne connais pas le lac. C'est trop dangereux!

Elle parle d'une voix lente, qui cherche à dissimuler son inquiétude. Pour la première fois, il me semble découvrir en elle une tendresse attentive, toute neuve. Elle s'arrête au bord de l'escalier de la galerie, descend et se tient sur le quai, pensive, sans chercher de nouveau à me retenir.

Après quelques ratés, le moteur Johnson roule lentement, puis accélère. Sous mon poids, l'avant de la chaloupe s'est relevé et offre une prise facile au vent. Je profite d'une accalmie et pousse le moteur à fond afin d'atteindre la pointe du rocher qui tombe à pic dans une eau tranquille, protégée par la forêt, du côté opposé au chalet.

Un coup sec dans ma main et la fuite rapide de la ligne me transportent soudain au pied des rapides de la rivière de mon enfance quand papa m'avait laissé sa canne à pêche : « Débrouille-toi. C'est une grosse! » La fierté inoubliable de mes onze ans! Je lutte avec la truite qui bondit, retourne au fond, réapparaît dans le bouillonnement de l'écume, s'agite encore malgré ses forces épuisées. La vision s'est évanouie, tandis que la canne à pêche plie sous le poids d'une truite de belle taille et que je tiens l'épuisette de l'autre main, comme autrefois papa dans mon souvenir.

Je n'ai pas vu l'horizon s'embrunir. Une houle très longue balance l'embarcation. Je titube en déposant une autre truite dodue dans le panier et m'accroupis pour ne pas m'étaler de tout mon long. Aucun cri d'oiseau dans le silence étouffant, immobile sous le ciel gris, poisseux, qui se traîne au ras des épinettes dont les têtes figées s'agitent en un balancement alangui. Sur les bords de la chaloupe, le floc floc entrechoqué de la vague, répétitif, hallucinant, me force à ranger la canne à pêche. L'ancre ne tient plus. Le rocher s'approche dans le grouillement de l'eau qui gicle sur la masse des arêtes vives. J'avance à genoux et je réussis à remonter l'ancre, à la déposer dans la pince avant. Vautré sur le banc, je saisis les rames à tolet. Arc-bouté, je tire de toutes mes forces pour m'éloigner de la muraille rocheuse dont le bruit de succion m'effraie. La crête acérée d'une forte vague me projette plus loin dans le vent du large qui saisit de plein fouet la chaloupe qui danse, affolée. Le moteur ne m'est d'aucun secours. Étendu sur le banc du centre, je maintiens, au bout de mes bras, les rames à tolet et cherche à maintenir l'équilibre. « Tiens-toi face au vent, disait papa, le seul moyen de t'en sortir. » Au-dessus du sifflement de la bourrasque, j'écoute sa voix : « Tiens ton canot debout dans l'vent. » L'embarcation n'arrête pas de sauter, de s'élever, emportée par une lame plus forte, dans l'ivresse de la bourrasque. J'ai les mains et les poignets meurtris à force de tenir rigides les rames.

Aucun point de repère dans le blanc cotonneux qui m'enserre, au-delà de l'eau qui dresse ses crêtes mouvantes. Tenir les rames, ne pas les lâcher est devenu une obsession comme si tout le reste n'avait pas d'importance. Culbuté au fond de la chaloupe, après que ma tête eut frappé le rebord, je me relève avec peine, étourdi. Retrouver les rames! J'oublie le sang qui coule de mon front pour écoper l'eau qui me va aux chevilles. Retourner ensuite aux rames, tricher avec la baisse du vent, vider l'eau de nouveau. Vite, toujours plus vite. Dans les bouffées du vent qui siffle, je sais que mes gestes demeurent vains et qu'une vague meurtrière m'engloutira. Mourir m'indiffère. Un calme étrange m'habite. Seule me possède la précision des gestes : écoper, tenir la proue dans le vent, oublier la déchirure de mes épaules, de mon ventre, de mon genou droit enflé; négliger la morsure de la fatigue dans mes mains et mes poignets. La fuite des nuages a noirci le lac et dégagé la bourrasque qui a faibli. J'écoute déferler du bout de l'horizon l'orage qui étend sa couverture de brume et crépite autour de l'embarcation. Mes yeux, brouillés par la pluie et le vertige de l'épuisement, entrevoient à cent mètres une eau plus calme, glauque, comme immobile maintenant. Combien de temps a duré la lente progression de l'embarcation interrompue par les coups de vent et les vagues bruyantes? Je ne sais. Le soleil blanc, sans rayons, a disparu, puis la brunante s'est avancée. Les premiers pas de la nuit marchent à l'horizon, envahissent le lac et la forêt en face de moi.

Couché sur le dos au fond de la chaloupe, je ris et frappe l'eau qui m'enveloppe. Je ris, alors que la pluie crible mon visage et se mêle aux pleurs qui coulent sur mes joues. Sous mon regard, le lac roule encore ses moutons en vagues serrées. Une dernière lame frappe l'embarcation qui dodeline comme un lourd berceau. J'essaie de me lever pour rejoindre le moteur et retombe sur le dos, foudroyé. Mon corps craque de partout. Je reprends les rames et avance dans le grincement des tolets.

Quelques truites flottent, le ventre en l'air, dans la mare d'eau où pataugent mes pieds. Je les jette par-dessus bord, épaves mortes, gonflées d'eau. Tout près, un pont de quelques billots, défoncé. Au bout du sentier envahi par les herbes se dresse le chalet de Moreau, le métis, le vieil ami disparu du père de Julien et de Coralie.

Chapitre 10

Assis sur la première marche à moitié pourrie du perron, prostré, trempé, tous mes membres contractés, j'attends que se détende mon corps. L'obscure clarté du ciel dévoile au loin le lac boursouflé sous le rideau de la pluie. Je tiens les mains ouvertes, déchirées par les ampoules, sur mes genoux que je ne puis empêcher de trembler. Tout en moi est brûlure, le cou, les épaules, les bras, le dos, comme si la fatigue soufflait un feu sous ma peau et qu'elle embrasait les moindres parcelles de ma chair. L'anéantissement recherché de toute pensée, de tout désir! Bâillonner mon cerveau pour écouter le fragile bien-être de l'immobilité et l'immense besoin de dormir.

Le froid m'envahit, je grelotte. Vite, enlever mes vêtements détrempés. La porte dont un carreau est brisé s'ouvre sans effort. Une odeur de moisi et de fumée me monte à la gorge. Appuyé au chambranle, je m'habitue à l'obscurité de la pièce. Une lueur blafarde perce une fenêtre souillée en face d'une table vers laquelle j'avance à tâtons. Ma main heurte une lampe à huile et tout à côté une boîte de fer-blanc d'où je tire une allumette de bois. La flamme balbutiante s'élève, éclaire la table, les deux chaises et un poêle à bois, en face. La lampe dans ma main jette sa lueur sur un sommier, au fond, dont le matelas, debout, s'appuie au mur. Au-dessus, sur une tablette, des serviettes, du savon, un rasoir rouillé, un chapelet aux grains usés. Sur une autre tablette, des numéros du *Reader's Digest*, un Almanach du peuple, des photos. Pendent au mur une vieille salopette et un pantalon d'étoffe. Un bahut cache des couvertures trouées sans doute par les mites, des vêtements d'hiver, des draps. Dans la pénombre, ces objets très humbles reprennent vie et m'émeuvent comme si Moreau, le métis, me disait : « Hé, sers-toi! Fais vite, tu vas attraper une grosse grippe! »

Débarrassé de mes vêtements mouillés, je me suis enroulé dans une couverture qui sent la fumée, odeur de l'Indien. Je traîne un vieux sofa en face du poêle qui ronfle. J'ai la certitude qu'on a occupé le chalet à quelques reprises. Des traces de mulots, bien sûr, mais le matelas debout, la propreté des lieux et la lampe pleine d'huile au globe immaculé indiquent la présence d'un chasseur égaré ou de motoneigistes épuisés qui y ont fait escale.

La pluie crépite sur le toit et le vent siffle encore en rafales par la porte et par la large fenêtre mal calfeutrée qui donne sur le lac. Je me suis levé pour inspecter une pièce en retrait. La lumière de la lampe dévoile un établi où traînent des couteaux de différentes formes, de minces lattes de bois pour tendre les peaux, sans doute. Sur un mur, des pièges de toutes les grandeurs avec leurs chaînes rouillées. Un sacré-cœur et un calendrier ont jauni sur le mur. Je remorque ma jambe droite dont le genou bleu me fait souffrir. Un miroir accroché à un colombage m'a renvoyé tout à l'heure un visage bouffi, barbouillé d'éraflures et un front coupé d'une large entaille.

La lampe éteinte, les interstices du poêle qui ronronne découvrent les vêtements qui sèchent, les formes vagues du mur, la boîte à bois ouverte. Pêle-mêle chevauchent les vagues qui battent les flancs de la chaloupe, l'air vibrant au-dessus des crêtes d'eau baveuses, les rames à tenir, les jambes trop blanches et le visage courroucé de Coralie, son sourire. Envahi par la peur mortelle d'une houle immense qui m'entraîne. Je m'éveille en sursaut, trempé.

Une clarté surnaturelle découpe le vase de fleurs séchées sur le bord de la fenêtre, la chemise sur une patère et de vieilles bottes sur le plancher. La lune éclaire mes mains enflées et mon corps nu. J'ouvre la porte qui laisse entrer la fraîcheur de la nuit, le bruissement soyeux de la brise et le son cristallin des gouttes d'eau dans les arbres. Un ruisseau à côté du sentier dégringole vers le lac, sous le duvet de la clarté lunaire. Je savoure ces instants de plénitude. Le temps peut si vite tourner! Rasséréné par la splendeur d'une nuit qui succède au cauchemar de la veille, je me rendors, bercé par le rêve d'enfant d'un Robinson Crusoé.

Je m'habille dans des vêtements à moitié secs, devant la fenêtre. L'aube roussit le ciel sur la frange de la forêt au fond du lac, projette dans le miroir du lac, au bas du chalet, l'austère beauté des épinettes dessinées à l'encre de Chine. Avant de fermer la porte, je m'assure que tout est en place pour le prochain voyageur errant, avide de repos.

Le moteur Johnson toussote à plusieurs reprises, tourne enfin. La chaloupe, nettoyée de son eau, tangue à peine et gagne le milieu du lac. L'air frais, translucide, a succédé aux bourrasques de vent et à l'orage de la veille. Je navigue doucement pour apaiser mon cœur qui cogne trop fort au souvenir du roc où je pêchais hier et de la pointe où s'est engouffré le vent déchaîné. Mais je sais que je triche et que le rappel de Coralie, dans le chalet où elle m'attend, m'angoisse. « Je te l'avais bien dit », sifflera-t-elle entre ses dents. Ou peut-être feindra-t-elle l'indifférence? L'embarcation glisse lentement, s'immobilise. Je peine à sortir de la chaloupe et à sauter sur le quai. Dans la salle, la lumière, qu'elle a sans doute oublié d'éteindre, brille encore.

J'ouvre la porte avec douceur. Debout, elle tient ses

deux mains sur son visage et prononce mon nom qu'elle ravale avec ses pleurs. Dans sa robe de nuit fleurie qui laisse ses bras libres, elle reste figée, incertaine de ma réaction.

Je m'avance vers elle qui s'approche et attend que j'ouvre les bras pour s'y précipiter. Son corps garde une certaine raideur et évite de me toucher. Peu à peu, il se détend et s'appuie au mien. Ses pleurs redoublent. Elle tient sa tête cachée sur mon épaule. Je caresse du plat de la main ses joues mouillées.

— J'ai cru devenir folle en te voyant emporté par la tempête et disparaître. Tout ça par ma faute!

— Hein, par ta faute?

Durant toutes ces heures d'agonie, elle s'était reproché son agressivité, son besoin par moments de me blesser, par peur de devenir trop vulnérable. Elle n'avait pas su me retenir, me crier les dangers du lac et les signes certains de la tempête que Julien lui avait appris à lire dans le ciel, le vent et la couleur de l'eau. Pourquoi aurais-je cru aux pauvres paroles qu'elle avait prononcées du bout des lèvres?

— Tu m'avais supplié d'éviter le lac. Pourquoi te sentir coupable?

— La culpabilité? Je la connais depuis des années, répond-elle, évasive.

Elle m'examine, soudain soucieuse.

— Mais, tu es blessé! s'écrie-t-elle. Ton front? Montre-moi tes mains! Tu boites aussi. Tiens, ton genou est enflé, tout bleu.

Elle s'agite, ramène de la chambre de Julien une trousse de premiers soins. Je souhaite plutôt prendre une douche et goûter l'eau chaude sur mon corps, revêtir ensuite des vêtements propres, évacuer la torpeur insidieuse qui s'est glissée en moi. J'essaie de me raser, mais je n'y parviendrai pas avant que les éraflures ne soient guéries. La douche m'a reposé.

Elle me demande de m'asseoir sur le divan et de poser la tête sur un coussin, tandis qu'elle lave la plaie de mon front avec du peroxyde, bande mon genou, pose un onguent sur les entailles plus prononcées. Ses gestes précis, rapides m'étonnent. Elle me révèle sa vie d'infirmière depuis cinq ans. Après deux semaines de vacances, elle reprendra son service à l'hôpital.

— Le déjeuner sera bientôt prêt. Tu te reposes, veux-tu? demande-t-elle.

Je ne la reconnais plus et le lui exprime. Elle m'attend près de la table et dépose l'assiette d'un copieux déjeuner : jambon, œufs, pommes de terre rissolées. Je verse un café noir qu'elle boit avec du sucre et un nuage de lait. Elle mange très peu, étranglée par l'émotion de me retrouver. La peur durant toutes ces heures que je sois mort et moi, lui dis-je, de ne plus la revoir, de ne jamais savoir un jour pourquoi elle me fuyait et que je lui étais si peu aimable. Les larmes noient de nouveau ses yeux. Elle sait depuis notre première rencontre qu'elle ne pourra pas longtemps se cacher de moi. Que je lise en elle la mortifiait.

— Mais non, je ne sais rien de toi, ni ton passé ni ton présent. Comment pouvais-je te connaître? Je sais maintenant que tu es infirmière.

— Et Julien? demande-t-elle, incertaine. Il ne t'a jamais parlé de moi?

— Ton frère? Il parle si peu! Encore heureux que, durant la soirée de notre arrivée, il m'ait parlé de la mort de sa femme et de sa petite fille. Et du ressentiment qu'il couve envers Richard, l'ancien amant.

Par la large fenêtre, je regarde le lac sans un ridant. Je marche sur la galerie et je constate les dégâts de la tempête, qu'il nous faudra nettoyer ensemble, elle et moi, dans le soleil de l'après-midi.

Chapitre 11

Coralie a accumulé un tas de branches près du foyer. Elle continue à en ramasser d'autres qu'elle traîne au même endroit. Dans le sentier vers le lac, j'ai rempli de sable la rigole qu'a creusée l'orage. Les heures coulent sans que nous parlions, habités tous les deux par la présence de l'autre, par la chaleur du soleil sous la brise. Elle s'est arrêtée comme moi pour regarder voler très haut une buse qui glisse, ailes immobiles. La scie mécanique à la main, je coupe l'épinette tombée qui obstrue le chemin. Elle transporte avec la brouette les bûches à deux pas de la *shed* à bois et m'aide à tirer au bord de la forêt le bout de tronc accroché aux racines. Je suis surpris par sa force et son habileté et m'amuse de son accoutrement : une vieille casquette, une chemise trouée qui lui cache les cuisses, des bottes d'homme.

— Pourquoi, Coralie, te cacher sans cesse dans des vêtements trop grands qui ne te conviennent pas?

Nous avons terminé notre travail et sommes assis, elle sur une chaise de galerie, moi sur le banc qui court contre le mur du chalet. La question la surprend. Elle fronce les sourcils, désarmée.

— Il faut répondre? demande-t-elle.

— Non! c'est comme tu veux.

Elle vrille ses yeux dans les miens. Je regrette aussitôt mon hésitation qui l'a blessée peut-être.

— Je t'emmène à un endroit superbe et à peu près inconnu, répond-elle.

« Pour éviter, sans doute, une conversation qui lui déplaît. »

— Nous pourrons nous y baigner, si tu le désires.

Je souris de sa proposition de nous baigner qui répond aux « vêtements trop grands qui ne te conviennent pas »... Subtile Coralie!

« Nous prendrons le souper là-bas », suggère-t-elle. Truites au menu, que je pêcherai et qu'elle fera cuire à sa façon. Dans le panier d'osier, un bon p'tit blanc! De la remise, j'apporte dans l'embarcation un sac qui contient un poêlon tout noir, mais propre, et une vieille grille de barbecue.

Elle s'est assise sur le banc avant. La chemise légère et le short de couleur jaune pêche s'harmonisent avec le vieux chapeau de paille et les sandales. Elle m'a demandé en pivotant sur le quai si son « accoutrement » convenait au styliste! Notre rire a dissipé la gêne qui l'habitait.

À demi tournée vers le lac, elle présente les courbes harmonieuses de son corps. Innocence de son attitude ou pose de la femme soumise au regard de l'homme? Je ne sais que penser, dérouté par les métamorphoses constantes qu'elle offre.

De la main, elle désigne le passage où la bourrasque, hier, a failli m'emporter, ouvre les bras en croix, yeux fermés, joint les mains en une mimique irrésistible. Drôle, Coralie? Son rire espiègle de petite fille! Je gesticule, moi aussi, en creusant de mes doigts des fossettes à mes joues. Sans y parvenir. Elle porte ses mains à son visage pour me cacher les siennes.

La chaloupe poursuit sa course vers le fond du lac, longe ses bords avant d'entrer dans une crique dissimulée par un bouquet de bouleaux et le rempart d'un éboulis de roches. Une chute, en amont, dégringole en cascade et forme un bassin de plusieurs mètres, assez large en étendue. L'eau bouillonne et s'échappe en bulles qui crèvent à la surface.

Voilà son petit paradis où elle vient quelquefois. Seul Julien, parmi ceux qu'elle aime, y est entré. Et moi, maintenant! J'écoute sa voix menue, à travers le bruissement sans cesse renouvelé de l'eau, bouleversé par sa fragilité et la confiance qu'elle me manifeste.

— Tu me perds sans cesse, Coralie, depuis notre première rencontre. Qui es-tu vraiment?

— Tous les visages que je t'ai présentés sont les miens. Il t'en reste d'autres à découvrir, dit-elle, misérieuse.

— Tu m'as conduit ici, dans ton refuge, toi si sauvage. Pourquoi?

— Le soir de notre arrivée, autour du feu, tu as parlé de Mireille, ta femme. Ça m'a beaucoup touchée. Je la trouvais chanceuse d'avoir été aimée si fort.

— Le lendemain, Coralie, tu as continué à être insupportable!

— Besoin de t'éloigner de moi, peut-être!

Ses sandales enlevées, elle joue à cacher ses pieds dans le sable.

— Je te dis pas toute la vérité... J'ai peur de m'accrocher à toi, de te faire souffrir et de souffrir, moi aussi. Tu sais, mes amours...! dit-elle, avec une moue triste.

Sa sincérité me renverse, une sincérité sans retenue, naïve, douloureuse. Elle revient ensuite sur la question que je lui avais posée sur la galerie, n'oubliant aucun mot : « Pourquoi, Coralie, te cacher sans cesse dans des vêtements trop grands, qui ne te conviennent pas? » récite-t-elle, dans un rire fêlé.

— J'ai été longtemps à ne pas m'aimer, reprend-elle. Je n'ai pas appris encore. Il m'arrive parfois de ne pas aimer être femme. Trop dangereux! Une espèce d'embêtement d'appartenir au sexe faible! Tu habites un corps de femme et tu as peur. J'ai appris la peur très jeune. Toi, Emmanuel, parce que tu es un homme, tu ne connais pas la peur atroce des pas qui s'approchent de toi sur un trottoir désert, la peur de répondre à quelqu'un, la nuit. M'habiller avec des vêtements qui masquent mon corps de femme, peut-être qu'on l'oubliera! Et que, moi aussi, je l'oublierai. Marcher sur la pointe de sa féminité, pour ne pas la renier, ça devient éreintant! J'ai vécu si longtemps dans un sentiment d'alerte, aux aguets, qu'il valait mieux me cloîtrer en moi-même, m'isoler, incapable de m'abandonner et de faire confiance.

Les paroles se sont bousculées de plus en plus vite, comme si elles lui brûlaient la gorge. Elle se tait un long moment. Je suis frappé par l'emportement de la jeune femme qui sait sa souffrance et l'exprime sans concession, dans une vérité d'écorchée.

— Mais, Coralie...!

— Tu veux me dire que je suis belle, m'interrompt-elle. Ça m'avance à quoi? Je ne veux pas être un bibelot, un objet de désir. J'en ai trop souffert, presque à en crever. Notre peur provient de notre image dans le regard fou des hommes.

Elle se lève, se promène un moment. Je regarde la chute débouler dans un nuage d'écume. Je sens tout à coup ses bras m'encercler et sa tête dans mon dos.

— Si tu veux, tu peux me dire que je suis belle. De toi, je l'accepterai.

— Tu es superbe, Coralie, et tu le sais, même si tu cherches à nier l'évidence. Pourquoi? Puisque tu me fais confiance, je te donne la mienne en ne trichant pas avec toi. Pourquoi n'acceptes-tu pas ton corps et le caches-tu? Tu ne peux pas vivre avec ce refus, sans te détruire.

— Que veux-tu dire? me demande-t-elle.

— Je ne sais pas ce que tu as souffert, mais je sais

que tu n'es pas guérie d'une blessure qui t'empêche d'être heureuse.

— Retourne-toi, demande-t-elle après un long moment.

Elle apparaît dans un maillot de bain qui sculpte son corps. Intimidée, elle se précipite au milieu de l'étang.

Je pose un pied puis un autre et avance à peine dans l'eau trop froide. Elle revient vers moi et m'asperge à pleines mains. Je crie, je la traite d'horrible mégère, de laideronne, d'hippopotame. Elle se jette dans mes jambes. Me voilà renversé sous l'eau où elle me garde en criant de m'excuser, qu'elle n'est ni laideronne ni hippopotame, puis s'élance à la nage vers les rapides. Je la poursuis et l'attrape bientôt. Le combat devient inégal. Elle accepte enfin de dire « chute! », non sans me traiter de bourreau et de barbare à la vue de son poignet rougi que j'ai malmené. Épuisés, nous nous assoyons sur une roche plate, avec l'eau qui déborde tout autour de nous. Nous écoutons la pulsation rythmée de la cascade, « comme mon cœur », chuchote-t-elle, en posant ma main sur sa poitrine. Son geste naturel m'étonne, mais ne la trouble pas, comme si elle ne percevait pas l'étrangeté de notre situation où les gestes amoureux affleurent et dont je prends soudain conscience. Je veux me dégager, mais elle me demande de rester encore près d'elle, afin de goûter ensemble ces instants uniques.

Le soleil de fin d'après-midi a séché nos corps sur le sable fin de la minuscule plage. Elle va vers la lisière de la forêt pour se rhabiller. « Ne triche pas », me demande-t-elle, pendant que je reprends chemise et short.

Je suis parti seul pêcher non loin de la crique, à l'entrée de la passe que m'avait suggérée Julien. Dans les vagues au reflet doré, la mouche avance par soubresauts, puis en un mouvement lent, soudain rapide. J'oublie, par moments, d'agiter la ligne dans ma main, distrait par le retour vers ces heures troubles auprès de la jeune femme, inquiet vaguement de l'inconnu qui nous guette, désarçonné par l'étrangeté de son comportement, hier agressif, aujourd'hui amoureux. Joue-t-elle de naïveté, d'inconscience ou de calcul, dans le louvoiement de ses sentiments? Qui suis-je pour elle? L'ami de Julien, son frère, un confident en qui elle a placé une confiance excessive, un amoureux? Je ne sais que répondre, perdu moi-même dans des sentiments contradictoires. L'image lointaine de Mireille m'assaille soudain en notre première rencontre. L'éveil brutal de notre amour ressembleraitil à ce qui surgit entre Coralie et moi? J'ai mal de ce rapprochement. Qu'en sera-t-il demain, quand nous serons délivrés de ce qui nous enferme et qui amplifie nos moindres gestes? J'ai peur tout à coup de souffrir en m'abandonnant à cette jeune femme ténébreuse, dont le passé torturé, je le pressens, a engagé son avenir jusqu'à aujourd'hui.

« Il faut te ressaisir, me dis-je en constatant le panier vide. Tiens, en voilà une. » Le plaisir revenu m'absorbe tout entier, avec la sensation exquise de la folle équipée de la truite que je contrôle, qui s'éloigne, plonge, saute, revient dans des sursauts qui me jettent dans l'inquiétude d'un cœur qui bat plus vite, et que termine le cri vainqueur qui jaillit : « Je l'ai eue! »

Après les avoir enduites d'une préparation d'huile d'olive et d'herbes, Coralie a déposé les quatre truites de belle grosseur sur la grille près des légumes qui mijotent dans leur papier d'aluminium. Nous trinquons au vin blanc qu'a rafraîchi l'eau des rapides. Je sens la jeune femme heureuse, sereine, en harmonie avec la fin du jour qui descend à l'horizon. Pas une vague sur le lac lustré où le saut des truites laisse des cercles éphémères. Elle surveille la cuisson, tourne les truites dont les chairs roses viennent à point, pique les légumes. Son regard s'illumine d'un sourire qui creuse ses fossettes.

Nous avons peu parlé durant le repas, comblés par la chair délicate des poissons et le goût savoureux des légumes. Je contemple la nappe sur le sable, la bouteille vide, les arêtes dans les assiettes, émerveillé par le décor somptueux qui a présidé à notre fête : la forêt tout autour, l'étang en repos, et le ciel avec ses mauves et ses oranges d'avant la nuit. De la cascade qui dévide ses fils d'argent, nous ne connaîtrons bientôt que le murmure intarissable. Coralie secoue la nappe, commence à nettoyer et à ranger. Est-ce le vin ou le soleil et l'eau qui ont rosi ses joues? Je n'ose le lui demander pour ne pas rompre l'enchantement qu'elle préside. Elle rapporte de la chaloupe deux coussins qu'elle dépose près du bouleau renversé qui nous servira de dossier. J'alimente le feu de branches sèches et rapporte du bois de grève et de petits arbres tombés au bord de la forêt.

Elle s'est assise de profil, m'offrant son visage rond, ses lèvres pulpeuses, ses dents très blanches, aux incisives légèrement distancées. Ses cheveux, coiffés avec une brosse, frisent sur son front. Elle laisse échapper entre les doigts une poignée de sable qui forme un petit monticule entre ses jambes.

— À treize ans, j'étais jolie. Me crois-tu?

Dans l'attente de ma réponse, elle enchaîne aussitôt :

— Plutôt grande et très mince. J'ai épaissi avec les années! ajoute-t-elle en glissant vers moi un regard oblique. Maman m'a dit un jour, sans explication, comme s'il s'agissait d'un incident banal : « T'es entrée dans ton adolescence. T'es devenue une femme », en constatant mes premières règles qui m'avaient bouleversée. J'avais cherché des explications dans des livres. Ça m'avait mêlée davantage. Une amie m'avait expliqué tant bien que mal. Mes seins qui poussaient m'encombraient et m'intimidaient devant le regard insistant des hommes plus âgés que mes camarades d'école. J'y avais une cour! Ris pas, c'est vrai! Un surtout qui me faisait rougir, parce qu'il disait que j'avais de belles jambes et un visage et des yeux qui le faisaient rêver. Tu imagines! Mais moi, je savais qu'il pensait surtout à mes petits seins et à mes cuisses dans ma robe toujours trop courte parce que je finissais pas de grandir. Je me regardais sans cesse dans les miroirs de la maison, je prenais des poses devant les vitrines de magasins qui me renvoyaient mon image. Je me souviens d'un bouton sur le nez qui m'avait rendue malheureuse pendant quatre jours. Je me trouvais jolie, bien tournée. Dans la cour de l'école ou dans les corridors, quand un gars plus âgé me disait devant ses amis : « On sort-tu ensemble, à soir? », je feignais l'indifférente, mais, au fond, j'aimais qu'on le dise. Ouais, je me trouvais pas mal et je m'aimais bien. Puis une nuit, la petite fille de treize ans est morte, tuée par son père.

Je la regarde, effaré par cette vérité innommable qu'elle a murmurée d'une voix blanche, d'au-delà d'une souffrance, je le sens, qui l'habite depuis toutes ces années, enfouie au plus profond d'elle-même.

— Ma pauvre Coralie! dis-je, incapable d'autres paroles.

Elle continue, enfermée dans le passé qui défile sans qu'elle cherche à le retenir.

— Comment cet homme que j'aimais le plus au monde a-t-il pu me trahir et devenir le bourreau de sa petite fille? Lui qui n'avait d'intérêt que pour son travail et son atelier, qui passait ses soirées à regarder à la télé ses maudits sports, le voilà changé en papa sucre à la crème. Il m'assoyait sur lui, m'embrassait dans le cou, me chatouillait, m'emmenait en auto acheter une crème glacée à trois boules. Et ses becs tout mouillés sur la bouche qui me dégoûtaient! Maman, embarrassée par le comportement de son mari, laissait son tricot et le regardait par-dessus ses lunettes : « Laisse-la tranquille. Va étudier dans ta chambre, Coralie. » Moi qui la croyais jalouse de sa propre fille!

Elle s'est tue un long moment, avant d'ajouter :

— J'aurais dû prévoir!

— Pourquoi te culpabiliser? lui ai-je demandé avec douceur.

— Mon instinct m'avertissait d'un danger obscur. Ses yeux fixes, sa voix cassée qui répétait sans cesse à mon oreille : « Ma petite Coralie, ben fine, cute à mort », son besoin étrange de me coller sur lui, et surtout la chose qui faisait une bosse à son pantalon, tout m'inquiétait. Moi qui racontais mes secrets à Sylviane, ma meilleure amie, je n'aurais jamais osé dévoiler les agissements de mon père. Ne pas lui en parler m'intriguait, je m'en souviens, comme une chose pas normale!

Un dimanche matin, mon chandail, en l'enfilant, s'était accroché à l'agrafe de mon soutien-gorge. De ma chambre, j'avais crié à maman. À l'odeur de pipe, j'ai su qu'il baissait mon chandail. Figée sur place, incapable d'une seule parole, je ne voulais pas croire à son geste sur mes seins : « Non, il l'a pas fait exprès! » J'essayais de me convaincre que lui, mon père, ne pouvait pas me toucher, « s'amuser avec moi » comme les gars, entre eux, s'exprimaient au sujet des filles. « Coral, on va au Dairy Queen, tu veux, hein? » m'avait-il demandé en m'entraînant, la main sur mon épaule. J'avais accepté, non sans appréhension. Il me l'avait demandé gentiment. Nous avions roulé dans les rues de la ville. Aux feux rouges, je sentais sa main sur ma cuisse, à la recherche ensuite de mes seins. J'avais croisé les jambes très fort, mue par un réflexe de toute ma chair pour protéger le centre de ma vie et de ma peur. « Au moins, il pourra pas me toucher là! » me disais-je, affolée. À la maison, surprise, maman m'avait vue courir vers ma chambre où je m'étais couchée, la tête sous l'oreiller, incapable de pleurer tellement j'avais honte. « Maman doit savoir, pis les autres autos qui attendaient aux mêmes feux rouges! » C'est à ce moment-là que j'ai commencé à me laver sans cesse, oui, je me trouvais sale à vomir. La honte et la peur m'ont accompagnée une bonne partie de la nuit, alors que j'ai vu le matin se lever à travers le rideau de la fenêtre. La honte de rester assise, sans être capable d'avaler une bouchée, écœurée par ce gros porc qui mangeait à se défoncer et qui posait ses yeux sur moi comme s'il s'était agi de ses grosses pattes! Tu ne peux pas savoir les noms abominables que ma rage a inventés pour le décrire. La terreur s'est installée à partir de ces heures où je me trouvais seule avec lui. Au salon, face à la télé, il parvenait à me coucher sur le sofa, malgré mes pleurs et mes efforts pour me dégager. Sur la chaise de mon petit bureau, dans ma chambre, il m'enchaînait d'un bras. Partout, les mêmes gestes de m'embrasser, de caresser et de fouiller mon corps. J'entends encore quelquefois sa respiration saccadée dans des moments et des endroits inattendus! Je n'ai su que plus tard le nom de ce long tremblement qui le secouait et qui l'éloignait de moi.

Nous avons vu s'éteindre l'immense vague rougeâtre du ciel et croître le lent mûrissement de la nuit. Je l'ai souligné à la jeune femme qui ne s'inquiète pas du retour et m'indiquera, sous la lune, le chemin du chalet. Nous transportons des bouts de bois de grève qui crépitent avant de brûler bientôt en longues flammes. Elle s'assoit dans la position du lotus. Son visage dans l'ombre s'illumine par moments sous l'éclairage intermittent du feu. J'entends à peine le murmure rauque de sa voix qui se gonfle peu à peu.

— L'horreur, je l'ai vécue quelques nuits plus tard. Je venais à peine de m'endormir, après plusieurs heures d'insomnie. Comme si mon corps savait déjà, je me suis éveillée brutalement avant qu'il n'entre dans ma chambre. Comment n'ai-je pas crié et me suis-je rendue coupable à me le demander sans cesse? Je ne le pouvais pas! Une terreur sans nom me tenait clouée au lit, fermait ma bouche. Il s'est avancé pour s'age-nouiller, a relevé ma jaquette sur mon visage. Sa bouche partout sur moi qui me dévorait. Ses mains se promenaient sur mes seins, mon ventre, mes cuisses, sur mon sexe. J'ai essayé de me débattre. Il a entré son coude dans mon ventre. J'ai voulu crier de douleur. Aucun son n'est sorti. J'entendais à peine les bruits de sa bouche prononcer des paroles incompréhensibles. Des nuits et des nuits sans dormir, à claquer des dents dans l'épouvante de sa venue, de ses gestes sans cesse repris, d'autres qu'il inventait comme celui de me forcer à le masturber et à l'entendre grogner quand la semence coulait sur ma main. Comment ne me suis-je pas suicidée pour me délivrer de mes nuits blanches, de la terreur qui me tenait lieu de compagne au lieu de mes amies que je fuyais dans la honte de penser que toutes savaient que je n'étais pas une fille comme il faut, car les filles comme il faut n'acceptent pas cette saloperie de leur père? La culpabilité s'est installée comme une sangsue qui me rongeait le cœur. Pourquoi ne pas l'avoir dénoncé? pourrais-tu me demander.

Je hausse les épaules, incapable de parole.

— Peut-être la petite fille de treize ans, devenue une femme, l'avait-elle provoqué par des attitudes aguichantes, par ses robes trop courtes? Je reprenais sans cesse le parcours des premiers gestes de mon père pour essayer de trouver une faille dans mon comportement par où s'était engouffré le violeur. Si j'avais été moins naïve aussi et m'étais méfiée davantage! Je me trouvais coupable de n'avoir rien fait pour éviter cet homme. L'aurais-je pu? Une torture à laquelle je ne trouvais pas de réponse et qui m'empêchait de dormir. Il m'arrivait même de me reprocher de ne pas l'avoir attendu avec un couteau ou une fourchette pour lui couper le sexe ou lui crever les yeux! Mais la culpabilité surgissait de nouveau. La souffrance qui l'accompagnait devenait si forte que m'accabler de reproches semblait évacuer un moment une faute subie dont je prenais ensuite la responsabilité. Comment comprendre l'étrange complexe des survivantes face au violeur?

Elle se tait. D'une voix détachée, elle reprend :

— Oui, je sais, Emmanuel, ça te semble incompréhensible comme à moi, maintenant. Comment la petite fille pouvait-elle se sentir coupable du viol que son père commettait sur elle?

Je me suis levé pour déposer dans le feu des bouts de bois et de branches sèches. Coralie se promène autour du foyer qu'elle tisonne. Je la sens tendue, lointaine, emmurée dans le passé, insensible à la douceur de la nuit et de la lune qui éclaire le lac près de nous. Elle se rassoit, pose sa tête un moment sur le bouleau qui nous sert d'appui.

— Les matins de réveil créaient une impression d'étrangeté, d'irréalité. Je n'osais pas regarder mon corps qui me dégoûtait. Non, ce n'était pas possible qu'il l'ait labouré encore! Je courais vomir dans la salle de bain. Je me lavais partout pour essayer d'enlever la saleté de ses mains et la bave de ses gros becs collées sur ma peau comme des croûtes. Je me suis habituée à saboter mon apparence physique dans des vêtements trop larges, déchirés : « Y pourront pas dire que je suis provocante! » Cette pensée me martelait les tempes : éviter d'attirer les hommes, tous des salauds, comme lui! Chercher à passer inaperçue, à me faire oublier. À l'école, je rasais les murs, je me tenais seule, près de ma case ou dans la cour de récréation. Mes amies cherchaient à me rencontrer afin de connaître mes raisons de les éviter. J'ai fait le désert autour de moi par mes refus et des remarques désobligeantes. Mes notes ont dégringolé. Je n'écoutais plus, je ne travaillais plus, incapable de me concentrer. Les professeurs de français et d'histoire, deux matières que j'aimais et pour lesquelles je m'appliquais, me retenaient après la classe. Je n'avais rien à expliquer. Qu'aurais-je pu leur dévoiler?

Elle lève les yeux vers moi. J'en profite pour lui demander pourquoi sa mère n'était pas intervenue puisqu'elle devait savoir.

— Ma mère, qui s'intéressait beaucoup à mes études, a semblé surprise de mes mauvais bulletins, mais n'a pas insisté pour en connaître les véritables raisons. « Tu vas te remettre d'aplomb, j'en suis certaine », disait-elle en continuant son ménage. Mais elle savait! Elle ne pouvait ignorer les absences fréquentes de son mari, la nuit. Elle ne pouvait pas ne pas m'avoir entendue pleurer ou me débattre. Et ces bijoux qu'il m'offrait : une bague, une montre, une chaîne que je refusais de porter parce qu'elles m'auraient brûlé la peau. Elle n'avait pas échappé au regard que je portais maintenant sur les êtres qui m'approchaient. Son silence, le trouble de ses yeux qui m'évitaient, certaines paroles qu'elle ne pouvait contenir, « Ma pauvre petite! », m'enfonçaient dans la certitude qu'elle connaissait la vérité. Dans un cauchemar qui revenait souvent avec des variantes, j'étais torturée avec une autre femme par un homme violent et ignoble qui utilisait des pinces et ses crocs pour nous déchirer. Je m'éveillais chaque fois en pleurs, avec l'envie de crier. Une nuit, j'ai reconnu maman dans cette femme, convaincue soudain qu'elle aussi avait été violée. « Approche pas grand-papa quand t'es seule, il aime ben les petites filles; les hommes sont des cochons », répétait-elle. Cette épreuve terrible qu'elle avait supportée en silence la rendait incapable de m'aider par peur de s'identifier à ma propre souffrance et de ressentir la culpabilité de ne pas m'avoir suffisamment protégée. Qui sait si elle n'était pas, elle aussi, violée trop souvent par un homme insatiable dont elle redoutait la violence folle si jamais elle parlait! Maman profitait des dimanches après-midi pour visiter sa sœur qui demeurait dans notre ville. Je voyais arriver dans l'épouvante ces heures où il se déchaînait.

La porte de sa chambre s'était soudain ouverte, un dimanche après-midi. Julien, « venu rencontrer la famille », comme il disait, avait découvert sa petite sœur à moitié nue et son père, en sous-vêtement, agenouillé, ses grosses pattes sur elle. Il avait compris ce qu'il soupçonnait depuis quelques mois à travers l'image des yeux du bonhomme sur elle, les changements profonds chez sa petite sœur, la peur qu'elle manifestait envers leur père, ce qui l'avait intrigué à chacune de ses visites. Il ne comprenait pas alors les attouchements sur elle, « pour rire », les embrassades et le besoin de parler d'elle à tout propos dans des sous-entendus qu'il trouvait grossiers. Le saisissant par le cou, il l'avait traîné dans la cuisine, lui avait ensuite jeté son pantalon. « Rhabille-toi! On va se parler. Essaie pas de sacrer le camp, je saurai te trouver n'importe où! » Le frère et la sœur se souviendraient toute leur vie de cet homme, leur père, muet, humilié, rajustant son pantalon. Julien l'avait prise dans ses bras et lui avait demandé de ne plus pleurer parce que son calvaire était fini. « Toi, viens t'asseoir en face de moi, à la table de cuisine. T'appeler notre père, ça te fait pas un peu drôle? Dans trois jours, t'es parti pour la Baie-James. Ils ont bien besoin de menuisiers! Tu reviendras pour ton procès, si Coralie et moi, on le décide. » Julien avait apporté du sous-sol une valise dans laquelle il avait entassé les vêtements de sa sœur. Elle habiterait chez lui désormais.

Chapitre 12

Les mois vécus chez son frère jusqu'aux vacances d'été devinrent un havre de paix et de douceur. Elle avait réappris à dormir sans crainte des réveils sinistres, même si les cauchemars hantaient encore ses nuits. Elle pouvait se promener dans l'appartement silencieux, rassurée par la présence de son frère. Même au travail, il veillait sur elle.

Elle se surprenait des questions imprévues qu'il lui posait et qui crevaient ses peurs d'être seule ou de côtoyer les amis de Julien qui l'amusaient de leurs drôleries ou de leurs querelles insignifiantes autour du sport. Elle réintégrait, grâce à eux, le monde des adultes bienveillants comme certains de ses professeurs dont elle aimait l'exigence et l'humanité. Par quelle magie parvenait-il à la surprendre dans sa culpabilité qu'elle n'avait confiée à personne? « Les gestes sur toi, c'était écœurant, faut que tu comprennes ça! » et des propos semblables l'avaient dégagée peu à peu de la responsabilité dont elle s'accablait dans la conduite ignoble de son père, un ogre qui avait dévoré le cœur et la vie de sa petite fille, disait-il, dans le langage imagé qu'il employait. Elle qui depuis peu avait délaissé l'enfance, pourquoi prendrait-elle son crime à lui et se punirait-elle? Il lui avait fallu des années pour évacuer la culpabilité. Mais la garce rampait encore quelquefois pour l'atteindre de son venin. Par quel sortilège, pour mieux les assumer, Julien lui avait-il fait revivre sa haine, sa rage, sa révolte d'avoir été choisie la victime innocente d'un tel père?

Deux ans plus tard, elle avait compris, auprès d'une psychothérapeute, l'attitude confiante et la justesse des propos de son frère. Observateur discret, intuitif, il s'était alimenté de lectures et de conversations auprès d'un ami psychologue qui avait partagé avec lui plusieurs fins de semaine de pêche sur le lac que nous regardons briller sous la lune.

— Julien m'a sauvée. Ma guérison, même si on ne guérit jamais complètement d'un viol, c'est à lui que je la dois, plus qu'à tout autre, rappelle Coralie.

Un lièvre du printemps surgit de la forêt et s'avance vers les morceaux de pain que j'ai égrenés après le souper. Coralie s'interrompt et regarde approcher le petit animal qui retraite bien vite pour revenir par bonds nerveux. Il atteint d'un saut le morceau le plus éloigné. Tremblant, il se hausse sur ses pattes arrière et mange avec avidité, reprend sa course vers la lisière du bois, refait le même manège, toujours aussi craintif, vers les autres bouchées. Je me tourne vers Coralie et je ris. Elle se lève et commence à me taper dessus.

— Toi, Emmanuel Bédard, t'as pas le droit de rire de moi. J'suis pas un lièvre, si tu veux savoir, parce que j'ai jamais eu peur de toi!

— J'ai rien dit! T'inventes tout! Hé, tu me fais mal! dis-je en mentant un peu, afin d'éviter les coups.

Imprévisible Coralie! Hier encore méfiante et butée, la voici impétueuse et drôle, confiante au-delà de toute réserve, amoureuse, à la fois tendre et sensible à la beauté qui nous environne : le feu qui flambe et empourpre la frange de la forêt à portée de nos mains, l'étang tacheté des reflets laiteux de la lune.

— Moi qui ne connaissais pas, depuis tellement longtemps, le bonheur partagé avec un être aimé, voilà que tu me l'as offert toute une journée. Dis-moi que je ne rêve pas.

— Tu ne rêves pas, Coralie. Je ne suis pas un fantôme, lui dis-je en effleurant de ma main son bras à la peau satinée.

Elle continue le récit de la lente sortie de l'enfer de ses treize ans. Elle avait choisi de devenir infirmière par besoin secret de se dévouer auprès de ceux qui souffrent, avait pensé sa grand-mère qui l'avait recueillie plus tard comme la fille qu'elle n'avait jamais eue. Sa seule copine, Hélène, qui l'avait beaucoup aidée à réussir ses maths, s'orientait en techniques infirmières. Coralie l'avait suivie et ne l'avait pas regretté. Elle avait repris goût aux études et à la lecture qui comblait sa solitude, s'efforçant d'oublier ses années d'école buissonnière et l'appellation méprisante de cancre dont l'affublaient certains de ses professeurs du secondaire. On la trouvait singulière dans ses vêtements punk et son refus de communiquer.

Au collégial, elle avait repéré un garçon timide et solitaire, sans charmes, mais aux yeux verts étonnants. Leur rencontre en classe avait été naturelle. Elle ne s'était pas sentie agressée par Étienne. Ils se retrouvaient souvent à travailler ensemble, à manger l'un près de l'autre à la cafétéria, à s'attendre pour marcher vers l'hôpital où se tenaient leurs stages. Avec lui, envolées la méfiance et la peur. Un sentiment de bien-être l'enveloppait, fait de complicité et d'admiration réciproques. L'avait-il aimée en secret? Oui, peut-être au début, avait-elle pensé. Encore aujourd'hui, ils se rencontraient en dehors de l'hôpital, puisqu'elle était la marraine de son premier enfant, une petite fille adorable qu'elle gâtait.

Il avait remarqué, non sans surprise, lui avait-il avoué, l'aversion qu'elle manifestait pour tout ce qui touchait à l'amour charnel. Il aimait danser; elle s'y refusait par crainte des contacts des chairs en sueur. « Comme tu es prude » lui avait-il lancé, légèrement ennuyé, quand elle lui avait raconté son dégoût des conversations de leurs camarades au retour de samedis soir mémorables. Aussi se doutait-elle, en raison de son comportement absent de désir et de son application à éviter tout contact physique avec elle – ce qui la mortifiait –, qu'il avait percé son secret. Elle n'avait jamais abordé le sujet, poursuivie encore par la honte et la peur de fausser à jamais leur relation. Elle s'efforçait de croire que l'amitié d'Étienne n'avait nul besoin d'un passé dont elle possédait seule la clef.

Il l'avait aidée à briser son isolement, à reprendre confiance en l'autre. Mais leur relation asexuée ne lui avait pas permis de s'affranchir de la crainte de l'intimité physique avec un homme qu'elle aurait choisi. Elle voulait aimer, être aimée physiquement, même si le mot sexualité la hérisse encore aujourd'hui puisqu'il renvoie à une réalité qui ne s'efface jamais tout à fait chez une survivante du viol.

Elle se tait, passe ses mains sur son visage et dans ses cheveux. Tout ça lui semblait tellement compliqué! À vingt ans, elle commençait à s'aimer et à se trouver désirable, même si l'inquiétude demeurait tapie en elle. Elle rêvait d'un homme qui l'apprivoiserait, lentement la dévoilerait, et qu'à chacune de ses caresses s'envoleraient ses peurs comme une vieille peau.

— Tu avais trouvé cet homme?

Elle me regarde en plissant les yeux dans une moue qui semble dire : « Ce que tu es curieux! »

— Julien me disait souvent : « T'es belle, Coralie. Fais un p'tit effort, et tu connaîtras un gars dépareillé qui va t'aimer. » Grâce à lui, j'ai rencontré un de ses amis. Pas mal du tout, plein d'entrain. Je lui ai plu. Il n'arrêtait pas de m'exhiber comme un trophée, ce qui m'ennuyait, moi, la sauvagesse. Toujours entourés de ses amis, nous partagions peu de moments seuls ensemble. Un feu roulant de rencontres, de balades en groupe, à tourner comme des toupies. Il me ramenait très tard à mon appartement. Je le laissais m'embrasser à la sauvette. Il voulait entrer, je le repoussais : « Tu sais l'heure? » Cette phrase servait d'excuse pour l'expédier et refoulait l'échéance d'une rencontre intime qui me hantait. J'ai réussi à lui exprimer mon désenchantement de pareilles soirées qui ne me convenaient pas. Compréhensif, il m'a emmenée au cinéma. Bras sur l'épaule, baisers sur la joue, main moite dans la mienne ou sur ma cuisse. J'étais tendue comme une corde de violon! Faut pas me demander le titre du film ou l'histoire racontée! Les yeux fermés, les jambes croisées, j'écoutais ma propre voix : « Pourvu qu'il me prenne pas les seins! » L'horreur! À l'appartement, il a insisté pour entrer. J'ai accepté dans l'espoir de surmonter une appréhension qui m'avait poursuivie depuis notre sortie du cinéma et de convaincre la dinde naïve que j'étais que je goûterais au contraire au plaisir de l'amour! Nous ne sommes pas allés plus loin que le sofa tant sa hâte était vive. L'odeur de sa transpiration, ses gestes précipités rappelaient les nuits de mes treize ans. Tout s'est terminé à la salle de bain où j'ai vomi mes tripes. Fin de l'épisode de Marc-André. Ma dernière aventure a duré plusieurs mois avec Bruno qui m'a beaucoup aimée, trop même. Brisé par un divorce éprouvant, il cherchait désespérément à réussir « sa seconde union », comme il disait, dans son hésitation à chercher le mot juste, ce qui m'assommait quelquefois. Au restaurant ou chez lui, un appartement luxueux, aux lumières tamisées, plein de bibelots, il aimait raconter ses cinq ans avec « Cricri », cherchant les failles qui auraient précipité le « désastre de leur séparation ». Après plusieurs semaines de fréquentation, j'avais, dans un geste de confiance irréfléchie, évoqué l'épisode de mon viol. Je l'ai regretté aussitôt. Il n'était pas préparé à une telle révélation, ne le serait jamais, en ai-je encore la certitude. Un choc violent dont il ne s'était pas encore relevé une semaine plus tard. Cette confidence, disait-il, le soulageait malgré tout, puisqu'elle lui faisait comprendre la difficulté de nos relations intimes : « Tu peux me caresser, mais je ne sens rien », saisissait-il chaque fois à ma façon de réagir. Les excuses que j'inventais avaient leur source dans le passé, répétait-il, comme une litanie. Nous avons continué à nous voir durant deux mois. J'étais devenue une porcelaine entre ses mains. Sa délicatesse fondait en une sensiblerie qui retardait le désir, l'épuisait. Il se culpabilisait de manquer d'attention. Sa gaucherie m'empêchait d'éprouver du désir, se reprochait-il. Sa crainte de ne pas répondre à mes attentes l'avait émasculé. Cet aspect intime de notre relation avait envahi toute sa vie, comme s'il n'existait rien d'autre dans la rencontre d'un homme et d'une femme! J'ai gardé de cette aventure le sentiment amer de mon inaptitude à combler un homme et à pouvoir parvenir un jour à la plénitude d'une vie vraiment amoureuse.

— Encore un peu, Coralie, et tu t'avoues coupable de tout, ai-je ajouté.

— Si tu savais comme je suis fatiguée! murmure-t-elle, en se blottissant contre moi, la tête cachée dans mon cou. Fatiguée de me promener parmi des couples qui s'aiment ou des parents avec leurs petits.

J'embrasse lentement son visage, ses épaules, la naissance de ses seins. Elle ne bouge pas, les yeux fermés. Quand j'embrasse de nouveau ses lèvres qu'elle m'offre, un léger frémissement de son corps la parcourt, une réponse inattendue qui l'émerveille. Longtemps sommes-nous restés enlacés, sur la plage minuscule, à écouter le bruissement de la cascade mêlé au chant qui éclate en nous comme une fleur de feu.

Chapitre 13

La chaloupe glisse dans le sillon de la lune qui éclaire, à l'avant, la jeune femme immobile. Continue-t-elle le monologue que j'ai évité d'interrompre avant notre départ de la crique, désarçonné par l'aveu ingénu d'une passion qui l'envahit? Si peu familier avec les mystères insoupçonnés de l'amour, que lui répondre qui ne la bouleverse davantage, moi si craintif de la blesser, décontenancé par le récit tragique de sa vie? La peur qui a traversé ses années d'enfer, par quelle alchimie inconnue pourra-t-elle se dissoudre? L'amour? Je ne sais que répondre à cette question imprévue que je me pose à moi-même dans l'harmonieuse paix qui envahit la nature. Elle se retourne pour me sourire, comme si elle avait entendu les paroles que je me répète. Le lait de la lune blanchit ses bras et ses épaules, ses joues, son front où frisent les cheveux courts. Elle me dit: « Comme le ciel est beau! » Je reprends : « Comme tu es belle, Coralie! » Elle cache son visage dans ses mains un long moment: « C'est vrai? » demande-t-elle, de sa voix rauque, émue d'un tel compliment qu'aucun homme ne lui a jamais adressé auparavant.

Nous accostons. J'attache l'embarcation et pose le pied sur le quai. D'un bond, elle se retrouve auprès de moi. Tournée vers le lac, à la recherche de la crique invisible, elle souhaite que cette journée se termine par une fête singulière afin qu'on ne l'oublie jamais.

— Je suis heureuse, laisse-t-elle tomber, avant de reprendre sur un ton mystérieux : « Reste ici, je veux t'offrir une surprise. »

Sans égard à la nuit qui pourrait entraver sa course, elle s'élance vers le chalet et disparaît à l'intérieur.

Je me suis couché sur le quai. La fraîcheur de la brise, levée depuis peu, apporte l'odeur de la résine des grandes épinettes et celle, légèrement plus âcre, de la grève. Le clapotis étouffé des vaguelettes sur les piliers et leur rythme régulier m'enlèvent toute pensée. J'ai entrevu à quelques reprises l'ondulation frémissante des étoiles et une lassitude heureuse.

Agenouillée, elle rit d'un rire enroué, sa figure près de la mienne. Elle regrette mon réveil puisqu'elle ne pourra plus observer mon visage, la respiration de ma poitrine et mes mains ouvertes qu'elle a embrassées. Pour la première fois, elle a contemplé le sommeil d'un homme, sans défense, livré à une femme, elle, Coralie, bouleversée, comme si elle couvait un enfant au berceau. Mon visage bougeait quelquefois. À quoi rêvais-je? Elle aurait tellement souhaité que des bribes de bonheur de notre après-midi éclatent dans la profondeur de mon sommeil! Je demeurais si loin, tellement loin d'elle qu'elle en était toute chavirée. Soudain, mon visage s'est figé comme en un masque immobile. Elle a eu peur que je ne me réveille pas.

— Viens! insiste-t-elle.

Je monte la côte près d'elle, aérienne dans sa robe d'après-plage dont le blanc amincit sa silhouette. Je sens sa main dans la mienne jouer avec mes doigts. Nous approchons du chalet dont l'intérieur est illuminé par je ne sais quelle lueur. Je lui demande d'avancer seule sur la galerie.

— Pourquoi? demande-t-elle, curieuse.

— Pour t'admirer, toi, la capitaine de mes amours.

Elle prend de nouveau ma main : « Faut entrer ensemble » dit-elle, petite fille qui trépigne de joie.

Le spectacle de la grande salle m'éblouit par l'illumination de dizaines de bougies. La table de la salle à dîner, le poêle à bois, les comptoirs, le réfrigérateur, les tables de chevet, les meubles n'existent plus, transfigurés par la magie des lampions rescapés d'une boîte de la remise. J'avance dans les méandres d'une rivière rutilante de lumière. Sur les poteaux de la balustrade de la mezzanine, les lampions jettent leur fantasmagorie d'ombres enchevêtrées au plafond et sur les murs. Çà et là brûlent des tiges d'encens. « La caverne d'Ali Baba », dis-je en riant.

Coralie a déposé une cassette dans la radio. Le saxophone, aidé de la batterie, exhale ses notes langoureuses, enveloppantes. Elle ne sait pas danser, elle qui a toujours refusé d'être tenue dans les bras d'un partenaire. Elle m'écoute, distraite, lui demander de se fondre dans la musique, de se laisser envahir dans l'oubli d'elle-même. Je la vois, revêche au début, fermer les yeux, son corps onduler peu à peu, se détendre et cueillir les notes qui pleuvent en nous. Plusieurs pièces de fox-trot se sont succédé sans qu'elle veuille se reposer. Elle ne savait pas que le saxophone pouvait autant l'émouvoir et devenir si voluptueux quelquefois.

— Tu es sensuelle, Coralie, d'une sensualité qui s'ignore.

Elle refuse cette épithète qu'elle n'aime pas, bien qu'elle soit collée contre moi. « C'est pas pareil! » répond-elle, alors qu'elle m'embrasse longuement, explore ma bouche. Son corps de nouveau tressaille, pendant que le saxophone syncope ses notes et que soupire le ballet du batteur.

La musique murmure en sourdine. Nous avons éteint les bougies et gardé celles de la balustrade de la mezzanine et quelques-unes sur la table à dîner. La pénombre a envahi la pièce avec la brise légère qui a dispersé la chaleur et l'odeur de cire, alors que persiste celle de l'encens. Coralie revient rafraîchie de la salle de bain, s'avance vers moi, indécise. Depuis la fin de la danse, je la sens plus nerveuse, incertaine de ces instants que l'amoureuse avait préparés dans un émerveillement craintif, mais qu'elle refuserait peut-être maintenant pendant que la peur l'envahit.

— Tu as peur? Il ne faut pas. Je t'aime.

— Je t'aime, moi aussi, tu le sais bien. La beauté d'une femme, c'est un piège inventé par les hommes! dit-elle, amère. Et pourtant, j'ai aimé que tu m'en fasses compliment, sur le lac, parce que tu n'es pas comme les autres.

Elle se tait soudain, brisée par l'envie de pleurer qu'elle ne cherche pas à étouffer, envahie, elle ne sait pourquoi, par le spectre des nuits d'autrefois.

Elle revient sur sa beauté, mais elle préférerait qu'on la trouvât intelligente, volontaire, intuitive, dévouée. La beauté, si éphémère et trop souvent artificielle, à laquelle s'arrêtent tant de mâles!

— Mais non! J'ai déjà déclaré que je te trouvais drôle, imprévisible, naïve, passionnée. Tout à l'heure, j'ai parlé de ta sensualité que tu ignores. À toutes ces qualités, j'ajoute...

— Quoi au juste? demande-t-elle, piquée par la curiosité.

— Que tu as un sale caractère!

Je cours me réfugier dans ma chambre, poursuivie par une furie. Je réussis à saisir ses poignets et à m'accrocher à elle qui s'apaise, appuie sa tête dans mon cou, heureuse de retrouver mon odeur, comme elle dit. Elle tend l'oreille pour écouter dans le silence le saxophone égrener ses notes nostalgiques. Je m'aperçois que je la berce.

— Apprends-moi ton corps, mon amour.

— Comment le pourrai-je, Emmanuel? Je ne le connais guère plus que toi. Tout ce temps passé à le fuir, à l'enlaidir! C'est avec toi que j'apprends depuis peu à l'aimer, à le trouver beau. Prête-moi tes yeux, tes mains pour le regarder, pour le caresser. Nous le ferons ensemble, veux-tu?

Il ne faut pas lui en vouloir, supplie-t-elle, si elle pleure et que la honte la surprend que je regarde son corps avec elle. Sa longue robe blanche enlevée, elle paraît dans la somptuosité de ses formes, humiliée d'avoir été flétrie dans les premiers jours de son adolescence. Elle étouffe, secouée de sanglots. Je la prends dans mes bras. Longtemps, elle laisse couler ses larmes, inconsolable d'un passé qu'elle ne peut oublier, malgré un présent qui la transfigure. « Peut-être un jour, soupire-t-elle, tout sera-t-il balayé? »

J'embrasse son visage, ses larmes, son sourire qui apparaît un peu contraint et qui creuse maintenant ses fossettes.

— Et toi? Si tu penses que je vais prendre seule le costume du paradis terrestre!

Elle rit et ses mains me dépouillent de mes vête-ments. J'apparais dans mon corps anguleux d'intellec-tuel éloigné trop longtemps des sports. Elle me reproche de me déprécier, aime ma minceur. Un corps très doux, insiste-t-elle, qu'elle caresse longtemps. Un corps qui me ressemble, sans lourdeur, svelte, encore brun d'un dernier séjour à Cuba.

Elle pose ses mains sur les miennes. Ensemble, nous parcourons ses épaules, ses bras ronds et plutôt musclés, non pas ceux d'une athlète, mais d'une infirmière qui soulève trop souvent des malades lourds de graisse. Ses seins, qu'elle a cachés si longtemps sous des vêtements trop amples, elle les a vraiment décou-verts, sans honte, dans le plaisir inavoué de constater que le maillot de bain qu'elle croyait décent découpait leur forme ronde, ravie de constater qu'ils ne me laissaient pas indifférent. Elle avait tardé à se rhabiller afin de prolonger le plaisir inconnu d'elle auparavant de se trouver belle et désirable. Partagée entre la crainte et le désir, elle aurait souhaité que je les caresse quand nous dansions. Bien des mannequins les préfèreraient à leurs implants, ai-je avancé en admirant leur beauté, celle de deux faons blancs. Elle s'amuse de l'image. Je ris avec elle, surpris que nous soyons libérés d'une gêne qui aurait pu nous paralyser.

Elle fait glisser nos mains réunies du ventre plat vers le lieu obscur de son corps, « inviolé », murmure-t-elle, d'une voix à peine audible, tant elle retient ses pleurs.

— Ni lui ni d'autres n'ont pu pénétrer là. Je t'attendais, peut-être.

Nous avons éteint les quelques bougies dont la flamme vacillait encore. La lune recouvre de sa clarté diffuse la salle du chalet. Je berce son corps nu collé au mien au rythme très lent du saxophone qui écoule de nouveau ses notes alanguies.

— Tu es superbe, Coralie! Tu le sais?

— Peut-être, un peu. C'est toi qui me fais belle.

À mon lit étroit, nous avons préféré celui plus vaste de la mezzanine. La brise de la nuit souffle à peine des deux fenêtres ouvertes au-dessus de nos têtes. Elle dort en fœtus, le dos appuyé sur ma poitrine et ses fesses rondes dans mon ventre. Sans le savoir, elle a pris la position préférée de Mireille, dans une autre vie. Le rappel de la disparue me poursuit, sans le mal insidieux qui me transperçait durant les premiers mois après sa mort, ou la nostalgie amère d'elle que me rappelaient certains lieux, des objets, un livre, un parfum ou une chanson. Il me semblait cruel que la présence chaude de Coralie ait repoussé l'image vivante de mon premier amour dans le désert aride du souvenir.

J'avais placé mes mains sur son ventre, comme autrefois avec Mireille. Par un geste irréfléchi, je les avais enlevées sans trop savoir pourquoi. Peut-être bien, ai-je pensé plus tard, pour honorer sa présence aimante qui avait embaumé ma vie d'étudiant et de jeune professeur. C'est de Mireille d'ailleurs dont j'avais parlé, avant que Coralie ne s'endorme. Étendue en face de moi, elle me regardait, incapable de cacher son incertitude. À brûle-pourpoint, elle m'avait demandé si elle me plaisait. Elle avait insisté : l'avais-je désirée aujourd'hui « très fort? » « Bien sûr », avais-je répondu.

Elle avait posé ses mains sur son visage, désolée de me faire souffrir de son refus. Afin de l'assurer que je ne franchirais pas le dernier interdit qu'elle me refusait, j'avais dévoilé un secret qui me liait à Mireille. Durant des jours et des nuits, après notre rencontre sur Côte-des-Neiges, nous nous étions follement aimés à mon appartement d'étudiant. Une vaginite, dont elle souffrait, nous avait empêchés d'aller au bout de notre désir. En avais-je vraiment souffert? Non, me semblait-il, car je n'en avais aucun souvenir.

— Je serai en toi, Coralie, quand tu le désireras « très fort », avais-je repris.

Elle avait bredouillé des mots inintelligibles, avant de se tourner et de s'endormir.

Chapitre 14

Tard dans la nuit, j'ai retrouvé ma chambre pour mieux dormir. Le soleil, timide à l'horizon, m'a réveillé. Dans le petit matin, une brume légère traînait encore au ras de la forêt quand je suis sorti et que j'ai monté la côte pour retrouver l'odeur pénétrante d'épinette et de terre mouillée, alors que sur mes vieux souliers et sur mes mains se répandait la rosée. J'ai cueilli des immortelles, des boutons d'or, des marguerites, de la chicorée sauvage dont les pétales bleus me rappellent le manteau de la Vierge de mon enfance, dans sa niche, sur le parterre des Gagnon.

Aucun bruit dans le chalet. Coralie dort encore. Je prépare le café, chauffe l'eau pour les œufs à la coque, coupe les tiges des fleurs déposées dans un vase. Je termine à peine mon déjeuner que sa voix ensommeillée m'interpelle. Mon absence, cette nuit, l'avait réveillée. Pourquoi l'avais-je abandonnée? À cause d'une certaine jeune femme qui dégageait une chaleur de fournaise! Elle ne comprend rien de ce que je baragouine.

J'arrive avec un plateau bien garni : beurre, fraises maison, morceau de jambon, œuf à la coque et deux tranches de pain. Près du café au lait, le vase de fleurs.

Elle cherche à se cacher avec le drap trop éloigné, puis abandonne.

— Mon petit déjeuner au lit! s'écrie-t-elle, surexcitée.

Les romans d'amour qu'elle lit encore quelquefois décrivent de belles dames, dans des lits somptueux, qui prennent leur petit déjeuner apporté par leurs jeunes amants, follement épris!

— Voilà que ça m'arrive à moi, Coralie Tremblay! Je dois rêver! Et toi, mon amour, qui m'as cueilli des fleurs sauvages!

Elle rit, s'amuse à jouer à la riche héritière, dévore de bon appétit.

— Tu es d'une indécence, princesse!

Je regrette aussitôt ma remarque que je voulais enjouée, mais qui la rend grave. En s'éveillant, cette nuit, elle s'est trouvée nue pour la première fois dans son souvenir. Elle ne se sent pas à l'aise devant moi. Au bonheur de me voir l'admirer se mêle une certaine gêne. Comme si sa nudité n'était pas convenable. Son expérience tragique et les années de peur et de honte qui ont suivi l'ont-elles rendue anormale? Jusqu'aux scènes d'amour osées, au cinéma, qui la dérangent, même si elle s'identifie au plaisir de l'amoureuse!

Couché près d'elle, je lui raconte mes années de séminaire. Le vent de la révolution tranquille avait soufflé sur le Québec et avait fait vaciller l'Église, mais les anciens tabous incrustés depuis si longtemps n'avaient pas tous été évacués. La peur rabâchée du péché de la chair, le seul péché mortel, un chancre beaucoup plus dangereux que l'absence de charité ou de justice, hantait encore les consciences. Mon enfance et mon adolescence pétries d'interdits n'équivalaient en rien à l'inceste qu'elle avait subi et à son enfer. Elles me faisaient comprendre cependant la peur de son corps et la honte qu'elle en éprouvait.

— Tu sais, Coralie, me promener nu devant toi me gêne, moi aussi, même s'il ne faudrait pas. On nous a tellement radoté que c'était sale, impur, notre corps, que le regard posé sur lui, les mains qui le touchent deviennent criminels. L'innocence nous aurait permis d'aimer notre nudité, si elle n'avait pas été bannie, dès notre naissance, par la peur de la chair.

J'exprime ma peine d'avoir gâché le bonheur de son réveil et de son petit déjeuner par une plaisanterie de mauvais goût qui a rameuté ses vieux démons. Elle m'embrasse en guise de pardon et m'offre une immortelle, symbole de son amour.

Bientôt dix heures. J'achève la pose de la teinture noyer sur le quai. Coralie, plus loin, n'a pas terminé la montée étroite qui conduit à la remise. Je la rejoins bientôt et l'aide à finir le travail. Je m'amuse des taches plaquées un peu partout sur elle que je nettoie à l'aide d'un morceau de linge et du varsol. Des perles de sueur couvrent son front et mouillent mon t-shirt.

— M'engueule pas! Pour une première fois, c'est pas mal, quand même! ajoute-t-elle.

— Tu prends une douche? T'as peut-être de la teinture ailleurs, dis-je, mi-sérieux.

Elle refuse, en me traitant de voyeur et de profiteur. L'eau de la douche coule à peine qu'elle se précipite, savon à la main, du Dove, qu'elle préfère, et me l'offre. J'admire ses efforts pour vaincre son embarras quand je la lave. Je ressens chez elle une légère crispation au toucher de ses seins. Elle avoue ne pouvoir encore se délivrer d'une certaine appréhension au contact de mes mains qui la caressent. Et pourtant, elle n'a jamais autant éprouvé le besoin physique d'être prise, d'être serrée très fort, malgré la peur, la honte nouée en elle comme une censure. Bientôt, elle le sait, le plaisir qu'elle éprouve à m'embrasser se propagera partout, là où veillent encore la peur et la honte depuis si longtemps. Quand pourra-t-elle chasser à jamais ce qui l'empêche d'échapper à l'interdit apposé sur le plaisir?

— Coralie!

Elle a compris l'incongruité de tels propos alors que l'eau gicle sur nous, dégouline de nos cheveux et célèbre la fête de nos corps. Elle me serre dans ses bras, m'embrasse à s'étouffer à cause de l'eau dans sa bouche, se reprend, pour ressentir, je le sais, le plaisir prolongé qui l'agite.

Je suis revenu d'une longue promenade, habitude cultivée depuis mes années universitaires. Je marchais alors, à pas lents, inconscient des rues arpentées, yeux baissés, tout entier tourné vers l'élaboration du chapitre en chantier, des paragraphes, de phrases où insérer quelque citation. J'entrais ensuite dans mon appartement pour me précipiter sur l'ordinateur et y écrire d'un jet ce que j'avais engrangé, quitte à peaufiner plus tard.

Ici, au chalet, le néant. L'ordinateur portable ouvert sur la table, les fiches tout autour me désespèrent d'ennui. De ma balade, je n'ai rapporté rien d'utile à ma thèse, sinon des sensations inoubliables dans lesquelles je me suis vautré.

Les écorces des bouleaux, des peupliers, des longues épinettes m'ont séduit par la variété de leurs teintes. Quoi? me suis-je répété, l'écorce de bouleau peut changer du crème au rose pâle alors que mes yeux distraits n'avaient perçu que du blanc? Et la dentelle des mousses du sentier humide recèle tant de verts! Plus loin, à peine audible, le murmure d'une source et son eau qui s'échappait comme une artère qui palpite. Je suis revenu au chalet, avec le pot-pourri strident des criquets, des sauterelles et d'un pique-bois énervé qui tapait sur une épinette décharnée.

Je lève les yeux. Comment pourrais-je travailler? Coralie, au comptoir, me tourne le dos dans la préparation du dîner. Elle évite de marcher pour ne pas me distraire. À peine le couteau touche-t-il la planche en coupant la laitue et les légumes. Elle me regarde, fautive du grincement de l'armoire qu'elle a ouverte.

Je ferme l'ordinateur et ramasse les fiches éparpillées. Je la regarde, ému des gestes de tendresse qu'elle répète sans se lasser : les tranches du rôti de porc dans une assiette, le concombre, les tomates et le pain. Sur une autre assiette plus petite, les fromages et les oignons verts découpés que je mangerai, seul, dans la salade. Elle va vers le poêle à gaz propane pour faire chauffer l'eau d'un café fort. Pour toi, mon amour, exprime la courbe de son cou vers la cafetière. Elle sort la nappe et jette un coup d'œil à la table, déconcertée qu'elle soit débarrassée.

— J'ai fait trop de bruit, hein? me demande-t-elle.

— Mais non, j'ai subi un passage à vide où rien ne marche. J'ai paressé au lieu de travailler.

Elle vient vers moi, remarque mes yeux humides, s'inquiète. Je la rassure et lui dis que tout en elle est amour : « Pourrai-je t'aimer encore davantage? » Elle demeure interdite de ma déclaration d'amour.

Nous sommes restés longtemps à table. Je l'écoute raconter son bonheur de connaître et d'aimer un intellectuel. Elle en est intimidée, elle, si insignifiante, qui ne connaît rien, n'a jamais voyagé, bornée par son travail, son appartement et le chalet. Enfermée depuis si longtemps en elle-même, bourrée de peur.

J'aurai tout entendu : qu'elle est même insignifiante! Pourquoi ne pas ajouter bossue, borgne et les jambes arquées? Et les qualités que je découvre sans cesse chez elle, ça ne compte pas?

Je me dirige vite vers le lavabo, courbé en deux, les mains sur le ventre. Elle s'approche, prend ma tête entre ses mains, examine mes yeux, pose des questions : ma bouche et ma gorge brûlent-elles? Ai-je de la difficulté à avaler? Des douleurs à l'estomac? Et mes lèvres? « Normales! »

— Peut-être un léger empoisonnement? propose-t-elle, réfléchissant tout haut.

J'admire son calme, la précision de ses décisions, le diagnostic rapide.

— Tu vas boire de l'eau savonneuse, au cas où...!

— Tu me feras pas boire de l'eau savonneuse, ma belle infirmière ignorante!

Je la prends dans mes bras et l'assois au bout de la table. J'ai feint un empoisonnement pour lui apprendre qu'une infirmière devient vite indispensable en pleine forêt et que je l'obligerai à une mise en scène de ma façon chaque fois qu'elle se dénigrera.

— T'es pas fin! Ne me joue plus de tour comme celui-là! J'ai eu tellement peur! murmure-t-elle, au bord des larmes.

Chapitre 15

Elle descend de la mezzanine, habillée d'une chemise à longues manches, d'un pantalon sombre et de bottes de marche. Elle, si discrète, lance un « Assez travaillé », excédée par mes trois heures passées devant l'ordinateur.

— T'as une mauvaise hygiène, s'inquiète-t-elle. Je t'emmène. Va te changer!

Bientôt quatre heures. Nous marchons depuis une quinzaine de minutes sur le chemin de gravier. Quelques camionneurs klaxonnent pour nous saluer et s'excuser, peut-être, de la poussière soulevée. J'écoute, distrait, le babillage de Coralie, surpris par sa faconde, elle d'habitude plutôt silencieuse, comme si le plaisir de se promener ensemble la rendait exubérante. De telles banalités m'auraient agacé autrefois. Je sais maintenant qu'elles sont le signe d'un bonheur très humble. Elle s'arrête, effleure ma joue de ses lèvres, reprend sa marche, sa main dans la mienne. Je lui demande :

— Pourquoi tu ne parles plus?

— Parce que tu m'écoutes pas!

Je modèle mon pas sur le sien, long et souple. Le vent agite les feuilles des bouleaux et des peupliers et, par l'échancrure de la forêt, enveloppe d'argent le lac à notre gauche. Plus loin, nous sautons le fossé et grimpons dans un sentier dévoré par les hautes herbes, des sapins nains, des aulnes et des arbustes rêches. Je m'assois sur un rocher, le souffle court. Coralie s'amuse de mes jambes nues, pleines d'éra-flures, mais n'ose me rappeler son conseil de porter un pantalon. Ses yeux rieurs suffisent.

Nous avons marché encore avant d'atteindre un terrain jonché d'arbres abattus : bouleaux à l'écorce rongée, trembles grignotés, grosses branches entamées laissées à l'abandon. Tout près s'élève un barrage composé de débris d'arbres, de roches, de terre séchée. L'eau a noyé la végétation sur une large étendue. Çà et là, des chicots, des épinettes noircies, des branches hors de l'eau. Au fond de l'étang, de petites rigoles qui s'égouttent, un sentier à peine tracé d'où revient un castor, un morceau de peuplier dans la gueule.

Non loin de la berge, m'explique Coralie à voix basse, l'amoncellement que je vois est la hutte avec ses entrées submergées pour se prémunir contre les prédateurs, le garde-manger, la pièce principale où vivent deux ou trois petits, nés du printemps, au moins deux autres de deux ans, puis le mâle et la femelle, unis pour la vie. Une famille par maison, insiste-t-elle. Munie d'un bâton, elle escalade le barrage.

— Viens m'aider!

Non sans efforts, nous avons réussi à pratiquer une large entaille. L'eau s'écoule vivement. Nous nous cachons près du rempart.

Bientôt s'ouvre au milieu de l'étang le sillon d'un premier castor qui s'approche, plonge, refait surface. C'est un gros. Prudent, il surveille les lieux, s'approche encore davantage. Plonge un long moment, réapparaît, une motte de boue entre les pattes, reprend le même mouvement de plongée pour rapporter boue, mor-ceaux de bois, roches. Un deuxième castor puis un troisième plus petit s'activent autour de la fissure qui rétrécit. La plaie enfin cicatrisée, ils repartent pour transporter vers la hutte, l'un, une branche chargée de feuilles, l'autre, un morceau de peuplier. Tout près du barrage, le plus petit tient dans ses pattes une branche feuillue que ses dents rongent. Dans le calme enfin revenu, les castors ont repris leur vie diligente et paisible.

Je me suis couché sur le dos dans l'herbe soyeuse où courent à profusion des épervières orangées dont les corolles s'ouvrent comme des rosettes enflammées. Le ciel, piqué de nuages, se mire dans l'étang. Une pie à longue queue s'arrête sur une branche, volette vers une autre, avant de courir dans un taillis. Coralie a posé sa tête sur ma poitrine et me demande, les yeux mi-clos :

— À quoi penses-tu?

Je joue avec ses cheveux décoiffés, promène le dos de ma main sur son visage, surpris de la douceur de sa peau.

— Je voudrais que ma vie soit celle d'un castor! Ne ris pas, je suis sérieux. La digue, un couple l'a dressée du matin au soir, au fil des mois. Ils ont construit leur maison, avec les petits dedans. Puis un jour, ils ont grandi, ont été remplacés par d'autres qui vivent encore avec leurs parents. On a creusé leur barrage. T'as vu comment, tous ensemble, ils l'ont réparé? Une vie paisible, réglée par le travail. Leur étang fait vivre des poissons, des insectes, des oiseaux. Dans leurs voyages, les canards, les outardes, les oies s'y reposent avant de continuer leur migration. Être des bâtisseurs comme eux, ça serait bien!

Elle se tourne à demi. Sa chemise entrouverte laisse voir sa poitrine libre, comme une invite. Elle s'est approchée pour que je prenne ses lèvres. Appuyée sur ses mains, elle m'offre ses seins qu'elle regarde comme si elle les voyait pour la première fois.

— Je les aime depuis que tu les trouves beaux. Je n'ai plus peur, il me semble, murmure-t-elle, indécise.

Ils sont doux, ronds et fermes entre mes mains.

Coralie a fermé les yeux et tremble à peine avant de poser de nouveau sa tête sur ma poitrine. Des larmes roulent sur ses joues.

Sa réaction m'étonne, m'accable. Quel geste ai-je fait, quelle parole ai-je prononcée qui ont rompu le cercle amoureux qui nous enfermait? Les sanglots, qui la secouent, s'atténuent. D'une petite voix humiliée, elle répète : « Pardonne-moi. C'est pas ma faute! » Je la berce et la réconforte, non sans lui demander pourquoi elle s'accuse encore. Elle s'abandonne enfin, prend mes mains dans les siennes et les observe. Elle les frotte contre ses doigts et soulève la callosité sèche des ampoules. Leur rudesse sur sa peau et ma barbe que je n'ai pas rasée ont rendu présent le cauchemar des attouchements rugueux d'autrefois, croit-elle.

— Donne-moi tes mains, toi aussi!

Elle s'y refuse, sachant que je vais examiner les ongles qu'elle ronge. Déjà, quand nous avions dansé, j'avais cherché à toucher le bout de ses doigts. Elle les avait refermés dans la paume de ses mains. Après une brève lutte, je réussis à tenir immobiles les doigts de sa main gauche dont je mords les extrémités.

— T'es un sadique! s'écrie-t-elle, exagérant la douleur.

— Toi qui possèdes de si belles mains!

Elle appuie sa tête dans le creux de mon épaule. Elle se tait, mais par ses baisers dans mon cou, par la nervosité qui l'oblige à se redresser à deux reprises pour me regarder, je sais qu'elle tarde à poser une question.

— Tu mijotes ta question depuis combien de temps?

— Depuis que tu veux être un castor! répond-elle.

Je ris de la tournure de la phrase qui présente un raccourci étrange de ma pensée.

— Pour bâtir notre vie, as-tu pensé, tout à l'heure? continue-t-elle.

Ces mots la remplissent de joie et en même temps l'effraient. Bâtir notre vie ensemble! Elle le souhaite de toute son âme, mais elle se sent tellement démunie! Quand je l'avais rencontrée chez elle, en ramenant Julien, elle avait su alors que j'étais celui dont elle avait rêvé qui pouvait dissiper la peur ressentie auprès d'un homme. Pour la première fois, elle avait senti monter le désir en elle, dans la nuit où elle avait peu dormi, obsédée par le besoin d'être caressée, ce dont elle avait eu honte.

En vain avait-elle cherché à m'éloigner par une froideur dont elle était la première à souffrir, en même temps qu'elle ne pouvait cacher le plaisir que je sois auprès d'elle.

— Tu sais tout le reste, Emmanuel, comme aussi le besoin de toi que la tempête m'a révélé. J'ai appris à m'aimer davantage, à me trouver belle, grâce à toi. Si tu savais comme ça m'humilie d'être démunie, si incomplète dans l'amour physique. Et toi, tu me parles de bâtir...?

— Il te faut du temps pour guérir. Toi et moi, nous ne devons pas l'oublier.

Nous avons marché dans le sentier qui descend vers la route de gravier. Le calme de la nature, le silence méditatif que nous observons me ramènent à la promesse de bâtir ensemble notre vie. Je frémis devant la précipitation d'un tel engagement, après si peu de jours de connaissance mutuelle. Serait-ce la pitié, l'attirance de son corps, l'imprévu ou la curiosité d'un cas singulier, celui d'une femme violée, qui m'auraient jeté dans une telle aventure? Comment vivrons-nous l'incertitude de sa guérison? Aurai-je la patience, la force doublée de tendresse pour répondre à ses refus, à ses absences de désir, à ses attentes, à son insécurité? Comment aiguiser sa curiosité, renouveler sans cesse notre relation intime de l'amour? Comment l'aider, sans tenter de la prendre en charge dans la conquête de son corps, dans la liberté de son âme à guérir?

Elle a profité d'un raccourci pour me précéder et j'ai failli tomber sur elle quand elle s'est arrêtée.

— Tu marches les mains derrière le dos, les yeux à terre, sans regarder, sans rien entendre. Tu mijotes quoi de pas très drôle? demande-t-elle, les poings sur les hanches.

— Mais rien!

— Tu sais pas mentir, Emmanuel!

Pendant que je m'assois sur une souche, elle s'accroupit, ses yeux noirs vrillés aux miens. Je lui demande si ma promesse de bâtir notre vie ensemble n'est pas précipitée, après si peu de jours à nous connaître et alors que notre avenir...!

— Notre avenir? Mais les castors, ils le connaissaient, leur avenir?

De toute sa vie, reprend-elle après un moment, personne autant que moi n'a plongé aussi loin en elle. Son passé, je le connais pour l'aider à le vaincre.

Elle aussi me connaît assez pour prévoir mes réactions et quelques-unes de mes pensées, comme celles qui me troublent maintenant et qu'elle avait devinées. J'ai repris le sentier d'un bon pas. Coralie a raison, ai-je pensé. Notre vie, ensemble, nous la bâtirons. Encore une bonne demi-heure avant d'atteindre le chalet! Nous ne parlons pas, mais, à la pression de sa main dans la mienne, je sais son bonheur d'être aimée qu'elle goûte pour la première fois avec une telle intensité. Je partage moi aussi sa joie qui comble, ai-je pensé, les années vécues seul depuis le départ de Mireille.

Le calme des lieux nous permet d'entendre le vent dans les peupliers. Le gloussement d'une perdrix alerte ses petits qui courent se réfugier sous les feuilles. Le soleil brille encore, mais sans la chaleur qui fera bientôt éclore les moustiques. On entend au loin le ronflement d'une voiture déboucher dans une courbe du chemin. Coralie a vite reconnu la camionnette de son frère.

— Oh! mon Dieu! s'écrie-t-elle. Tu t'assois près de lui, d'accord?

— Mais pourquoi?

Elle n'a pas le temps de répondre. La camionnette se gare près de nous.

— V'là que tu cours le bois avec ma sœur? s'amuse-t-il en cherchant Coralie du regard.

Elle s'assoit, bras croisés, près de la porte. La bonne humeur de son frère ne semble pas l'atteindre. La voiture est à peine rangée près du chalet qu'elle file à l'intérieur, monte l'escalier de la mezzanine pour redescendre peu après. Par la fenêtre de la chambre, je vois Julien ouvrir le capot de la camionnette.

— Tu vas enfin m'expliquer!

— J'avais rien sous ma blouse! Julien s'en serait aperçu, bien sûr, déclare t-elle, irritée que je ne comprenne rien à la décence.

Je hoche la tête et veux la prendre dans mes bras. Elle s'y refuse de peur que son frère ne s'en aperçoive, mais elle saisit vite que sa pruderie devient ridicule. Comment me faire comprendre, me demande-t-elle, que ma venue a bouleversé sa vie de fond en comble? Auparavant, elle s'efforçait d'effacer son corps, de supprimer les marques d'affection qui la rendaient craintive ou l'embarrassaient. Voilà que maintenant son besoin d'amour occupe toute sa pensée, qu'elle a soif de tendresse, une soif insatiable qui l'inquiète.

Le pas lourd de Julien sur la galerie me pousse à les laisser ensemble. Je souhaite rapporter quelques truites à mon frère. J'irai dans la passe où elles ont mordu, hier. Cachée derrière son frère, Coralie m'envoie un baiser. Elle préparera la table et fera réchauffer le bœuf à la provençale pour mon retour.

Me voilà seul. Ce besoin depuis toujours ressenti de me retrouver avec moi-même pour écouter ma propre voix après des moments de travail intense ou au sortir de discussions exigeantes. Oublier, ne pas réfléchir ni agir. N'habiter ni le passé ni le futur, mais le seul présent de la morsure de la truite dans ma main, de la brisure de l'eau sur l'embarcation et de la coulée de miel du soleil derrière les nuages, dans la brunante. Mais ces instants de silence, seul avec moi-même, ne dureront pas avec l'arrivée par effraction de Coralie. Comprendra-t-elle mon besoin de silence et de solitude pour mieux l'aimer au retour?

Je n'ai pas vu le fond du lac se parer des roses du couchant. L'embarcation trace son sillage alors que tout, autour, bascule dans la nuit. Coralie m'attend sur le quai, inquiète de mon retard. Elle immobilise la chaloupe, prend le panier et compte les truites.

— Neuf! des belles.

Dans la montée vers le chalet, elle s'arrête.

— Julien a su tout de suite, sans que j'aie besoin de parler, dit-elle, heureuse.

— Quoi? ai-je demandé, pour l'embarrasser.

— Qu'entre toi et moi...! Emmanuel, ne fais pas l'idiot! réplique-t-elle. Ben, qu'on s'aime!

Un air de fête flotte dans le chalet : Mozart joue en sourdine, des bougies ornent la table, comme aussi un bouquet de fleurs sauvages fraîchement cueillies. Julien marche vers la forêt, d'où il revient avec une bouteille de vin dont la surface garde encore des gouttelettes de la source qui filtre du roc. Sur une petite table, Coralie a déposé des canapés aux crevettes, au pâté de foie et à la truite fumée que la réserve de son frère lui a permis de préparer.

120

— Trinquons à votre bonheur, mes enfants, s'écrie Julien en versant dans nos coupes le filet d'un chablis 1997, très sec et frais.

Coralie s'est assise près de moi sur le sofa et joue avec ma main pour vaincre peut-être sa gêne devant son frère et exprimer ainsi son amour. J'apprécie la truite fumée que je mange pour la première fois. Il me montrera demain le fumoir construit selon le modèle de celui de son camp de chasse et de pêche qui l'aide à conserver poissons et viandes.

Son affection envers sa sœur m'attendrit comme sa joie qui déborde en un récit de souvenirs heureux qui les ont réunis. Mais le choix de bribes du passé rend plus visibles, par leur absence, la grisaille d'un foyer désuni et le destin tragique d'une petite fille. Tout au plaisir de raconter, il n'a pas pris conscience de l'inconfort de Coralie qui se révèle dans ses yeux.

Je me hâte de servir le potage qu'il a préparé durant mon absence à la pêche : « Nous voilà sauvés », ai-je pensé lorsqu'il en décrit l'assaisonnement qui lui rappelle les miracles réalisés à son camp quand il ne lui reste presque plus rien à la fin de l'hiver pour épicer ses repas de gibier.

— Tu sais, Emmanuel! des potages de chou-fleur à l'échalote ou des soupes au pesto, on mange pas ça souvent quand on trappe durant des mois!

Il racle le fond de son assiette, lève les yeux vers la large baie où filtrent les éclats de la lune à travers les épinettes, nous regarde tous les deux et sourit :

— Ça serait bien si votre voyage de noces, vous le passiez chez moi, là-bas!

— Mais t'es pas sérieux, Julien! Il ne faut surtout pas le répéter, pour ne pas effaroucher Emmanuel! s'exclame-t-elle.

Je me hâte d'aller chercher le chianti Ruffino 92 que ma belle-sœur avait caché dans mes bagages.

Simple et vigoureux, il s'accordera avec le bœuf à la provençale et, s'il en reste, avec le roquefort.

— Je trinque à notre union et à notre voyage chez Julien! ai-je tonné, debout, en vidant d'un trait mon verre, imité par Julien.

Coralie retient davantage de mes paroles la promesse de notre alliance que le voyage chez son frère. Je n'ose l'exprimer de vive voix, mais la pensée de la randonnée en motoneige et des jours à trapper me grisent.

Une douce euphorie nous transporte tous les trois. Les joues empourprées de Coralie, si peu habituée à boire, le rire contagieux de son frère qu'aide le vin capiteux me rendent léger, disponible à ces instants de plénitude que fixera ma mémoire. Nous lavons la vaisselle tandis qu'elle dessert la table. Je nettoie les truites et les dépose au réfrigérateur. Le chalet est envahi par un silence que brisent à peine les voix étouffées du frère et de la sœur assis sur la galerie. À mon arrivée, Julien prétexte la fatigue de la journée pour aller dormir, nous laissant seuls. Je la sens fatiguée et lourde de sommeil, mais elle désire ne pas me quitter. Elle viendra me dire bonne nuit dans ma chambre, malgré la crainte que son frère ne s'en aperçoive. À peine s'est-elle exprimée qu'elle regrette ses paroles. « Ouais, à vingt-cinq ans! »

Pieds nus, dans sa robe de nuit, elle pose sur la table une bougie qui diffuse son ombre sur le mur et répand une lueur blafarde dans la pièce. Elle jette un coup d'œil sur la chambre fermée de Julien, approche du lit, hésite à se dévêtir. Dans un geste instinctif, elle croise ses bras sur sa poitrine, puis se couche en se pelotonnant contre moi.

Elle garde ma main dans la sienne et pose l'autre sur son cœur, « pour que tu l'entendes répéter sans cesse, je t'aime, je t'aime...! » Peu après, elle s'est endormie. J'écoute le lent mouvement de marée de sa respiration comme autrefois, celui, plus nerveux, de Mireille. Combien de temps des images de nuit de la disparue me poursuivront-elles pendant que m'envahit le sentiment de l'éphémère, de la fugacité d'un bonheur incertain avec Coralie qui rejoint, sans que je le veuille, le passé à jamais évanoui d'une autre femme tant aimée, elle aussi? J'essaie d'oublier ce moment de nostalgie désolée que refusent les heures d'une soirée inoubliable. Je libère mes mains des siennes pour la couvrir d'un drap léger contre la fraîcheur de la nuit. Elle gémit et se tourne sur le dos pour occuper presque toute la surface du lit étroit. Elle sommeille, abandonnée, sereine, très loin des cauchemars qui la hantaient et la réveillaient en sursaut. Dans le clair-obscur de la chambre, je distingue à peine son nez petit, ses joues rondes, la beauté de sa bouche entrouverte, ses cheveux ébouriffés.

Chapitre 16

Le bruit de pas, l'odeur de pain grillé et du café me tirent du sommeil, surpris que je suis de me retrouver seul au milieu du lit. Je garde les yeux fermés pendant que je sens sur mon visage la fraîcheur des mains odorantes de Coralie.

— Mon amour paresseux, lève-toi vite. Tu es en retard et Julien n'attend pas, me chuchote-t-elle en m'embrassant.

Ma toilette vite terminée, je passe à table. Elle raconte sa nuit en me servant. Sa surprise de me trouver coincé contre le mur pendant qu'elle tenait toute la place. « Pauvre chéri », me plaint-elle. À Julien qui me salue par la fenêtre, je crie: « J'arrive. »

— Nous arrivons, reprend-elle. Tu voulais me laisser seule, ici, toute la journée? ironise-t-elle en rangeant la vaisselle.

Depuis longtemps, Julien l'a habituée à l'aider dans ses travaux de menuiserie. Ici, dans le bois, bien des femmes savent se servir du marteau, de la scie, du compas. Elle s'amuse de mon étonnement à découvrir son allure garçon avec la salopette bleue, la chemise à carreaux rouges et les bottes qu'elle lace. Elle visse de nouveau sa casquette sur sa tête et, pour me provoquer, claque contre sa jambe des gants de travail, m'en offre une paire.

— Tu en as besoin, sourit-elle en examinant mes mains où les ampoules ont laissé des traces.

Nous avons roulé un long moment avant de laisser la camionnette dans l'entrée d'un sentier, loin de la route de gravier. Sur mon dos, je porte un sac de l'armée où s'entassent la scie mécanique, une hache, un contenant d'huile et plusieurs cartouches de scellant en silicone, dont un dans le pistolet. Dans la main gauche, un bidon d'essence. Coralie, qui me précède, garde dans un sac kaki notre casse-croûte. Son pas rapide rejoint son frère dans la piste envahie de fardoches et de talles d'aulnes. Julien tient d'une main sur son épaule plusieurs planches et, dans l'autre main, son coffre à outils. Ils montent tous deux la côte, tandis que je peine et dois m'asseoir sur une souche. Épaules larges, taille fine, mouvement semblable dans leur marche souple. Leur ressemblance me frappe, jusqu'à leur rire de gorge, plus aigu chez elle, en me voyant me reposer.

Nous débouchons sur un camp de chasse minia-ture de bois rond, noirci, solide encore. Dès notre arrivée, Julien, qui l'a déjà inspecté, distribue les tâches. Coralie calfeutrera les fentes entre les billots. Juché sur une vieille échelle de bois, je pose la silicone sur les clous rouillés, en répands une large épaisseur tout autour de la sortie du tuyau du poêle, cloue la tôle soulevée par le vent sur la bordure du côté nord. Le ronron criard de la scie mécanique puis le craquement de la chute étouffée d'épinettes qui s'abattent entre les arbres écorchent le silence de la forêt. J'admire la force sereine de Julien qui transporte des billots de différentes longueurs pour remplacer la galerie pourrie et les trois marches d'escalier.

Mon amour, petit chaperon rouge et bleu, sillonne la forêt, une chaudière à la main, scrute le tapis vert à ses pieds, arrache çà et là des paquets de mousse, puis revient d'un pas égal vers le camp. Pourra-t-elle, un jour, être déracinée de ce coin de pays, le Saguenay, qui lui ressemble, sauvage et sans fard, accueillant pour qui sait l'apprivoiser? Avec une spatule étroite, elle pousse la mousse mélangée d'un peu de terre mouillée dans les espaces vides entre deux billots. Trop absorbée, elle ne m'a pas vu approcher l'échelle afin de terminer la moitié de la couverture. La tête levée, elle pose la mousse au bout de ses bras et m'offre son visage tout entier préoccupé. Il s'illumine soudain à ma vue, sourit. Silencieuse, elle retourne à sa cueillette dans la forêt, aussi ardente dans le travail que dans l'amour.

Appuyé sur le coin du camp, Julien fume sa première cigarette depuis notre arrivée. Coralie et moi sommes assis sur les billots qu'il a apportés. En face, une baie où flottent des nénuphars, des roseaux figés et de hautes herbes, des herbes à carottes, délice des orignaux qui plongent leur tête au fond de l'eau et les mâchent, gueule en l'air. Julien a vu des pistes larges comme sa main, celles d'un *buck*, venu à plusieurs reprises boire et se rafraîchir.

— Une place bizarre pour un camp! Juste bon pour la chasse! constate le trappeur, les yeux tournés vers le lac, à gauche, où pleut le soleil de dix heures.

Le travail a repris avec la clameur stridente de la scie mécanique qui coupe cinq billots. Je regarde, du toit, l'achèvement de la galerie sur laquelle nous marcherons bientôt, surpris de sa solidité. Coralie, qui a terminé la pose du mastic d'une fenêtre, s'avance vers l'étang, sa chaudière au bout du bras qu'elle remplit après s'être lavé les mains. Julien et moi, sur la galerie, jambes pendantes, la regardons revenir vers nous. Je la trouve amusante et belle dans sa salopette.

— C'est une saprée bonne femme, Coralie! C'est pas parce qu'elle est ma sœur...!

Elle s'approche, mal à l'aise, sachant qu'on parle d'elle.

— Tenez! de l'eau pour vos mains, Ça sera pas un luxe! ironise-t-elle avant d'entrer dans le camp.

Elle en ressort bientôt avec un grand plateau où elle a placé cannettes de jus de tomate, sandwichs au jambon, trois poires et un morceau de fromage pour chacun. De nouveau, elle retourne à l'intérieur et pose « entre ses hommes », comme elle dit, un thermos de café et deux tasses dénichées dans la seule armoire du camp.

— Pendant que je dormais, t'as tout préparé, le déjeuner comme le casse-croûte? fais-je, épaté par sa vivacité bienveillante.

— Est toujours comme ça! Une petite abeille! continue son frère en dévorant un sandwich.

— Toi! mêle-toi pas de nos affaires de couple! rit-elle en me jetant un regard complice.

Le temps a filé. Déjà deux heures. Coralie achève d'étaler le mastic autour de la vitre qui donne sur l'étang. Elle ne se plaint pas de cette corvée aussi ingrate que la pose de la mousse mêlée de terre mouillée. Le garde-fou terminé, qui servira aussi d'appui au tir des chasseurs, la porte et les pentures consolidées, l'escalier de trois marches accapare Julien. J'attaque avec la scie mécanique les pièces de bouleau que nous avions transportées peu avant midi. Je les coupe en bois de poêle et les fends pour en porter de pleines brassées que je tasse sous les lits. Coralie m'aide à corder le reste sous la galerie et à y étendre la vieille toile qui avait gardé au sec les pièces de bouleau.

Je marche vers la baie pour m'y reposer. Sur un rocher, en surplomb, je m'assois, las d'un travail physique intense auquel je ne suis pas habitué. Mon corps est lourd, recru de fatigue. La brise s'est levée, légère, et agite l'eau qui chatoie sous le soleil. Coralie s'est hissée sur le rocher, se colle dans mon dos et m'enserre de ses bras. Elle s'immobilise un long moment comme si elle s'était endormie. Elle se penche pour observer mon visage.

— Ton visage est tout plein de sueur et de poussière! Attends!

Elle saute du roc et trempe un mouchoir dans l'eau, frotte mon visage, sérieuse. La toilette terminée, elle me trouve beau, trop beau tant elle craint de me perdre. Son rire tremble un peu et ses yeux très noirs, à demi fermés, m'interrogent. Je prends le mouchoir de ses mains, l'imite en l'imbibant d'eau, poursuivant ce que je croyais être un jeu, tant cette action lui apparaît comme les soins attentifs de l'amour. Mes gestes deviennent douceur et caresse de son front, de ses joues, de ses paupières qu'elle ferme un moment. Je retourne mouiller le mouchoir, habité par le bonheur de la rendre heureuse. Je trouve belles ses lèvres que j'humecte à peine. Je lui demande ce qu'elle trouve le plus beau chez elle. Elle me regarde, surprise, et ne sait que répondre. « Mes yeux? » propose-t-elle. « Oui, et encore. » Je continue lentement à froisser ses lèvres. « Elles? » Je hoche la tête en souriant : « Oui, oui, et encore! » Elle ne sait pas. Je la supplie de chercher, tout en poursuivant vers le menton et le cou. J'hésite à aller plus loin. Un frémissement imperceptible de son corps le lui apprend.

— Je le sais à tes yeux et à ce que je ressens en moi. Eux? demande-t-elle, incertaine.

— Si je t'embrasse, tu vas penser à ton frère?

— Grand fou! à toi, bien sûr. C'est curieux! Tu as lavé ma figure et j'ai tout chaud à l'intérieur, se surprend-elle.

— Hé! les amoureux! Faut partir, interpelle la voix forte de Julien.

Nous nous hâtons, après avoir récupéré nos sacs à dos, plus légers qu'à l'arrivée. Je jette un dernier regard vers le camp, élégant avec sa galerie toute neuve et ses fenêtres très propres. Il ne pleuvra plus, ni du toit ni des murs, et le vent ne s'engouffrera plus à l'intérieur.

La camionnette quitte le chemin de gravier et grimpe la côte. Le même enchantement m'étreint à la vue du chalet paré de jaune aux fenêtres, et plus loin du lac avec sa petite île posée là pour rien avec ses quelques bouleaux rachitiques et ses herbes rudes. Au-delà, dans la splendeur de l'eau où se noie le soleil, la forêt bleuit, immobile dans la chaleur de l'après-midi.

Chapitre 17

— Tiens, un visiteur! glisse Julien, sans surprise.

Un homme dans la quarantaine grisonnante sort d'une jeep Cherokee et s'approche. Coralie file vers le chalet.

— Gérard, le gars de La Baie! dit-il en serrant la main de Julien. J'ai des problèmes de plomberie avec ma toilette. Des tuyaux fendus, je pense, par le froid. De l'eau...

— Ouais! l'interrompt Julien. Tu veux rencontrer Alcide Moreau, au lac Casey?

Gérard, le gars de La Baie, soulève les épaules :

— Je me suis perdu deux fois dans ce coin-là, dit-il en riant.

— Pas facile de le trouver, constate Julien. Tiens! répond-il après quelques secondes, suis-moi avec ta Cherokee, autrement tu vas te mêler encore plus si j'essaie de t'expliquer le chemin.

D'un signe, il me demande de l'accompagner. Nous reprenons le chemin principal jusqu'au lac de la Lune, là où trois roulottes tiennent lieu de carrefour. Julien continue tout droit avant de tourner à gauche dans une côte abrupte. Gérard suit et se rapproche, tandis que nous continuons dans une piste raboteuse aux chemins de traverse nombreux. Julien se gare bientôt et attend la Cherokee.

— Continue tout droit. Sors pas de la piste. Dans cinq minutes, t'es rendu.

Gérard salue de la main pour remercier. La Cherokee tangue un bon moment avant de disparaître. Au retour, Julien conduit lentement, porte sa main à sa casquette, me jette un coup d'œil à la dérobée. Je le sens mal à l'aise. Nous ne parlons pas, mais je devine que le gars de La Baie lui a fourni l'occasion de connaître mes sentiments envers sa sœur. Sa demande de l'accompagner provient sans doute de ce désir. Au cours du repas d'hier soir, comme durant la journée, j'ai senti peser sur moi son regard à la fois inquiet et perplexe. Les aveux de Coralie l'ont sans doute déstabilisé. Elle l'aime, mais, Emmanuel, lui? me révélait son attitude quelquefois. J'ai su que sa mine préoccupée cachait par moments la crainte que je me joue d'elle. Cette pensée m'était insupportable.

Il ne sait comment engager la conversation, se tourne vers moi, gesticule un moment, mais n'ouvre pas la bouche. Inutile de le faire souffrir plus longtemps. Comment s'y prendrait-il, si je ne l'aide? Mais comment lui révéler les premiers émois d'une rencontre amoureuse, aborder des sentiments que la solitude de quelques jours avec Coralie a fait naître en moi? Je me souviens du premier soir, autour du feu, comment, dans un geste d'abandon que lui avait dicté sa confiance en moi, il m'avait avoué la tricherie de Régine, sa peine immense et sa honte, la mort de la femme indigne et de leur petite Julie. Il me faut inventer des mots d'amitié pour le rassurer et lui faire partager notre bonheur.

— Tu sais, Coralie, c'est une fille bien, lui dis-je, malheureux de la banalité du compliment.

Il se tourne de nouveau vers moi. Ses doigts tambourinent sur le volant.

— Ah oui? Pis, quand retourneras-tu à Montréal? insiste-t-il.

— Après-demain, samedi.

Sa question me désarçonne, comme si elle changeait le cours de la conversation. Julien, comme autrefois le receveur de baseball, me précède dans le déroulement du grand jeu, celui de l'aventure mystérieuse avec sa sœur. Sa demande directe exige une réponse au sujet de notre rencontre amoureuse. Ce départ, que signifie-t-il? La fin de vacances galantes?

Cette interrogation jette-t-elle un doute sur l'honnêteté de ma démarche auprès de Coralie? Je n'ose y croire. La réponse fuse dru, provoquée par un emportement mal contenu.

— On est tous les deux des survivants de l'amour, Julien, revenus de très loin de la mort d'êtres aimés. Toi et moi, on est pleins de cicatrices. Certaines, chez toi, suppurent encore. Ta sœur, Coralie, demeure une survivante, elle aussi, qui a vécu pire que la mort. Elle m'a tout raconté, comme elle t'a raconté notre amour. Si je t'assurais que ses blessures, elles finiront par guérir avec mon aide, peut-être me crois-tu assez barbare pour les rouvrir? En ouvrir une autre, comme un imbécile, qui aurait de nouveau abusé d'elle? Et souffrir, moi-même, à en crever, dans le refus d'un amour très beau, mais difficile, qui me fait vivre?

Je pense avoir crié les dernières phrases tellement elles retentissent encore en moi. Il a tenté un moment de m'interrompre en levant la main. Nous écoutons ensemble le silence revenu. Julien conduit lentement, comme assommé par mes paroles, et il se les répète sans doute, comme moi-même.

— Coralie, tu la mérites. Est heureuse comme je l'ai jamais vue. Ma sœur est une passionnée, une combattante qui a passé à travers des blessures pas possibles. Elle s'en est sortie, plus forte, je crois, mais n'a jamais oublié, parce que c'est inscrit dans sa peau et dans son âme. Qu'elle soit méfiante, qu'elle cherche

133

si le gars est un tricheur, faut pas lui en vouloir. Si elle s'est donnée à toi tout entière, c'est pas pour la frime! Elle t'aime et j'en suis bien content. Je suis rassuré que ce soit comme ça entre vous deux! Que tu deviennes son homme. Elle te mérite, elle aussi.

Il conduit d'une seule main et semble indifférent au soleil qui embrase l'horizon, à la forêt qui s'entache de vert sombre et de mauve. Je pressens dans son absence la poursuite des mots qui me livreront certains des secrets de Coralie qu'elle ne pourrait me révéler sans se briser.

Sa voix couvre le ronronnement du moteur et raconte sa confrontation avec son père qu'il a accusé d'inceste, l'enquête vite conclue avec les preuves accablantes, le refus du père de collaborer, ce qui ne l'a pas aidé, le verdict de culpabilité et la peine de prison imposée par le juge. Des moments tellement pénibles, pour sa petite sœur surtout. Il revit certaines de ces heures tragiques, celles, par exemple, où, assis autour de la table, il pouvait toucher son père en étendant la main, essuyer les larmes de sa mère. Qu'est-ce qu'il éprouvait alors? Une immense pitié et un dégoût qui lui soulevait le cœur. La désolation a enrayé sa fureur et s'est changée en une lassitude infinie qui annihilait tout sentiment, rongeait ses nuits et rendait périlleux son travail à l'Alcan.

Ce qu'il lui a fallu d'attention, de compréhension pour entourer d'amour sa petite sœur, prostrée, brisée en mille morceaux que patiemment il lui a fallu recoller avec l'aide d'une psychothérapeute qui l'aura rencontrée durant plusieurs mois! Et à maintes reprises, plus tard.

— Coralie refusait d'y aller. Je la traînais à force de persuasion. Je l'attendais dehors à fumer cigarette sur cigarette. Je lui disais : crache tout!

La peur qu'elle fasse une bêtise le poursuivait sans

cesse. Au retour du travail, la nuit, il la regardait dormir. Les premiers temps, elle ouvrait les yeux, lui prenait ses grosses mains, lui demandait de coucher un moment auprès d'elle. Elle s'endormait enfin! Le souvenir de son petit corps qui s'agitait!

Elle était devenue sauvageonne, méfiante, elle pourtant si spontanée et naïve! Elle portait plusieurs chandails pour cacher son corps, des vêtements usés achetés à une friperie. Surtout passer inaperçue! Ça ne le surprenait pas, il le savait par ses lectures, par ses rencontres, par tout ce qui pouvait le renseigner sur le viol.

Julien a freiné, éteint le moteur. « Viens! » me lance-t-il. Je le suis dans un sentier envahi d'herbes mouillées. Sous un rocher s'échappe une source qui gèle les mains et la bouche. Il venait ici avec Coralie, un endroit caché, frais, qu'elle aimait. Plus loin, poussaient des bleuets qu'elle ramassait, avec lesquels leur grand-mère faisait un pâté, le fameux pâté aux bleuets du Lac-Saint-Jean!

— Faut te dire, Emmanuel, que si Coralie a pu guérir, elle le doit à elle, sa seconde mère, chez qui elle est restée jusqu'à ce qu'elle prenne son appartement. Ses études aussi l'ont aidée. Elle s'est plongée dedans jusqu'au cou!

Il termine sa cigarette, puis ajoute après un moment :

— Tu dois te demander si, à vingt-cinq ans, les hommes qu'elle a rencontrés...!

Je lève la main.

— Elle m'en a parlé. Ça va! ai-je répondu.

— Ils sont sans importance, dit-il, excepté pour lui avoir appris qu'elle était belle. Mais elle y croit toujours pas! Ça lui a enlevé aussi, je pense, la peur du mâle. Elle n'est pas mal tombée! ajoute-t-il, avant de continuer :

— Entre gars, faut pas se raconter d'histoires. Le sexe, elle en a tellement bavé à cause de lui, qu'il faudra de la patience et bien de la tendresse pour la mener là où vous voulez.

Dans la camionnette, je lui demande, embarrassé, si elle revoyait ses parents.

— Non! Elle n'a pas oublié l'absence de remords de papa devant le juge, ni après sa sortie de prison. Elle ne l'a jamais revu. Maman, quelquefois!

Sa réponse sans feinte me frappe par sa sérénité, comme si le temps avait émoussé sa rancœur, ne laissant qu'un souvenir cuisant, sans cesse revécu par sa sœur et qui le peine, me semble-t-il.

— Et toi? ai-je demandé pour savoir.

— Ils font pitié! Déménagés à Rivière-Éternité, ils se sont cachés là un bon bout de temps avant de revenir à Chicoutimi. Lui, il est cardiaque. Je suis certain que son cœur n'en peut plus de revenir sur ce qu'il a fait à Coralie, mais il ne l'avouera jamais. Papa, c'est un faux dur. Maman, je la rencontre par-ci, par-là. Elle se meurt de ne pas revoir sa fille.

Avant que la camionnette ne s'engage dans la côte du chalet, sa voix devient insistante.

— Est-ce que Coralie devrait pardonner avant qu'ils disparaissent tous les deux? Je ne sais pas. Sa faute, le père l'a payée très cher. Il a tout perdu et s'est fait écœurer plus souvent qu'à son tour. Je ne me trompe pas en disant qu'il souhaite chaque jour que sa fille lui fasse signe. Le bonheur d'être pardonné lui fera éclater le cœur! Maman, si elle s'est rangée de son côté, c'est par peur, peut-être aussi par habitude et un reste de tendresse pour lui. Vingt-trois ans côte à côte, ça attache, tu sais! Elle m'a déjà dit comment elle se sentait coupable...!

Je n'ai pas osé demander si lui-même pardonnera un jour à Richard, l'amant de sa femme! La réponse ne me regarde pas.

— Tiens, Coralie se ronge les ongles! Elle est nerveuse et nous en veut d'avoir trop retardé.

Je vais vers elle qui s'enfuit à l'intérieur du chalet. L'odeur de lilas de sa peau, le léger maquillage de son visage, une blouse fleurie sur un short blanc la rendent désirable. Je veux le lui dire, mais elle m'interrompt :

— C'est raté, notre dernière soirée! Tu y as pensé qu'on vivait notre dernière soirée ensemble, hein? T'as traîné avec mon frère, toujours en retard! Surtout, évite de l'excuser, autrement, je sors mon mauvais caractère!

Chapitre 18

Dans la cabine de la camionnette, je m'amuse à m'appuyer sur la porte par crainte de toucher Coralie dans les courbes de la route, un rappel de sa brusquerie et de sa mine renfrognée dans la montée vers le chalet, dimanche dernier.

— Emmanuel, c'est vrai que j'avais pas été fine! murmure-t-elle en se rapprochant.

Elle se tient contre moi et prend mon bras qu'elle garde entre ses mains un peu fortes. Je joue avec ses doigts et le bout de ses ongles qu'elle referme dans ses paumes. Elle ne les ronge presque plus. « Vrai? » « Oui! » dit-elle.

La lune éclaire la dentelle des hautes épinettes et au loin des lambeaux de lacs, tandis que les phares, l'espace d'un éclair, transfigurent les fougères, les hautes herbes, les saules des abords du chemin.

Julien lui avait demandé tout bas, avant de quitter le chalet : « Ça va? » Comme je m'approchais, elle n'avait pas répondu, mais j'avais cru saisir sa réponse dans le regard souriant fixé sur son frère. Depuis le départ, elle parle peu, grisée sans doute par le bonheur de Julien de nous voir réunis. Quand je lui avais demandé s'il avait retardé d'au moins une journée son retour au chalet, elle s'était soudain animée, reprenant les démentis de son frère pour en démontrer les faussetés. Il n'avait pu se dérober. Bien sûr qu'il avait un peu étiré le travail, « au cas où ça prendrait entre vous deux! »

L'attitude déplaisante de Coralie au cours de la montée vers le chalet, dimanche dernier, lui avait appris son désarroi, sa peur et l'attirance devant un inconnu. Il pressentait le secret désir de sa sœur d'être reconnue par cet Emmanuel, son ami. J'avais admiré, durant le repas, la connaissance approfondie de sa sœur, comme aussi durant nos rencontres, sa perspicacité et la sagesse de ses propos.

À notre retour, sur la table de la terrasse, s'étalaient une nappe brune, des assiettes coquille d'œuf et des branches d'épinette à chaque bout. Dans un vase, Coralie avait déposé mes fleurs sauvages préférées, des immortelles et des épervières orangées. Julien s'était excusé de son retard auprès de sa sœur, lui avait expliqué les futurs travaux auxquels il s'était astreint. Elle s'était radoucie quand je lui avais promis une surprise. « Laquelle, dis-le-moi! » J'avais refusé de répondre. Après avoir mangé la soupe qu'elle avait préparée avec le restant des légumes, les steaks sur barbecue et le fromage, nous étions restés à table pour finir la bouteille de vin et siroter un café.

Coralie, comme nous, s'était tue, saisie par l'harmonie des couleurs qui envahissaient le ciel et le lac dans une lente fusion des roses et des mauves qui teintaient de lilas le vinyle blanc de la remise et du chalet.

Julien avait rapporté notre arrêt à la source et leur cueillette des bleuets au mois d'août, autrefois. Leur mère les accompagnait de temps en temps avec une chaudière de dix livres qu'elle emplissait très vite. Coralie se souvenait de l'étang tout en haut, alors qu'il lui arrivait de suivre Julien déjà intéressé « aux animaux à fourrure ». Elle refusait de tuer les gélinottes huppées et d'aider son frère à poser ses collets à lièvres, nombreux, ces années-là.

— Mais tu te bourrais quand même lorsque

maman ou grand-maman, plus tard, nous faisaient des tourtières du Lac-Saint-Jean, « avec ces bestioles », comme tu les appelais lorsque t'étais toute petite.

Étaient-ce les souvenirs de ces temps heureux avec leurs parents qui les avaient rembrunis tous les deux, ou la nuit qui enveloppait la nature et rappelait notre départ? Le silence s'était glissé entre nous. Nous nous sommes levés pour dégager la table. Pendant que Julien s'activait autour du chalet, j'avais aidé Coralie à la vaisselle. Elle s'efforçait à la gaieté. Notre conversation s'étirait avec des pauses de plus en plus nombreuses. J'avais placé la main sur son bras et lui avais demandé ce qui n'allait pas. « Oh! rien », avait-elle répondu. J'avais répété ma question et l'avais fait asseoir sur le sofa.

— Notre dernière soirée ensemble! Qu'est-ce qu'on devient ensuite? avait-elle demandé dans un filet de voix.

— Je t'ai promis une surprise. Tu as peur, avoue?

— Oui, un peu... que tu me quittes! avait-elle échappé, la voix soudain enrouée.

— Mais non! À quoi penses-tu?

Je m'étais assis auprès d'elle et j'avais dégagé son visage pour constater, stupéfait, qu'elle pleurait. Des larmes coulaient sur ses joues qu'elle enlevait d'un geste maladroit avec ses doigts.

— Cette peur que je te quitte, tu y penses depuis quand? avais-je demandé.

— Depuis que je sais que je t'aime. Un rêve trop beau pour que je le vive. Pourquoi choisir une fille comme moi, hein? Une petite provinciale, alors que tu es entouré de jeunes femmes plus intéressantes, plus brillantes, moins compliquées?

Les mots s'étaient bousculés comme s'ils avaient été trop longtemps retenus, arrachés de sa peur cultivée inconsciemment qu'on ne puisse l'aimer pour elle-même. Malgré la souffrance de l'échec, elle demeurait incapable de circonscrire le sentiment d'indignité qui ombrageait sa vie, l'imprégnait tout entière et dont la source venait de la honte et de la culpabilité de son viol, jamais totalement évacuées.

J'étais bouleversé par cette vérité qu'elle livrait, mais en même temps soulagé. Je comprenais maintenant la déconsidération qu'elle entretenait sur son corps, son intelligence et son caractère, ce qui m'agaçait par moments comme un besoin affecté de se dénigrer pour qu'on l'assure du contraire. Mais non! son corps, elle le croyait plutôt banal; son sale caractère, elle l'assumait, oubliant la ténacité et le besoin de vérité qu'il cachait; son intelligence agile et intuitive était plutôt limitée, croyait-elle.

Je l'avais embrassée partout sur son visage. Intriguée au début, elle riait de m'entendre rire, incertaine pourtant de ma réaction.

— Pourquoi choisir une fille comme toi? Mais parce que je t'aime, parce que tu es unique!

Je l'avais forcée à se lever avec moi, tandis que j'inventais sur les mots « parce que, parce que, parce que » une musique de valse échevelée. Nous tourbillonnions, chantant à tue-tête, lorsque la porte moustiquaire s'était ouverte et que Julien s'était mis à chanter lui aussi pour ajouter son grain de folie à la nôtre. Pour sûr qu'on devait nous entendre du chemin! Il m'avait demandé si je n'étais pas un peu dérangé.

— Oui, avait-elle répondu. Faut l'être pour aimer une fille comme moi!

J'avais hoché la tête, mécontent de sa plaisanterie qui la rabaissait encore.

— Dis-le-moi encore que je suis unique. Peut-être que je saurai pour toujours que tu aimes une fille bien!

Appuyé au dossier, je ferme les yeux pour chercher à retrouver quelques signes de sa peur d'être abandonnée. Je n'en avais pas pris conscience, trop occupé peut-être par mon propre bonheur d'aimer, dans une nature sauvage propice à l'amour. D'être en outre aimé d'une femme inconsciente de sa beauté et des multiples dons que nous découvrions ensemble. Je me reproche de n'avoir pas été assez attentif à sa singularité et à la blessure ineffable qu'elle porte toujours en elle. Une pression de sa main me ramène vite à la route asphaltée et aux lumières qui scintillent au loin sur Chicoutimi.

— À quoi penses-tu? me demande-t-elle.

— Le Deauville, c'est encore un des meilleurs restaurants de Chicoutimi?

Je pose la question d'un air dégagé. Julien, distrait par les phares éblouissants d'une voiture, répond « Ouais! » mais il n'y a pas mis les pieds depuis longtemps.

— Et toi, Coralie? ai-je demandé.

— Penses-tu que j'ai les sous pour aller m'asseoir sur une banquette de ce restaurant? Qui d'ailleurs m'aurait invitéc?

— Demain, j'y entre au bras de la plus belle femme que je connaisse! C'est pas formidable?

— Ah bon! répond-elle, blessée par tant de franchise, sans réaliser l'invitation voilée.

— C'est vrai qu'elle est belle, ma sœur! ajoute Julien qui entre dans le jeu.

Sa main dans la mienne cherche à se dégager. Je la serre plus fort, ce qui semble l'éveiller à la belle femme invitée, demain soir, au Deauville. De surprise, elle s'agite comme une petite fille, me demande de reformuler ma phrase, s'inquiète de sa coiffure, de la robe à revêtir, de me décevoir.

Nous longeons le Saguenay tacheté par les lumières du port et de la terrasse au pied de la ville.

Chapitre 19

La camionnette garée, nous montons, Julien et moi, vers Bernard, mon frère. Je reviens sur mes pas rejoindre Coralie. « Viens! » Ma belle-sœur, un ange de bonté, a tout de suite décelé sa timidité et s'avance vers elle.

— Florence, dit-elle en pressant la main de Coralie. Pas de doute, vous êtes la sœur de Julien!

— Me vouvoyer va me gêner encore davantage! murmure la jeune femme, un sourire contraint aux lèvres.

Bernard apporte trois bières et des jus de fruits qu'ont préférés les femmes. Les torches fichées dans le gazon jettent une lumière diffuse sur la terrasse. Dans l'air doux de cette nuit de fin de juin, les feuilles du gros bouleau bougent à peine.

J'écoute, distrait, mon frère parler de sa journée au bureau et de clients de plus en plus difficiles, tout entier attentif à la voix sereine de Florence, au court silence qui suit ses questions et à la parole rauque de Coralie répondant à cette femme qui cherche à la mettre à l'aise. Elle est née, elle aussi, à Jonquière, sur la rue Saint-Hubert, a étudié au collégial pour devenir infirmière. Coralie oublie sa gêne et la méfiance à peine perceptible que me révèlent ses hésitations et ses yeux trop souvent baissés.

— Moi aussi, je suis infirmière à l'Hôpital de Jonquière, répond-elle, heureuse enfin de s'engager dans un sujet qui l'intéresse.

— Quel département? Moi, j'étais en pédiatrie. J'ai laissé à la naissance du troisième enfant. De plus, Bernard désirait une femme à la maison, dit-elle en se tournant vers son mari. Et toi, Coralie?

— Aux soins intensifs.

Bernard, qui simule l'indignation d'être soupçonné de machisme, l'interrompt :

— Tu te souviens pas, Florence? Tu étais à bout de force et tu voulais plus travailler de nuit!

Sans répliquer à son mari, elle reprend aussitôt :

— Aux soins intensifs? Moi, jamais! Trop de stress et de fatigue. Ça te plaît?

— Oui, beaucoup. On apprend sans cesse. J'aime bien l'agitation qui y règne.

Devant nos mines étonnées, ses yeux sourient. Ses mains papillonnent afin d'expliquer son besoin de bouger, de varier ses activités. Donner des pilules, piquer des fesses, prendre la pression, très peu pour elle! Elle me regarde un moment, ravie de son effet. Je ne reconnais plus la jeune femme timorée.

— Et puis, je me sens plus utile aux soins intensifs qu'ailleurs. C'est comme ça!

Depuis le début de leur rencontre, je me doutais que ma belle-sœur cherchait à travers Coralie une reconnaissance, un souvenir qui lui échappait. Elle ne quittait pas des yeux le visage et la silhouette de la jeune femme. Ses questions, son besoin de dévoiler le lieu de sa naissance, à Jonquière, son statut d'infirmière m'avaient étonné. « Elle cherche quoi? » m'étais-je interrogé. Le ton agité de sa voix me confirme sa découverte.

— Bernard! s'exclame Florence. Tu te souviens de la belle garde-malade si gentille? Maman nous en parlait sans cesse aux soins intensifs. C'est Coralie! Demande-le-lui.

— Vous...?

— Tu...! le corrige-t-elle, retrouvant sa petite voix face à l'impressionnant Bernard.

— Ben sûr que c'est elle! reprend-il. Ma belle-mère t'appelait son ange, parce que tu étais calme, attentive. Ah! oui. Elle disait que tu avais des mains amoureuses. Je ne fais que répéter, je t'assure, Coralie!

Elle me regarde, désorientée.

— Emmanuel, dis quelque chose! implore-t-elle. Toi qui...!

Elle s'interrompt, devient cramoisie d'avoir laissé supposer quelque secret entre nous. J'évite de répondre, trop heureux du flou qui entoure la phrase incomplète.

— Tu dois te souvenir de maman! reprend Florence. Une belle petite femme, au début de la soixantaine, opérée d'un triple pontage coronarien. Regarde-moi, je lui ressemble.

Ma belle-sœur marque une pause, sourit, redevient sérieuse. Coralie cherche, à travers les traits de la fille, ceux de la mère hospitalisée.

« Rien », se désole-t-elle. Elle fixe Florence, s'anime.

— « Postop » normale! récite Coralie, comme si elle revivait l'événement.

— Période normale après l'opération, traduit Florence en s'amusant des profanes que nous sommes.

— Une fièvre légère qu'elle a contractée nous oblige à la laisser aux soins, au lieu de la monter aux étages. Tout à coup, le moniteur indique des arythmies cardiaques sévères, continue Coralie qui a perdu toute gêne et s'exprime avec des mots que je m'efforce de comprendre. Asystolie! Plus de tracé cardiaque!

— Ce qui veut dire pas de pouls. La mort à brève échéance, explique Florence.

— Réanimation cardiorespiratoire, reprend l'infirmière. On s'est remplacés à plusieurs pour sauver la petite dame. Je me souviens d'elle, ce soir-là, à cause de ma fatigue et de sa bonté durant mes gardes. C'est vrai qu'elle prenait souvent mes mains, se rappelle-t-elle après un moment de silence. « Tu as des mains fraîches qui me reposent et me calment », disait-elle. Vous avez bien de la chance, Florence, d'avoir une mère que toutes les infirmières souhaitaient comme patiente! Comme maman aussi!

La dernière phrase tombe dans un silence trouble, comme si elle exprimait un regret. Peut-être ai-je inventé ce sentiment que me renvoie l'attitude de Coralie qui se cale dans sa chaise.

Dès notre arrivée, l'intuition de Florence avait saisi les liens tissés entre Coralie et moi. Sa tendresse, ses efforts pour libérer Coralie de sa gêne provenaient, j'en avais la certitude, de la reconnaissance de notre relation amoureuse. L'air a fraîchi. Non sans effort, Julien écoute mon frère. Je me lève et m'approche :

— Julien, tu retournes sur les Monts de bonne heure, demain?

— Oui. Tu viens avec moi?

— Non, je retourne à Montréal, demain.

Je raccompagne Coralie vers la camionnette. Je la sais triste de mon départ, mais elle n'avouera pas que j'aurais dû la prévenir la première. Nous marchons sur le trottoir.

— Demain, je t'appelle, dis-je, pour rompre le silence et me faire pardonner.

— Je me réveille tôt. Ne tarde pas, veux-tu?

— Fais-toi belle pour notre soirée!

— Je veux qu'après tu viennes dormir à l'appartement. Nous serons seuls, insiste sa voix.

— Oui. Je t'aime.

— Et moi, donc!

Avant qu'elle ne monte dans la camionnette de son frère, je l'attire vers moi et l'embrasse sur les lèvres. Elle en est gênée mais heureuse, devant Bernard et Florence.

Nous sommes revenus nous asseoir malgré l'heure tardive. Vêtue d'un tricot de laine, Florence a rapporté de la maison deux vestes de Bernard. Elle m'en offre une. L'odeur de mon frère, un bouton cassé, le deuxième, en avant, me projettent soudain dans cette soirée fraîche d'août, sur une terrasse à moitié terminée. Ma belle-sœur, attentive aux pleurs d'un petit, nous écoutait d'une oreille distraite. Mireille, tout près de moi, avait raconté un début de grossesse inachevée. Elle pleurait. Bernard avait cherché à la consoler. Nous en aurons une demi-douzaine! avais-je ajouté, oubliant le temps, cette faucheuse des espoirs perdus.

Je ressens un élancement près du cœur, un coup de poing furtif comme si rien ne pouvait compenser ces heures disparues à jamais, ce temps écoulé que me renvoie l'énorme bouleau aux branches séchées, les cheveux poivre et sel de Bernard et la chaise désertée où s'assoyait mon premier amour. Et Coralie? Faut-il savoir compter, à l'échelle du cœur, pour situer cette jeune femme qui comble maintenant l'espace et le temps de ma vie? Je ne sais que dire du flottement de ces deux visages, de ces deux femmes assises l'une et l'autre près de moi, occupant ma pensée. Toutes deux mes amours, vivantes en moi. Vivante, Mireille, mon aimée, dans la résurrection instantanée d'un passé juxtaposé au présent par la nostalgie de la mémoire. Mireille, condamnée à disparaître de nouveau, oubliée dans la clarté des instants qui ponctuent ma vie.

Sur la galerie d'à côté, le voisin a ouvert sa radio, le temps de griller une cigarette sans doute. En sourdine, une voix noire chante un blues. Bernard remue sur sa chaise.

— La sœur de Julien est superbe. Je ne me souvenais pas d'elle, murmure-t-il.

149

— Tu la connais depuis un bout de temps? me demande Florence.

Elle ne pose pas la vraie question à laquelle elle pense. Elle le sait et moi aussi. Son visage m'interroge : « Vous vous aimez, hein? » Je la regarde sourire d'être découverte.

— Je l'ai connue près de six jours, dont quatre seul avec elle.

Je raconte la montée vers le chalet, le départ de Julien pour un travail de menuiserie, la tempête sur le lac et ma nuit de rescapé dans le vieux camp de l'Indien. Ils m'écoutent sans m'interrompre. Des jours suivants, je ne trouve à décrire que la trame banale de la pêche, de la baignade dans une crique inconnue, d'une journée à réparer, avec Julien et sa sœur, un camp minuscule. Bernard m'interroge sur la tornade, sur l'Indien Moreau qu'il a peut-être connu. Ma belle-sœur n'ose me questionner, par pudeur, insatisfaite du récit imprécis, de tous ces silences qui n'ont dévoilé que l'écorce des jours mystérieux où l'amour, elle l'imagine, occupait toute la place. Je m'amuse de sa frustration qu'elle dissimule sous un sourire contraint. À la femme vieillissante et toujours fleur bleue que j'aime pour son don d'émerveillement sans cesse renouvelé, je répète, complice :

— Quatre jours seuls ensemble!

Une auto freine au coin de la rue en déversant en rafale la musique hard de sa radio, puis tourne à gauche dans le crissement de ses pneus.

— Une femme superbe, que j'ai appris à aimer, elle qui s'aime si peu!

— Mais pourquoi? s'interroge Bernard.

Je hausse les épaules et feins l'ignorance.

— Elle est timide, reprend Florence, songeuse, ce qui ne l'empêche pas de s'exprimer avec aisance. Intuitive aussi. Elle a précédé ma pensée à quelques reprises.

Ses yeux se ferment un moment, à la recherche de mots qui s'ajusteraient à sa propre perception de la jeune femme. À quelques reprises, des êtres s'étaient révélés à elle dans un éblouissement fugitif, dans un éclair de connaissance de leur âme profonde.

— Cette révélation, tu l'as partagée avec Coralie? demande Bernard à sa femme.

— Oui.

Sa réponse tombe comme une certitude. Je la regarde, inquiet et avide en même temps qu'elle poursuive. Elle avait compris que Coralie se distinguait de nous par une expérience décisive qui la classait à part et dont elle avait retiré une force tenace, un courage devenu une forme de fidélité à elle-même et à ceux qu'elle aimait. Elle avait senti chez la sœur de Julien un fond de tristesse indéfinissable liée à son être ou provenant d'une blessure secrète. À moi, me suggère-t-elle, d'être attentif à cette jeune femme, pleine de mystère, qui mérite d'être aimée, sourit Florence qui constate mon effarement devant sa connaissance de Coralie révélée par l'acuité d'une intuition dont m'avait déjà parlé Bernard.

Je les écoute maintenant, comme autrefois, raconter leur vie avec leurs enfants. Bernard allume une dernière cigarette, tandis que Florence s'enroule dans une couverture qu'elle avait déposée sur la table. Rien ne presse durant cette soirée qui s'avance dans la nuit, comme les jours sans histoires qui échelonnent les semaines et les années de leur existence heureuse. Avant de dormir, ils parleront sans doute de Coralie et uniront son nom au mien. « Dors, mon amour », dirai-je, moi aussi, avec son visage au bord de mes yeux.

Chapitre 20

Elle me guette de la porte ouverte de son appartement. « Non, ne monte pas », m'indique sa main libre, quand je veux aller à sa rencontre. Que je la regarde descendre la rend mal à l'aise, je le constate à ses yeux qui se dérobent. Est-ce bien cette jeune femme, rencontrée il y a quelques jours, accoutrée d'une vieille robe de chambre et de bas de laine gris, qui vient vers moi, chaussée de sandales blanches à petits talons, souveraine, élégante dans une robe bustier turquoise à bretelles qui dégage ses longues jambes et ses genoux? J'effleure à peine ses lèvres qu'elle s'est déjà glissée dans la voiture.

— Attends, Coralie! Pas si vite!

Je descends la rue des Érables vers la rivière et stationne.

— Mais!... Pourquoi t'arrêtes-tu?

Je l'aide à sortir de l'auto et me plante devant elle comme un amoureux frustré. J'invite une très belle femme à un rendez-vous et, dans sa précipitation, elle ne me permet même pas de lui dire que je l'aime... Je veux l'admirer, la trouver élégante dans une robe nouvelle. La couleur et la coupe l'avantagent-elles? Et ses cheveux noirs, courts, ondulés, favorisent-ils la rondeur de son visage? J'aurais aimé la prendre dans mes bras et respirer son parfum pour rêver un bref moment à la délicatesse de sa peau. Et son maquillage...

— Ne dis plus rien, mon amour, m'interrompt-elle.

Elle a trotté toute la journée, comme une folle, en songeant sans cesse à moi. Je l'accompagnais partout, dans de nombreuses boutiques de vêtements, de souliers, de cuir. Chez la coiffeuse. Chez elle, devant le miroir, durant des heures, désemparée de ne pas aimer la femme nouvelle qu'elle fixait, de ne pas la trouver « montrable ».

Elle appréhendait tellement le défilé de mode : son arrivée sur le balcon, la descente de l'escalier, la foule des voisins sur leur galerie à se bercer, et leurs commentaires : « Tiens, elle a cherché à s'faire belle pour un nouveau cavalier! Pourvu qu'a l'garde, celui-là! » Moi, en bas, qui l'observais dans des vêtements, une coiffure, des souliers qui ne lui conviennent peut-être pas. Elle craignait que je la trouve ridicule!

— Attention! ton mascara va couler!

Crispée encore, elle se reproche de n'avoir pas eu confiance en elle. La bouche légèrement maquillée esquisse un sourire que je cueille en l'embrassant. Nous marchons à pas lents vers le pont. Elle se sait observée, pivote à demi pour m'offrir son visage, tourne la tête à quelques reprises, s'arrête et prend la pose en riant. Je m'assois sur un banc, face à la rivière, tandis qu'elle continue à marcher, un brin intimidée par ma présence, insoucieuse des passants qui l'examinent, tout entière attentive à mon regard. Femme nouvelle qui découvre ses charmes, petite fille-clown qui joue à la grande dame. Femme-fleur qui éclate dans le printemps de bourgeons et de feuilles vert tendre.

Elle revient vers le banc et demeure debout en face de moi, une main sur le sac blanc en bandoulière. Le soleil dore la peau de ses bras nus. Je lis une lueur heureuse dans ses yeux. Elle sait, mais se tait pour savourer son bonheur de m'entendre dire :

— Tu es très belle, ma princesse! Tu l'as toujours été depuis le premier moment de notre rencontre.

Chapitre 21

Elle termine le bouillon de poulet au citron, gracieuse dans ses gestes, les longs cils de ses yeux baissés sur la tasse aux deux anses. La lumière tamisée rend moins austères les tentures bourgogne et la banquette de cuir noir. À notre entrée, sous le regard avide d'hommes d'affaires et de couples « chromés », comme elle les a appelés en pouffant, le maître d'hôtel nous a conduits à une table près d'une fenêtre ouverte sur les monts Valin aux reflets violets sous le soleil finissant.

Je la surprends, elle aussi tournée vers l'au-delà des montagnes, m'offrant ses yeux noirs pour y lire la muette nostalgie des jours somptueux d'enfermement et de refus, de tempête sur le lac, d'eau et de chaleur d'une crique, de la tendresse partagée de son amour délivré de la peur.

Nous trinquons à notre retour au chalet blanc en surplomb d'un lac ombragé de longues épinettes. Le chablis Vauliquot, tout en nuances et vigoureux en bouche, accompagne l'entrée de crabe que nous a apportée le serveur, efficace et discret. Coralie préfère manger les morceaux sans la sauce moutarde. Je m'amuse de son air pincé, de ses mains figées qui tiennent la fourchette, de sa bouche qui mastique à peine. Peut-être ai-je ri trop fort. Un couple âgé, elle, belle encore avec son visage à peine ridé, dont les cheveux blancs ondulent, et lui, rougeaud, libre dans une veste de soie, s'amusent avec moi des pitreries de ma compagne. Ils s'arrêtent à notre table : « Vous êtes des amoureux tellement délicieux! » assure-t-elle. Et lui me félicite de mon bon goût. « Votre petite dame, ce qu'elle est jolie! » Ils continuent vers la sortie, non sans se retourner pour nous saluer.

— Le vin te rend... drôle! dis-je, cherchant le mot qui ne la blesse pas.

— Folle? me reprend-elle. Quand je suis heureuse. Tu les as entendus?

— Oui, le monsieur m'a félicité d'avoir si bien choisi!

— T'es pas fin! dit-elle avec une moue délicieuse qui gonfle ses lèvres.

Jamais dans sa vie ne s'est-elle autant amusée qu'avec moi. Elle se sent libérée de tellement de liens qui la retenaient de pleurer, de rire, d'aimer, d'avoir peur, d'exprimer ses sentiments à travers les gestes de son corps. Elle ne se connaissait pas drôle, bouffonne, ne croyait pas y prendre plaisir. Jouant avec son verre, elle redevient sérieuse,

— Je t'ai déjà parlé de mes anciens prétendants, continue-t-elle, non sans ironie. Tu te souviens du dernier, Bruno, à qui j'avais, comme une écervelée, raconté mon histoire? Ça l'avait désorienté. J'étais devenue pour lui une potiche d'un grand prix, et lui, le gardien d'un musée! Il m'a souvent conduite dans d'excellents restaurants, tu sais. Ce que j'ai pu m'ennuyer avec lui! À m'en couper l'appétit!

— Que tu as pourtant robuste! dis-je en contemplant son assiette vide.

— Avec toi, Emmanuel, je me sens moi-même. Ne ris pas, c'est vrai que tu m'as rendue à moi-même. Demain, après ton départ, j'ai peur de retrouver l'ancienne Coralie dans sa petite routine sans âme.

Je me bouche les oreilles de crainte d'entendre la suite.

— Mais c'est terrible, ce que tu déclares, ma chérie!

— Non, non! Tu as mal compris. Tu ne m'as pas enchaînée à toi, tu m'as rendue libre, entends-tu? Je ne te suis pas soumise, je suis amoureuse de toi. Toute une différence qu'un prof, habitué aux nuances, devrait saisir sans faire de chichi. Si tu ne vis pas ce que je vis, je me suis trompée. Tu ne m'aimes pas!

Elle me regarde, renversée par les paroles qui ont fusé sans retenue. Elle ne les retire pas, mais elle poursuit, s'efforçant au calme :

— Je ne pourrais continuer à t'aimer si tu envahissais ma vie. J'ai trop vécu seule pour me lier à quelqu'un qui m'obligerait à me fuir pour épouser sa pensée, ses désirs, sa vie.

Je lui demande de sceller ses yeux. Elle les ferme, les ouvre à demi.

— Triche pas!

Je sors de la poche intérieure de mon veston une boîte enveloppée d'un papier d'argent que je pousse sous ses mains.

Je souris aux changements qui s'enchaînent chez elle; la surprise à la vue du cadeau, la nervosité de ses doigts déchirant le papier, la stupéfaction et la joie devant la chaîne d'or et la perle d'eau douce qu'elle glisse entre ses doigts. Elle ouvre l'autre boîtier de velours bleu où reposent les boucles d'oreilles : deux perles d'eau douce, plus petites.

Elle se lève, vient s'asseoir près de moi, les larmes aux yeux, m'embrasse.

— Dire que je t'ai presque reproché de ne pas m'aimer autant que moi. T'as raison, j'suis un peu fêlée!

— Ton mascara, pauvre toi!

— J'm'en fous!

Je l'aide à agrafer la chaîne à son cou. Elle me

supplie de l'attendre. L'épaisse moquette couvre sa course vers le miroir des toilettes.

Au serveur venu verser de nouveau le vin, je suggère d'apporter la salade un peu plus tard. Sa voix courtoise répond : « Bien sûr, monsieur! » Le privilège de l'argent auquel je ne suis pas habitué, qui banalise les simples souhaits en ordres feutrés, acceptés de bonne grâce, feinte, peut-être. Qui suis-je pour l'obliger, moi, l'ancien gamin, fils d'ouvrier? J'écoute à peine les voix assourdies, le cliquetis confus des ustensiles d'argent, plongé dans la rumeur de la rue industrieuse de mon enfance, si loin déjà, écrasée par le fatras de tant de couches de vie, de souvenirs à jamais perdus.

De l'allée, je la regarde s'avancer comme en un songe. Est-ce possible qu'en si peu de jours, la vie l'ait à ce point transformée? Elle s'approche et se glisse sur la banquette, immobile dans l'attente du verdict, mais ne peut s'empêcher de remuer la tête, de jouer de ses doigts avec la chaîne qui porte la perle d'eau douce.

— Ils te vont à ravir, ils s'harmonisent avec tes cheveux et font ressortir ta peau brune, dis-je en réponse à son besoin d'admiration.

— Mes premiers vrais bijoux! Les autres, du toc! T'avais remarqué que je ne portais rien au cou et aux oreilles? Je ne connais pas grand-chose aux bijoux, même s'ils me fascinent, ni aux vêtements coûteux, moi qui ne m'habille le plus souvent que de fripes et de jeans.

Elle s'interrompt lorsque le serveur apporte la salade, puis continue en riant de la folle équipée de la journée, alors qu'elle ne savait égrener les heures interminables de ses congés. Elle se tait, distraite, se rembrunit.

— Dis-moi, Emmanuel, comment une fille avec un vécu comme le mien pouvait rêver? Rêver à quoi?

Rêver de la présence d'un homme auprès d'elle? Bien sûr que, ces dernières années, j'y pensais souvent.

— Tu n'as pas eu peur quand j'ai ramené Julien chez toi?

— Non, je n'ai pas eu peur de toi. Tu étais l'ami de mon frère et puis...

Elle pousse de côté le plat de salade à peine touché, se penche pour prendre mes mains.

— Tu respires la bonté, Emmanuel! Avec toi, je n'ai pas trouvé comment m'esquiver, ce que j'avais toujours réussi auparavant. Si j'ai désiré accompagner Julien, c'était aussi pour mieux te connaître. Comprendre ce qui m'intriguait et m'ennuyait aussi chez toi.

Elle cache ses mains sur son visage un moment, me regarde intensément et s'oblige à poursuivre.

— Peut-être ai-je souhaité aussi inconsciemment me décharger de mon fardeau, le partager avec toi.

— Tu as résisté, en te montrant désagréable, irascible, non?

— Bien sûr, je perdais pied. Toutes mes défenses se sont éclipsées avec l'immense peur et la culpabilité que tu ne reviennes pas de la tempête. J'ai compris alors que je t'aimais, tu le sais. Je me trouvais tellement idiote!

Sur le boulevard, les phares des autos trouent la nuit en enfilades lumineuses, balaient un moment les maisons et les immeubles. Au loin, les lumières de la ville vibrent comme des bougies. Le large ruban noir du Saguenay valse au gré de la marée dans la chaleur de la nuit.

— Où es-tu, Emmanuel?

— Avec toi, bien sûr! Depuis quelques jours, je m'interroge. Qui es-tu, Coralie? Je ne sais que répondre.

— Cette question, je sentais qu'elle te tracassait.

J'y ai songé, moi aussi. Pourquoi ne t'ai-je pas prévenu?

L'enfant de treize ans, violée, en a bavé, a marché longtemps avant d'arriver à lui, Emmanuel. Bien sûr qu'on l'a aidée : Julien, grand-mère, un psychologue, une psychothérapeute, durant de longs mois. Ses béquilles, elle les a laissées, un jour, afin de poursuivre seule, comme une grande fille. Infirmière aux soins intensifs, la souffrance et la mort, côtoyées, l'ont obligée à relativiser sa propre souffrance. Elle a essayé de rencontrer des hommes qui auraient pu lui procurer une vie normale où, malgré ses peurs, elle pourrait s'épanouir et connaître le plaisir. Où tout en elle aurait goûté au bonheur.

Et puis, je suis arrivé. Elle a su tout de suite que je n'étais pas comme les autres. Pour la première fois, elle a eu envie d'un homme. Elle a lutté en vain pour m'éloigner d'elle, un combat perdu d'avance, puisqu'au chalet, elle savait que je ne lui étais pas indifférent.

Au petit camp où nous avons aidé Julien, elle a songé à une comparaison dont elle n'a pas osé me parler. Elle m'avait montré sur un billot un papillon noir et or. Il venait depuis peu de sortir de sa chrysalide. Le soleil l'avait rendu à lui-même. Dieu sait si ça lui avait pris du temps, des intempéries, des dangers vaincus pour en arriver, tout d'un coup, à sortir de son cocon, à s'ébouriffer, à se lisser les ailes, avant de voler et de se poser sur une bûche de bouleau! Ce n'était pas un miracle. Elle était mûre pour sortir enfin d'elle-même. Je suis arrivé à la fin d'une adolescence tardive. En m'aimant, elle a appris à s'aimer et à se trouver belle.

— Où m'emmènes-tu?

Je lui prends la main. Nous marchons dans l'allée vers le bar où joue un pianiste accompagné d'une batterie. Dans la pénombre, sur la piste étroite, deux couples dansent. Elle me retient et murmure qu'elle ne sait pas danser. Je l'entraîne en douceur et lui demande, comme durant cette soirée au chalet où brûlaient les lampions, de fermer les yeux et de se laisser envahir par la musique. Nous danserons jusqu'au bout de la nuit, aussi longtemps qu'elle ne s'abandonnera pas. Elle pose enfin sa tête sur mon épaule, se détache de sa gêne et « des gens assis qui me regardent », souffle-t-elle.

Elle se serre contre moi, oublieuse des autres, comblée de sentir son corps collé au mien. Sa hanche dans ma main bouge à peine, ses jambes effleurent les miennes, son buste écrasant ma poitrine. J'oserais lui parler d'une danse lascive qu'elle en serait tout ébranlée, ignorante d'une sexualité qui s'éveille et dont elle est à peine consciente. Est-ce bien vrai? ai-je pensé en la sentant frémir et chercher mes lèvres. Elle souhaite continuer une nouvelle danse, un slow encore, qui lui permet de continuer son étreinte amoureuse. Nous avons enchaîné avec une autre danse avant de quitter la piste et de retourner à notre table.

— Tu aimes danser?

Oui, pour écouter avec tout son corps la musique dont elle ne connaissait pas les résonances profondes en elle. Quand elle apprendra les pas et les figures de plusieurs autres danses, elle éprouvera un plaisir nouveau à suivre le rythme propre à chacune, à inventer d'autres figures dont lui a parlé son amie infirmière, Hélène. Elle me regarde, baisse les yeux en même temps qu'elle rougit. Quand elle danse, elle éprouve l'immense besoin de se serrer contre moi, de se blottir dans mes bras et de sentir monter en elle une chaleur inconnue qui la fait vibrer et la bouleverse. À quelques reprises, elle a connu avec moi ce plaisir nouveau, charnel. J'évite de poursuivre la confidence qui l'émeut et la gêne tout à la fois.

Revenus à notre table, elle me révèle une pensée qui la hante depuis peu.

— J'ai souvent rêvé d'une nouvelle Coralie, délivrée de ses complexes. Je n'ai jamais cru être belle. Une femme ne devient belle que dans les yeux de son amour. Tu me l'as si souvent répété que je commence à l'accepter.

Elle a longtemps craint que la solitude, son amie de toujours, l'accompagne le reste de sa vie. Dans ses rêves éveillés, elle essayait d'esquisser la silhouette de l'homme qu'elle aimerait, un jour. Malgré ses efforts, elle ne parvenait pas à dessiner ses traits qui s'effaçaient sans cesse. La nuit, ses cauchemars reprenaient souvent le masque grimaçant d'un être qui ressemblait à son père, même si elle avait perdu son visage depuis toutes ces années où elle ne l'avait plus revu. La nouvelle Coralie lui fait oublier la tristesse, les peurs de l'ancienne. Oui, bien sûr, elle la préfère, puisque je l'aime et qu'elle m'aime. Le matin, à son lever, il y a moi, son soleil, et la nuit, elle ne dort plus seule. S'aime-t-elle dans sa robe bustier turquoise qui dégage ses jambes et ses épaules et fait ressortir sa poitrine? Ça l'a ennuyée, elle me l'avoue, de se découvrir à tout le monde. Elle a l'impression d'être nue. Si je l'aime ainsi, bon! elle s'y fera! La nouvelle Coralie, entrant dans un restaurant, au bras d'un homme élégant, dans la jeune trentaine? Elle ne l'aurait pas cru dans ses rêves les plus fous, les battements de son cœur l'ont assurée que c'était vrai.

L'arrivée du serveur l'interrompt. Il dépose les assiettes et ajoute :

— Je souhaite, monsieur, madame, que vous apprécierez le homard thermidor de notre chef cuisinier.

Je le rassure tandis que Coralie s'exclame :

— Oh! que c'est joli! Tu as vu, Emmanuel, la carapace coupée en deux, la chair, la sauce et le fromage à l'intérieur? Goûte vite, comme c'est délicieux!

162

Le serveur rit avec moi de sa spontanéité et du bonheur qui l'illumine. Cet appétit de vivre, elle qui en a tellement été privée! Elle me surprend sans cesse à savourer tous les plaisirs dans un acharnement qu'expriment ses yeux, sa bouche et ses mains qui voltigent. Je la regarde, ému de tant d'émerveillement.

Elle a mangé trop vite et se le reproche, refuse que je verse de nouveau le vin dans sa coupe. Son envie de rire à tout propos ne lui est pas habituelle, comme aussi la chaleur qu'elle ressent au visage. De son sac à main de soirée blanc, elle tire un miroir.

— Mes joues, deux bougies allumées! Je suis affreuse!

Je ris avec elle de sa déception. Nous savons tous les deux que le rouge rehausse ses joues rondes, mais elle souhaite être contredite, par jeu. Une ombre légère assombrit un moment ses yeux.

Elle éclate de nouveau à l'arrivée du dessert « péché mignon », « un feuilleté composé de crème glacée, d'amandes et de chocolat », énonce le serveur, sachant l'enthousiasme qu'il déclenchera auprès de la jeune dame. Elle ne se dérobe pas, enfile les superlatifs et croque dans ce péché mignon trop savoureux pour s'en confesser!

La rumeur indistincte du restaurant s'est estompée avec le départ de beaucoup de convives. Je bois le café à petites gorgées dans l'attente de Coralie partie se refaire une beauté. Je regarde la nuit, distrait par le mouvement silencieux des voitures, par les lumières qui clignotent. Au bord de la nuit, je rêve de notre amour à peine naissant et de tous ces jours à conquérir.

Elle réapparaît au bout de l'allée, approche en souriant de ses yeux de velours sombre, virevolte près de la table, cherche mon approbation. Elle se rassied, les mains sur son sac blanc. Je termine mon café sans la quitter du regard.

— Tu es très belle, ma Coralie!

Son visage grave me contemple. Elle porte une main sur la chaîne d'or et garde un moment la perle d'eau douce entre ses doigts. Ses yeux vacillent et me rappellent son amour et le bonheur très doux qui palpite en elle. Dehors, je la serre très fort et je l'embrasse sur les lèvres. Je prends sa main en marchant vers la voiture. La nuit chaude contraste avec l'air climatisé du restaurant.

Chapitre 22

— Tu connais les Terrasses du Port? Je t'y conduis.

Nous descendons la rue Jacques-Cartier vers la rue Racine, prenons ensuite la rue Sainte-Anne à droite. En face de nous, plus bas, s'étale une vaste esplanade où éclate en son centre un immense jet d'eau. Nous nous mêlons à la foule bigarrée qui déambule. Coralie a glissé sur ses épaules nues une veste de laine blanche. Elle pose sa main dans le creux de mon dos et moi dans le sien.

— J'ai rêvé souvent de marcher serrée comme ça avec mon amoureux. Tu vois, c'est plus un rêve maintenant!

Sa hanche frotte ma hanche et je sens la fermeté de son sein. Des couples se promènent, de petits groupes se sont formés un peu partout. Une foule plus compacte, près d'une estrade, écoute des musiciens jouer un rock entraînant. Au bout de la Terrasse, du côté de la Marina, des jeunes grattent de la guitare, accompagnés d'une batterie. Nous nous arrêtons non loin de musiciens qui tapent de leurs doigts et de leurs mains sur des tam-tams de différents formats. Ils s'amusent et jamment, leur visage plein de sueur. Un air de fête flotte sur l'esplanade. Les gens, sans se connaître, parlent entre eux, dans la musique et les voix éparses. Je retrouve la joie bon enfant de ce pays encore mien, Saguenay, dont les eaux noires piquetées de lumières fuient entre ses rives. Sur le vieux pont qui le traverse s'écoule le flot de gens qui viennent à la fête ou retournent chez eux.

Nous marchons, sans parler, accordant nos pas. Elle tient ma main qu'elle a posée sur son épaule, s'arrête pour m'embrasser, reprend ensuite sa marche. À quelques reprises, sa main s'est cramponnée à la mienne dans le geste instinctif de me retenir, soulignant ainsi la pensée de mon départ qui ne la quitte pas, me dit-elle.

Nous nous sommes assis sur l'herbe rase, près du Saguenay. Dans la chaleur de la nuit, l'on entend à peine le flux de la marée qui achève sa course dans un chuintement étouffé, mêlé au murmure de la foule et des musiques. Non loin de nous viennent s'asseoir deux gars dans la jeune vingtaine, dont l'un traîne une caisse de bière. Ils boivent, se bousculent en riant. Le plus grand porte une chemise à carreaux bleus et blancs percée aux coudes, des jeans et des bottes à moitié lacées. L'autre, plus petit, a gardé sa barbe de plusieurs jours. De sa casquette s'échappent des cheveux noirs, bouclés. Moins ivre que son copain, il s'efforce en vain de paraître dur et cynique. Ses yeux inquiets, ses mains soignées, sa façon de s'exprimer dénotent l'étudiant en vadrouille. Ils boivent sec, fument un joint qu'ils se partagent, parlent fort et cherchent notre attention. Nous essayons de les oublier. Peine perdue. Coralie se lève et m'entraîne plus loin. Ils ne semblent pas apprécier notre éloignement, se rapprochent.

— Hé! les amoureux, ça vous tente de boire avec nous autres? demande le plus vieux, une bière au bout du bras.

— Non, merci! On veut avoir la paix, tout seuls, tous les deux!

— T'entends ça, Roch? Y veut la paix! Pas nous autres, la paix! ricane le plus grand, tourné vers son ami.

Il s'avance vers nous, pose un genou à terre. Je vois

sa bouche à laquelle il manque une dent, ses yeux foncés vitreux et sa bière qu'il boit à longues gorgées.

— Tu peux pas dire, *l'twit*, qu'on est pas gentils. Nous autres, on voulait prendre une bière avec toé pis ta blonde. Tu nous insultes pour nous remercier.

Il s'arrête, fixe Coralie.

— C'qu'est cute, ta blonde! Pis pas farouche avec ça! s'amuse-t-il en cherchant son épaule.

Je me lève, comme mû par un ressort. Par mégarde, j'accroche son bras.

— Écoute, lui dis-je en m'efforçant au calme, laisse-nous tranquilles.

— Bob, viens-t'en, lui demande son ami qui veut s'interposer.

— Ben, mon ostie! crie Bob. Tu cherches-tu la bataille? Tu vas l'avoir!

Je ressens une lourdeur à la tête qui me force à m'asseoir. J'entrevois Coralie, debout, de côté, à quelques pieds de Bob. Je veux me lever pour lui porter secours. Je titube et rejoins de nouveau le gazon. Non sans effort, j'essaie de tenir les yeux ouverts pour regarder le geste de Bob avec sa bouteille à la main, face à Coralie. Je veux crier, chercher à l'aider. Mais elle semble m'oublier, les yeux accrochés aux mains de son adversaire dont elle bloque de sa main gauche celle qui tient la bouteille pendant que son bras droit passe sous l'aisselle du grand morveux qui plane au-dessus d'elle comme une poupée de chiffon. J'entends en un rêve craquer des bouts de bois.

J'ouvre les yeux, surpris du cercle d'inconnus penchés sur moi. Coralie retire une serviette tachée de sang et en porte une nouvelle à ma tête. Une voix, entrecoupée de sacres, se plaint.

— Le gars d'à côté, y est amoché pas pour rire! Y osera pu s'en prendre à une femme comme la p'tite dame qui l'a fait r'voler dans les airs. C'était de toute beauté! termine, en riant, un homme dont je vois le short blanc et les espadrilles.

— Ouais! Elle lui a appliqué la prise « soenage ». Une technique de judo. Est forte, la petite! commente un gars, penché sur moi.

On m'aide à m'asseoir. Coralie essuie mon front par petites touches. Je me relève péniblement et me laisse guider par sa main qui a pris mon bras. Des voix confuses et des musiques trop fortes accompagnent les coups de poing de mon sang dans la tête. Nous marchons à n'en plus finir. Voici le stationnement et, au bout, la voiture. Je fouille dans les poches de mon veston et lui offre les clefs.

— Tu te laisses guider, Emmanuel! Adosse-toi et ferme les yeux. Une petite visite à l'hôpital de Jonquière pour fermer ta plaie à la tête. Presque rien du tout. Ensuite, on rentre chez nous.

Sa voix impérative absorbe en douceur la dernière phrase. Je me coule dans la fatigue étrange qui m'envahit. Les yeux à demi fermés, je perçois la traversée de la ville par les trouées lumineuses qui frappent mes paupières; les ténèbres me rappellent les champs qui séparent les deux villes; des flashs vibrants, sans doute des voitures qui nous croisent. Des soleils sombres m'indiquent les réverbères qui ponctuent l'entrée de Jonquière. J'ouvre les yeux pour retrouver le profil grave de Coralie. Elle se sait observée, pince les lèvres et tourne la tête.

— On est à l'hôpital dans deux minutes.

Je ne dis rien et retourne dans le cocon ouaté de ma fatigue.

Une infirmière me toise à l'entrée de la salle d'urgence où s'entassent une quinzaine de personnes. J'entends murmurer Coralie : « Emmanuel, mon ami. » Elle explique une chute malencontreuse. Je me désintéresse de la suite du léger mensonge. L'infirmière, blonde et jolie, m'accompagne dans une salle où nous a précédés Coralie qui présente « Priscilla, une camarade du même cours ». Coralie désinfecte la coupure assez profonde, du côté droit du crâne. Son amie, ciseaux à la main, la remplace. Mi-sérieuse, elle flirte sans gêne, félicite Coralie d'avoir déniché un si beau mec, me demande si je prolongerai encore de quelques jours ma visite au Saguenay. Je sens l'impatience effleurer les doigts posés sur mon épaule. Elle désinfecte de nouveau la plaie autour des cheveux coupés et s'impose, d'une voix sans réplique :

— Laisse-nous avec le docteur Trépanier. Tu es gentille de m'avoir aidée. Merci!

— Si tu veux! répond Priscilla, qui laisse traîner sa main sur mon bras.

— La chipie! La croqueuse d'hommes! siffle Coralie entre ses dents.

— Elle est fine pourtant! Elle m'a laissé passer avant les autres. Et jolie en plus.

— T'es pas drôle! Pis tu guéris trop vite!

Elle escamote les derniers mots à l'arrivée du médecin qui pénètre dans la salle d'un pas lourd. Un vieil homme affable, tout couturé de rides profondes, surpris de retrouver à l'hôpital à pareille heure son « infirmière préférée », qui répète de nouveau le joyeux mensonge non sans rougir. Une rougeur qui persiste quand elle présente : « Emmanuel, mon ami. » Les gros doigts du docteur Trépanier manient avec une agilité surprenante l'aiguille qui ferme les lèvres de la blessure. Il me faut garder durant sept jours les points de suture. Je le quitte et lui serre la main : « Du bon butin », me dit-il d'un mouvement de tête vers Coralie. Elle prend ma main et la serre plus fort quand elle salue Priscilla.

Avant qu'elle ne glisse la clef dans le contact, je lui

169

demande d'où provient sa frustration. Elle n'a prononcé aucune parole durant le trajet, et sa scène de jalousie envers Priscilla... Décidément! Elle semble bouder, puis éclate.

C'est raté. Tout est de sa faute! Il fallait, après le plus extraordinaire souper de sa vie, qu'elle m'entraîne dans un guêpier. M'inviter sur la Terrasse du Port pour me faire assommer! Je demeure interdit, puis je glousse de plaisir pendant qu'elle continue. Et le bouquet! Me conduire à l'hôpital! Fallait en plus la rencontre avec Priscilla!

— C'est pas vrai, Coralie, que le coup de bouteille sur la tête dépend de toi! Mais t'es pas le Diable ni le bon Dieu! Donne-moi les clefs. Si l'auto ne démarre pas, ça dépendra au moins de moi...!

— C'est pas pareil! murmure-t-elle d'une voix incertaine qui souligne le ridicule de sa culpabilité.

— Donne-moi les clefs!

Elle conduit par les rues de notre ville. Je pose la main sur sa cuisse que je caresse.

— Arrête, Emmanuel! Je vais causer un accident, murmure sa voix rauque qui a retrouvé son rire.

Chapitre 23

Elle allume une lampe du salon, ferme la toile qui donne sur l'appartement de la vieille fille Lalancette « qui sait que j'ai introduit un garçon, la senteuse! » Je la suis dans la chambre pour y déposer ma valise. Elle allume les bougies, jette sur une chaise son chandail de laine blanc, replace un bibelot, le réveille-matin. Pieds nus, elle vient vers moi qui suis assis sur le lit, passe les bras autour de mon cou et regarde mon crâne rasé. Son rire fêlé. Je la sens fébrile. Je pose ma tête sur son ventre et l'enserre de mes bras.

— Calme-toi!

— Mon cœur bat comme un p'tit fou!

Comme elle avait hâte à ce moment, tout en le craignant! Je suis le premier, oui, le premier, répète sa voix à peine audible, à pénétrer dans sa chambre pour y vivre une nuit avec elle. Ça lui fait peur. Pourvu qu'elle ne me déçoive pas! C'est terrible, de toute la journée, elle n'a pu s'enlever cette crainte de la tête!

— Rien ne presse, Coralie.

Il y a une semaine à peine, elle me recevait au salon, les yeux fixés sur la télévision, assise toute droite dans sa berceuse. Elle me recevait, façon de dire! Elle cache ses yeux dans ses mains, gênée du souvenir qui nous effleure. Nous n'avons pas brusqué le temps qui nous a appris à nous connaître et à nous aimer. Et voilà que je la tiens serrée contre moi dans sa chambre à peine entrevue la première fois. Elle m'embrasse sur les yeux et sur la bouche, se dégage pour revenir bien vite.

Le temps s'est figé dans l'attente de son retour. Désœuvré, je m'approche des photos encadrées sur le mur de gauche. Coralie, toute petite, dans une robe rouge et, près d'elle, Julien ferme les yeux à demi dans la lumière. À côté, elle pose dans sa toge de finissante, le diplôme encerclé d'un ruban rouge, à peine tenu dans ses mains. Un peu plus bas, entre les deux cadres, elle enserre la taille d'une vieille dame toute menue, près d'un massif de fleurs. Sa grand-mère, sans doute. Les yeux très noirs de Coralie me regardent, bouche ouverte sur la blancheur des dents avec ses fossettes de jeune fille dans un visage rond, un peu joufflu. Au-dessus du lit, une reproduction d'une femme potelée de Renoir.

Elle se tient appuyée au cadre de la porte dans une robe de nuit qui lui cache les pieds. Par-dessus, une longue robe noire, aux motifs de dentelle ajourée qu'elle enlève en marchant vers moi.

— Enfin, Coralie!

— Il faut un peu de temps à une femme pour être belle et amoureuse.

Nous sommes un long moment sans prononcer une parole. Je la sais émue, fragile, inquiète à l'entrée d'un pays nouveau, elle l'étrangère, si longtemps retenue par la peur de l'amour. Elle me dit enfin que les jours d'hier n'ont servi pour elle que d'un long prélude à cette nuit, patiemment rêvée, malgré l'angoisse qui faisait trembler sa chair quelquefois.

Cet aveu me bouleverse comme aussi l'abandon total d'elle-même et la confiance éperdue qu'elle me manifeste. Je frémis à la pensée d'être gauche ou brusque. Elle caresse mon visage de ses mains fraîches qui tremblent à peine. Elle sent le lilas, l'odeur du lilas en fleurs de notre parterre qui embaumait notre chambre d'enfants, à Bernard et à moi. Je le lui révèle. Elle cesse d'embrasser mes paupières et mon front pour chuchoter, sérieuse, que je lui étais destiné depuis toujours.

Elle s'éloigne un moment et me regarde dans les vêtements qui me recouvrent encore. Notre rire, d'abord nerveux, fuse ensuite sans retenue. Elle les enlève avec douceur, en une longue caresse et avec gêne aussi, comme une livrée inutile. Coralie, si primesautière et naturelle tout à l'heure, au bord de l'angoisse et des larmes, quelle étrange créature es-tu? Comment te deviner, mon amour si imprévisible?

« Et moi? » chuchote-t-elle. Mes doigts s'empêtrent dans les agrafes qu'elle parvient facilement à dégager. Elle se libère de sa robe de nuit qui glisse à ses pieds et apparaît dans sa nudité. Je la contemple, ébloui par sa beauté et sa grâce dans le don d'elle-même. Je me colle à elle, à la recherche de son visage, de ses yeux fermés, sous la fougue de mes baisers. Je parcours son cou qu'elle a renversé, revient à sa bouche entrouverte que j'explore. Son besoin de refluer dans la mienne, avec cette passion contenue qui la fait vibrer pendant qu'elle caresse mes épaules et mon dos. Je m'assois sur le lit pour embrasser ses hanches, son ventre, revenir vers ses seins qu'elle aime maintenant, si tard découverts, qui frémissent quand mes dents touchent leurs pointes dures. Elle les couvre un moment de ses paumes dans un geste inconscient de pudeur. Elle me relève pour m'embrasser de nouveau et se reproche de ne pas me suivre dans mon plaisir.

Couchée, elle pose sa tête sur ma poitrine pour écouter, me dit-elle, le tremblement intérieur de sentir mes mains tant l'aimer. J'effleure ses épaules, son dos et ses fesses charnues. « Je n'ai pas les fesses charnues », objecte-t-elle. « Pas grosses, charnues. »

« C'est pareil », boude-t-elle, sans s'empêcher de crier, pour rire, quand je les mords. Elle s'allonge sur le dos, bras sous la tête, et me regarde parcourir son corps de mes caresses. J'embrasse ensuite les grandes lèvres offertes. Elle pousse un gémissement et se retire, le dos appuyé au mur. Elle ramène ses jambes sur elle, pleure sans bruit, la tête appuyée sur les coudes.

— Coralie! mais qu'est-ce que j'ai fait?

Elle ne répond pas, étouffée par les sanglots. Je la prends dans mes bras et la berce, tandis que ses pleurs redoublent. Nous restons ainsi un long moment, sans trouver les mots qui nous apaisent. Les paroles qu'elle voudrait prononcer sont englouties par les larmes. Moi qui craignais tant de la blesser, voilà que j'ai commis une faute impardonnable. Je la supplie de désigner la gaucherie, si loin de ma tendresse, qui l'a fait basculer dans sa peine.

— Mon amour, pardonne-moi!

Ma petite Coralie, ai-je repris pour moi seul. Ce diminutif amoureux m'éclaire soudain.

— Mon amour, j'aurais dû prévoir!

Elle m'embrasse malgré ses pleurs, serre mon visage dans ses mains, désespérée.

— Je ne te mérite pas! Tu vois, tout est foutu, foutu! Comment nous aimer sans son ombre entre nous? parvient-elle à exprimer à travers ses larmes.

— Mais non! rien n'est perdu. Tout est possible.

Elle pose sa main sur ma bouche et me demande de la serrer très fort dans mes bras. Elle enfouit son visage dans mon cou. J'écoute s'apaiser ses sanglots. Elle demeure inerte, comme si elle dormait, puis entrouvre les yeux. J'essuie ses joues encore mouillées et la supplie de me révéler les gestes interdits qui la ramèneraient à son passé.

Elle se sent apprivoisée, me répond-elle, délivrée sous mes caresses et mon amour des visions d'horreur d'autrefois, comme si elle revivait dans un autre corps. Mais le geste sur son sexe l'a replongée dans l'enfer de ces nuits où l'homme hideux qu'était son père le saccageait de sa bouche et la forçait ensuite à la fellation. Ils forment, pour elle, les pires souvenirs de son esclavage qui l'avaient dégoûtée de son corps et fermée à la sexualité de l'amour, découverte grâce à ma tendresse. Ses yeux s'embuent. Elle voudrait effacer, si elle le pouvait, ce qui s'est interposé entre nous et se sent fautive du fiasco du début de notre nuit.

— Cette faute ne t'appartient pas. Pourquoi croire que tout est foutu par ta faute, ce qui n'est pas vrai?

Elle pose sa tête sur mon ventre, tournée vers moi, joue avec mes doigts, câline, malgré la fatigue qui creuse ses traits et qu'accentue la flamme vacillante des bougies. Je vais les éteindre pour éviter que la chaleur n'envahisse la chambre. J'ouvre la fenêtre et tire à demi la toile. Le lampadaire éclaire son corps couché sur le lit. Elle se sait belle dans mon regard heureux.

— J'aimerais rester encore demain, avec toi. Bien sûr, si tu le veux.

Elle se lève, roule sur moi, m'embrasse partout, saute sur le lit comme une écervelée. Elle a tout oublié, d'un seul coup. À n'y rien comprendre!

— Tout est prévu avec Bernard et Florence pour passer l'après-midi et souper chez papa. Je t'aurais prévenue au déjeuner.

— Tu aurais été cruel.

— Mais pourquoi?

— Parce que tu m'aurais privée de dormir heureuse dans l'attente d'une autre journée avec toi. Et puis demain, durant toute la matinée... ben, nous serons ensemble!

— C'est pas cette phrase que je voulais t'entendre

dire, petite cachotière! Non, « mais nous aurons toute la matinée pour nous aimer ».

Elle rit d'avoir été découverte, ferme les yeux. Elle dormira mieux avec une pareille nouvelle.

— Oui, comme ça, je vais mieux dormir!

Chapitre 24

Très vite, Coralie s'est endormie, abandonnée sur une rive lointaine. Cette faculté prodigieuse d'oubli momentané, elle la puise sans doute dans une expérience de survie douloureusement acquise. L'immobilité m'ankylose. Avec d'infinies précautions, je me détache d'elle qui s'agite mais ne s'éveille pas.

Je suis soudain tiré du sommeil par des pleurs. Je me penche sur elle qui dort toujours. Elle marmonne des phrases incompréhensibles, suppliantes, puis se tait. De la fenêtre, les premières lueurs de l'aube envahissent l'horizon.

Je me réveille en sursaut, conscient d'une présence. L'ombre de son corps cache l'éclat du soleil qui éclabousse le plancher de la chambre.

— Paresseux, dit-elle, d'une voix enjouée, assise en tailleur sur le lit.

Le réveille-matin marque huit heures trente. J'ouvre les yeux sur la couleur fushia d'un *baby doll* adorable. Elle me veille depuis quelques minutes, comme hier encore sur le quai, près du lac, attentive à mon visage qui remue quelquefois comme enveloppé d'ombre, émue de détailler la cicatrice du front, les lèvres minces, les cils trop longs pour un homme, afin de les graver à jamais dans la mémoire du cœur.

Elle me jette en bas du lit. Je me plains de sa brutalité, guère surpris d'une force physique qu'elle a manifestée à quelques reprises, me pousse vers la douche alors qu'elle prépare le petit déjeuner.

— N'oublie pas de raser ta barbe. De la broche à foin! rit-elle.

J'ai vite englouti le pain grillé, les deux œufs, la tranche de jambon et deux cafés. Elle a mangé un bol de céréales, grignoté une rôtie avec de la gelée de fraises et bu un verre de lait. Elle s'amuse de mon appétit et se surprend que je ne grossisse pas, elle qui deviendrait vite boulotte à manger la moitié de ma portion.

Je fais couler l'eau de la baignoire et la presse de s'y plonger pour se faire belle. Elle s'enferme dans un silence étrange et n'ose me regarder, par crainte, ai-je pensé, d'un nouvel échec. Je prends son bras et l'oblige à se tourner.

— T'as un bleu au bas du dos. Tiens, ici, ai-je souligné en touchant de la main.

Une mauvaise chute durant un exercice, laisse-t-elle tomber. Elle s'entraîne au judo, en autodéfense, depuis bientôt six ans. Trois fois semaine, excepté les mois d'été.

— Depuis six ans? Je comprends la pirouette, hier soir, de mon agresseur et l'allusion du gars à une technique de judo.

Un soir, après un cours au collège, de la rue Saint-Hubert jusque chez sa grand-mère, elle avait couru, poursuivie par un homme. Elle s'était effondrée sur le lit de sa chambre. La peur, une peur folle, avait rongé ses nuits. Hélène, son amie, lui avait suggéré le judo qu'elle pratiquait depuis six mois. Elle avait accepté. Il avait rebâti sa confiance. Jamais plus un homme ne l'attaquerait sans qu'elle se défende. L'entraînement comblait souvent les heures vides de ses congés et avait agrandi le cercle de ses connaissances. J'avais déjà constaté la forme sculptée de son corps. Je palpe ses jambes posées sur mes genoux: dures, musclées comme ses cuisses. Elle se laisse embrasser, s'oblige à se dégager pour courir fermer l'eau et prendre son bain.

J'enveloppe ses bras, ses épaules et je respire l'odeur de sa peau en embrassant son visage et son cou. Elle rit d'un rire nerveux. Ses yeux effleurent mon visage et laissent entrevoir une appréhension qui ne la quitte pas.

— Détends-toi, Coralie. Je t'aime et tu es belle!

Assise sur mes cuisses, en face de moi, elle s'applique à se détacher d'une crainte qu'elle ne parvient pas à oublier. Je cherche à capter son attention, à gagner avec elle le présent, le nôtre, pour que le passé, ai-je songé, n'envahisse les moments uniques qui nous unissent! Elle laisse mes doigts palper le duvet à peine visible de ses joues et leur douceur, l'arc effilé des sourcils, la courbe de ses épaules. Je plonge dans le noir profond de ses yeux qui sourient timidement et manifestent ainsi sa victoire contre l'anxiété qui étouffait son désir.

— Cette nuit, tu as pleuré.

— Je sais. En m'éveillant, j'ai senti que tu m'observais. J'ai évité de bouger pour ne pas t'inquiéter.

— Un cauchemar?

— Oui, répond-elle, les yeux soudain brillants. Ne m'en veux pas. Nous nous étions querellés et tu me quittais en claquant la porte. J'ai voulu descendre te rejoindre. J'ai ouvert les yeux avec l'impression un moment que tu ne m'aimais plus.

Elle m'embrasse longuement et tressaille quand j'enveloppe de mes mains ses seins et leurs pointes dressées. Elle s'accroche à mon dos pendant que je caresse ses épaules, ses hanches et qu'elle se couche sur le dos, les yeux fermés. Je la pénètre avec douceur. Un mouvement très doux rythme nos corps réunis et celui de notre respiration! Son visage, un moment tendu, retrouve sa grâce. Je me couche près d'elle qui me regarde comme si elle revenait de très loin, « de toutes ces années à m'attendre ». Elle me serre très fort pour que je ne la quitte jamais.

— Comme tu étais inquiète, au début!

— J'ai eu peur que son fantôme, à peine entrevu, s'approche de nous. Il a suffi que je t'embrasse et que tes mains me caressent pour que je te retrouve, toi seul. Tout a été si simple!

Elle se repose, heureuse. Je ne sais combien de temps nous sommes restés l'un près de l'autre, elle, remontant les années pour les exorciser, parlant ensuite de la chance de notre rencontre, des jours à venir, ceux de l'absence, de nos tête-à-tête à Montréal ou à Jonquière. Elle s'angoisse à la pensée d'une séparation qui nous gardera trop longtemps éloignés l'un de l'autre.

— Le temps nous aidera à choisir notre maison, ici ou ailleurs. Ne t'inquiète pas!

Elle se redresse et me couvre de baisers fougueux, fébriles. Je répète les mêmes gestes, mais lents, très doux, qui exaspèrent son désir. Elle me chevauche, pendant qu'elle prend mes lèvres, avide, mue par la hâte d'atteindre le plaisir.

— Coralie, ne sois pas trop nerveuse. Laisse venir le plaisir. N'aie pas peur! lui ai-je répété en embrassant son visage. N'aie pas peur!

Elle s'est étendue sur moi, exténuée, heureuse d'avoir connu le bonheur d'être possédée dans la tendresse. Elle sait que bientôt, la crainte passée, elle pourra s'épanouir. Est-elle devenue une femme qui connaît maintenant la plénitude de l'amour? Pas encore, me dit-elle, mais disparue l'appréhension d'être agressée une nouvelle fois; de la frigidité, dont elle n'avait jamais osé parler par honte peut-être ou par crainte du ridicule. À vingt-cinq ans, elle est une vieille fille, une sainte Catherine qu'on fêtait autrefois pour s'amuser.

Chapitre 25

Durant les courses sur la rue Principale, Coralie s'est inquiétée : « Ton père, s'il m'aime pas? » « Des pantalons, ça m'avantagerait pas mieux que des shorts? » Elle tenait mon bras, fière de parader avec « son homme ». Sur la 175, je suis la Mazda blanche de Bernard : « Colle-moi, autrement tu vas te perdre, comme il t'arrive si souvent! » m'avait suggéré mon frère. Coralie tient dans ses mains le cadeau qu'elle offrira à papa.

— Tu m'as pas parlé de tes parents, interroge-t-elle. Tu as une sœur?

— Oui, Jacinthe, l'aînée, qui habite elle aussi à Montréal.

Je lui raconte notre enfance et notre adolescence ensoleillées. Maman, une vive-la-joie, entourée d'amies, était un trésor de bonté dont on abusait parfois. Papa, plutôt sérieux, ouvert, demeurait un poète qui s'ignorait. C'est de lui, sans doute, que me vient la passion des livres et de la beauté. Deux êtres merveilleux qui passaient leur temps à se taquiner et à s'embrasser. « Pour réussir à ne pas être malheureux, disait papa, faut respecter la vie personnelle de l'autre, notre vie de couple, enfin celle d'être parents. Privilégiez une des trois, vous aurez le bordel! » Maman travaillait comme bibliothécaire. Elle aura déménagé d'une école à l'autre durant toute sa carrière. Papa avait commencé « dans la construction », comme il disait, avant de trouver un emploi de surveillant des travaux à la ville, jusqu'à sa retraite. Maman, c'était une boîte à musique. Quand elle commençait *Maman, tu es la plus belle du monde*, sur un signe de papa, on la laissait chanter toute seule. Elle s'énervait un peu, sa très belle voix se cassait sous le coup de l'émotion. Maman, ce qu'elle a pu pleurer! J'arrête pour ne pas l'ennuyer!

— Tu m'ennuies pas, mon chéri. J'envie ta chance. Curieux! tu m'as parlé à quelques reprises de ton père mais très peu de ta mère.

Le rappel de maman me ramène à cette fin d'après-midi quand la sonnerie du téléphone avait déchiré le silence de l'appartement. D'une voix monocorde, Bernard s'était informé de ma santé. Sans transition, la nouvelle m'avait frappé comme une gifle au visage. Maman était partie, d'un coup, pour ne pas déranger, morte d'une embolie au cerveau.

J'avais mis quelques secondes à réagir, gelé, incapable de répondre. Je me vois assis ensuite, à regarder par la fenêtre les feuilles des érables rouges et or danser dans le soleil. Rien n'avait changé : les voitures continuaient à rouler, les enfants criaient au retour de l'école, la jeune femme d'en face poussait le landau de son bébé. Mon univers basculait une seconde fois. Quatre mois auparavant, Mireille m'avait quitté, elle aussi, sans me dire au revoir.

Très tôt, le lendemain, nous avions foncé, Jacinthe et moi, vers le Saguenay, partageant les souvenirs que nous avions d'elle. Maman, au passé, me disais-je, bouleversé par l'incongruité de notre parole qui la rendait si vivante. Jacinthe avait raconté sa vie avec ses deux enfants qu'elle élevait seule, et moi, de notre regret de ne pas nous rencontrer plus souvent.

Avec Bernard et Florence, nous sommes allés rejoindre papa au Portage Nord, en face de Laterrière, où ils avaient emménagé à leur retraite, en pleine nature, des projets plein la tête.

Au rond-point, la Mazda de Bernard, quatre ans plus tard, continue sur le boulevard Talbot en direction du Parc des Laurentides. Coralie se tait, attentive à ma voix. Je regarde, distrait, les maisons éparpillées au bord de la route, les champs pauvres, les pics de sable et les carrières de pierre, avec la ligne bleue de l'horizon. Sur ce paysage banal, la splendeur du soleil.

— Pour fêter leur retraite, ai-je repris, ils préparaient un voyage en France : Paris, Versailles, les châteaux de la Loire, la traversée d'une partie du vieux pays pour rejoindre Strasbourg, la Route des vins et la vallée du Rhin. Leur premier voyage outre-mer.

Tout s'était écroulé avec le départ de maman. « Et papa? » avais-je demandé à Bernard, tandis que Florence consolait Jacinthe. « Il est assommé. C'est encore pire que je pensais, parce que c'est lui qui l'a prise dans ses bras quand elle est tombée dans la salle à dîner. Quelques minutes plus tard, elle était morte. » Il a suivi les dernières volontés de sa compagne de trente-huit ans de vie commune. Elle souhaitait des fleurs et des photos sur le cercueil fermé et un service religieux très simple, à la paroisse Saint-Dominique, où elle était née et avait vécu heureuse, avait-elle écrit à la main, dans son testament.

Bernard bifurque à droite, traverse un petit pont sur la rivière Chicoutimi, tourne à gauche vers le Portage Nord. Je me souviens maintenant de la maison au revêtement de bois rouge, là-bas, un peu plus loin, sur le chemin qui longe une montagne abrupte.

— Papa a mis du temps, mais il a retrouvé, je crois, une certaine sérénité et le goût de vivre. Tu vas l'aimer. Il va t'aimer aussi.

— Tu en es sûr? demande-t-elle, un brin anxieuse.

À la sortie de l'auto, dans le stationnement de gravier, papa vient vers nous, me serre dans ses bras. Il sent l'eau de Cologne et un peu la térébenthine.

— Tu as peint toute la matinée?

— Ouais! Comment tu sais ça? demande-t-il, les yeux tournés vers Coralie. C'est ma future belle-fille? propose-t-il en riant.

— Peut-être un jour. Coralie, voici papa.

Il enferme sa main dans la sienne, l'embrasse sur la joue. Elle rit d'un sourire timide qui ouvre ses fossettes. Nous l'accompagnons vers la terrasse au bord de la rivière, où Bernard et Florence examinent un massif de fleurs. Papa s'assoit, tandis que Coralie lui glisse dans les mains son petit cadeau en s'efforçant de ne rien laisser paraître. Je le regarde déchirer le papier d'emballage. Il a vieilli un peu, avec ses tempes et le haut du crâne qui se sont dégarnis. Plus voûté, mais le même regard gris lumineux, les sourcils broussailleux et la bouche volontaire.

— Hein, Duke Ellington, dans la collection d'or? Du jazz à son meilleur! T'as pas trouvé ça toute seule, que j'aime le jazz? Mon sacripant! dit-il, de sa voix forte, le doigt pointé vers moi.

— Elle aussi adore le jazz. Duke Ellington, elle l'a choisi pour toi, que je réponds alors que Coralie confirme.

— Vous autres, restez ensemble. Nous, on va écouter ça tous les deux, hein, hé..!

— Coralie, souffle-t-elle.

Ils montent la butte et disparaissent dans la maison. Bernard, près de moi, m'interroge.

— Comment tu le trouves?

— En forme. Je me trompe?

— Non. Après la mort de maman, je t'en ai parlé déjà, il s'est écrasé. Plusieurs mois à jongler et à rester assis dans la cuisine à regarder par la fenêtre. Il oubliait les repas que la voisine lui préparait. Il lui arrivait de ne pas se laver. Quant à la propreté de la maison...! Florence a parti le bal.

Je ne comprends pas. Elle sourit de la métaphore obscure de son mari. Elle venait assez souvent passer une soirée ou un samedi en sa compagnie pour nettoyer la maison avec lui, préparer des repas, parler de sa femme pour l'obliger à alléger sa peine au rappel de ses souvenirs. Puis un soir, elle avait pris son courage à deux mains : « Votre femme, grand-papa, serait pas heureuse de vous voir dépérir comme ça! Vos petits-enfants vous aiment moins sans votre sourire et avec vos yeux tellement tristes! C'est pas digne d'elle, ni de vous! Elle qui aimait la vie comme c'est pas possible! Vous devriez d'abord finir les travaux de la maison. Bernard va vous aider, il vous l'avait promis quand vous en parliez avec elle. Vous remettre à peindre aussi. Tiens, pourquoi pas une peinture signée grand-papa Bédard, pour votre petite-fille, Marika, qui finit bientôt son secondaire? »

— Je lui ai donné plusieurs fins de semaine, pis des soirées pour l'aider à terminer son sous-sol. J'emmenais souvent Alexandre. Félix et Marika se joignaient à nous pour seconder Florence. La maison revivait et papa aussi, se souvient Bernard.

— La veille du bal de Marika, nous avions invité votre père à souper avec nous. Il avait tenu à apporter le dessert, un beau gâteau au chocolat. Puis il a dévoilé une toile pour sa petite-fille : *L'Aube sur la Rivière*. Notre fille la garde dans sa chambre. Une très belle toile.

— Tu m'as dit, Bernard, qu'il s'est remis à peindre plusieurs heures par jour?

— Oui. Viens voir à l'intérieur. Tu te reconnaîtras pas.

Nous sommes entrés dans l'ancienne demeure refaite à neuf avec son revêtement de bois rouge et sa galerie. Le soleil s'engouffre par les larges fenêtres de la vaste pièce ouverte sur le salon, la salle à dîner et la cuisine. Sur sa berceuse, les yeux fermés, papa écoute Duke Ellington. D'autres disques compacts traînent près de Coralie, sur le sofa. Nous retraitons en silence vers le studio où il peint. Pour l'agrandir, il a jeté à terre les murs d'une petite chambre. De la fenêtre coule l'or en fusion de la rivière qu'endigue la rive encombrée d'arbres nains. Sur des tablettes, des pots de peinture, des tubes à moitié vides, d'autres neufs, des spatules. Dans un coin traînent sur une table, pêle-mêle, des croquis, des crayons, des stylos. Le chevalet soutient une toile à peine commencée. Derrière la porte, un autre chevalet et un sac à dos.

— Il travaille trop. Dans ses rages d'inspiration, comme il dit, il en oublie de manger. Il faut, Emmanuel, que tu le disputes. Nous, il nous écoute pas, m'interpelle Bernard

En face, la chambre des maîtres, une expression qu'il n'aime pas. Sur une commode, la photo de maman et des fleurs séchées. Une seule peinture orne le mur de la tête de lit, un paysage de fin de jour d'Angémil Ouellet, son ami. Un livre à moitié ouvert accapare une des deux tables de chevet. Rien sur l'autre table, là où maman gardait des feuilles et un stylo pour écrire à ses petits de Montréal, à sa sœur de Rouyn-Noranda et à l'autre, Franco-Américaine, comme elle l'appelait.

Nous retournons au salon, alors que tourne *In a sentimental mood* de Duke Ellington.

— C'est pas beau ça, hein? lance papa en descendant l'escalier, suivi de Coralie.

— Comment tu trouves notre travail, Emmanuel?

— Du travail d'un ancien de la construction! La plomberie, l'isolation, les murs! Les planchers en bouleau, en haut, c'est toi qui les as posés? Et le foyer?

— Parles-en à Bernard et à ses garçons! Et Florence, la *cook*, avec ses p'tits plats. Ah! la famille! s'exclame-t-il, ému.

Je n'ose regarder Coralie qui me fixe. Depuis la mort de maman, je n'ai pas vu papa aussi ragaillardi. Tandis qu'il monte l'escalier, suivi de Florence et de Bernard, Coralie me retient en bas.

— Ton père, il est formidable! Il m'a montré ses disques compacts et a fait tourner Miles Davis et Sidney Bechet. Superbe! Et son studio? Il m'a offert de l'accompagner quand il peindra des coins du lac Kénogami.

Elle tourne la tête, commence à se ronger un ongle, s'interrompt, fautive.

— Hé! Emmanuel, qu'est-ce que tu bricoles avec ta Coralie? s'amuse papa en élevant la voix.

Nous montons et atterrissons en face de lui.

— Tu n'as jamais obéi si vite, mon gars! rit-il en posant sa main sur mon épaule.

Dehors, le soleil luit. Papa, Florence et Bernard retournent s'asseoir sur la terrasse, près de la rivière. Je m'esquive pour aller chercher dans la voiture le repas que nous avons préparé, Coralie et moi, et le placer au frais dans le réfrigérateur. En marchant vers la terrasse, elle reprend la phrase interrompue par la clameur de papa.

— Au mois de juillet, je viens chez toi? Le Festival de jazz? Avec ton père? demande-t-elle en m'embrassant. Alors c'est oui? implore-t-elle.

— Papa, Coralie veut te demander un petit service.

— Avec ton cadeau des deux disques compacts de Duke Ellington, je suis prêt à te décrocher la lune. Qu'est-ce que tu veux, ma belle Coralie?

— J'irai chez Emmanuel dans quelques semaines, durant le Festival de jazz. Montréal, vous le savez, c'est une longue route. Deux chauffeurs, c'est pas de trop. Vous voudriez pas...?

— Ma p'tite v'limeuse! Je comprends que mon gars soit tombé dans tes filets! Me prendre par le cœur. Le jazz!...

— Je vous offre tous les deux un billet à la salle Wilfrid-Pelletier pour l'artiste de votre choix. Ça finirait bien vos vacances! dis-je, assis sur mes talons, en face de lui. Le programme des concerts en salle et à l'extérieur, je te l'envoie sitôt qu'il sera en kiosque. Ça te va? Vous discuterez tous les deux de vos choix.

— Je dis pas non, répond papa, qui souhaite se laisser convaincre.

— Dites oui, monsieur Bédard! supplie Coralie.

— Ben, oui! puisque vous le voulez tellement! répond-il.

— Et toi, Florence, ça te tente pas?

Ses yeux s'éclairent. Je sais que ces quelques jours de musique et de vacances la rendraient heureuse. Elle réfléchit un moment, puis reprend, toute sage :

— Pas cette année, avec les enfants qui travaillent. Merci, Emmanuel, de me l'avoir offert.

Papa nous accompagne avant d'entrer dans la maison, pendant que nous allons marcher, Bernard et moi, sur le chemin du Portage Nord. Les femmes restent à bavarder sur la terrasse. La musique de jazz, portée par les haut-parleurs, nous suit un moment. Sur les bords de la rivière se côtoient, pêle-mêle, des chalets d'été et des maisons cossues, là où autrefois s'épanouissait la forêt.

Bernard était venu souvent, en face des rapides de la rivière Chicoutimi, un peu plus bas, dans un chalet où Florence passait ses vacances à s'ennuyer. Elle avait un peu plus de seize ans. Après souper, ils s'assoyaient sur le sofa, sans oser trop s'approcher et se minoucher, sous l'œil du futur beau-père ou d'une tante qui les chaperonnait jusqu'à son départ, tôt dans la soirée.

— À Montréal, il m'arrive quelquefois de m'ennuyer de la forêt de chez nous. Je crois que c'est à cause de papa. J'avais onze, douze ans quand j'ai commencé à le suivre dans la *trail* de lièvres qu'il préparait à l'automne. Je portais sur le dos un sac kaki et son fusil, un vingt, au cas où on verrait une gélinotte huppée.

— C'était après les années à l'orphelinat, près du fleuve, se souvient Bernard.

Nous arrivons au barrage du lac Kénogami où bouillonnent les eaux qui se déversent plus loin dans le Saguenay. L'immense étendue du lac, dans son autre versant, nourrit les usines de papier de Jonquière et de la ville voisine, par la rivière au Sable de notre enfance, qui charriait les billots de quatre pieds, les *pitounes*, comme tout le monde les appelait.

Habitués tous deux à la forêt, nous parlons peu au retour, sensibles au tapis moelleux sous nos pas, aux bruits insolites qui se taisent à notre approche, à l'ombre que traversent des éclaircies de lumière. De son pied, Bernard frappe des cailloux, l'air absent.

— Coralie, quel âge elle a? demande-t-il.

— Vingt-cinq ans. Pourquoi?

— Pour rien! répond-il. Une belle fille comme ça s'peut pas, seule, à vingt-cinq ans, débrouillarde, infirmière, c'est curieux! Remarque, ça me regarde pas. Tu l'aimes?

— Elle a connu des hommes. Ça n'a pas marché. Elle m'a répondu qu'elle m'attendait, non sans humour. Oui, je l'aime.

— T'as vu comment elle a accroché papa? Le festival? C'est ton idée?

— Non, la sienne.

— Une saprée bonne idée. Papa va attendre ce voyage avec impatience. Après, il en vivra des mois. « Une perle », cette Coralie, pour reprendre les mots de Florence dont l'intuition la trompe si peu souvent.

Le jazz nous guide dans l'entrée. Sur la galerie, papa s'agite.

— Hé! les garçons! s'écrie-t-il en nous voyant. Venez vous occuper du barbecue. Moi, j'suis pourri!

De la terrasse où elles ont dressé la table, Florence et Coralie viennent vers nous, harmonieuses dans la fin d'après-midi qui ombrage la maison, le gazon, et inonde la rivière d'un reste de soleil.

Chapitre 26

La brunante tombait quand nous avons quitté mon père, avec la promesse de Coralie de venir quelquefois passer une journée de congé avec lui. Je la sens heureuse, fatiguée aussi, ce que soulignait sa demande de partir tôt. Nous roulons un long moment, en silence. Je retrouve la petite église en bois de Saint-Cyriac, dont la flèche grêle, du lac, nous guidait, comme un phare. La voiture traverse le pont de ciment qui enjambe la rivière au Sable, là où autrefois s'élevait un pont de bois de couleur rouge.

Je sens ses yeux sur moi.

— Duke Ellington! Et maintenant, le Festival de jazz. Je ne t'ai pas forcé la main en leur disant que je voulais te retrouver à Montréal? Pourvu qu'ils pensent pas que je cours après toi!

— Ben oui! Un peu trop, m'a dit Bernard.

— C'est pas vrai? répond-elle, incertaine.

— Mais où as-tu pêché cette idée? Comme si on ne s'apercevait pas que tu es aimée, toi aussi?

— Florence m'a dit qu'on est faits l'un pour l'autre! Je lui ai rien révélé de mon passé mais, à certains moments, j'ai cru qu'elle savait, tellement elle lit à travers les gens.

— Tu as conquis papa. Je suis heureux que tu aies accepté d'aller le voir quelquefois.

— Je vais lui apporter un repas à chaque visite. Partir avec lui pour Montréal, ça va être chouette!

Nous arrivons rue des Érables, la nuit. Elle m'attend sur le trottoir et prend ma main jusqu'au bas de l'escalier. Un geste qui me fait sourire et marque sa possession auprès des voisins, certains encore assis sur leur galerie. Nous rions, conscients tous deux de sa parade.

— Tu devrais m'embrasser aussi.

— Attends la suite du spectacle sur le balcon.

Je n'ose croire qu'elle accomplira son geste. Je me suis trompé. Elle m'embrasse d'un long baiser avant d'entrer dans l'appartement.

— Ça leur apprendra!

Elle se glisse dans la berceuse du salon, aussitôt la porte fermée, pose sa tête sur le haut de la chaise. Elle est fatiguée de bonheur. Est-ce possible que trop de bonheur épuise? Elle laisse filer le temps, les yeux fermés, pour savourer, sans doute, les heures de cette journée. Elle voudrait que ne s'arrêtent pas ces joies inconnues d'elle auparavant, et si variées depuis notre rencontre, les garder au moins comme des souvenirs dont elle vivra, seule, jusqu'à nos prochaines retrouvailles.

Elle me cède la chaise. Je la berce, enroulée en boule, les mains serrées autour de ma taille. Elle roucoule, pour démontrer, peut-être aussi, son bonheur, elle si fragile dans son étonnement d'être aimée de Florence et de Bernard, de papa, surtout, qui s'amusait de ses expressions, surpris aussi de ses connaissances en jazz. Elle ne comprend pas, répète-t-elle, le sortilège qui nous a unis depuis si peu de temps et révélés l'un l'autre. Je continue à la bercer dans le silence qui maintenant nous enveloppe. Elle ouvre les yeux, me demande de lui faire couler un bain pendant qu'elle se déshabille. Elle se promène nue dans le corridor, revient vers moi dans le salon et me demande s'il est normal d'éprouver du bien-être que je la regarde et une gêne en même temps.

192

— Nous en avons parlé à plusieurs reprises, Coralie. Laisse le temps t'habituer à ton corps. Notre nudité ne nous préoccupera plus bientôt.

Je l'entends clapoter dans l'eau.

— Emmanuel, cesse de lambiner. Viens!

Elle me présente son dos à savonner, ses longues jambes, me lave aussi, infirmière attentive et dévouée, amante distraite, inconsciente de nos gestes et de l'équivoque de son attitude. Je repose sur le lit quand elle revient, après sa toilette, dans sa robe de nuit fuchsia. Elle se pelotonne contre moi, bâille, parle de la fatigue heureuse qu'elle éprouve.

— De tes règles que tu auras bientôt? dis-je, d'une voix indifférente.

Elle me répond, sans réfléchir à l'ironie cachée sous ma question, que, régulière comme une horloge, elle ne les prévoit pas avant dix jours. Elle se tait, se détend soudain comme un ressort, s'assoit en face de moi.

— Tu te paies ma tête! Dis-moi ce qui ne va pas.

— Quoi? Rien.

— Tu es contrarié, je le sais, reprend-elle, ennuyée.

Elle appuie son menton sur ma poitrine et me fixe de ses yeux sombres.

Devant les voisins, elle a joué l'amoureuse et je l'ai aidée pour m'amuser. Depuis notre arrivée, elle a continué à faire des gestes d'amoureuse absente, des gestes d'amante sans désir. Pourquoi se faire bercer, lovée sur moi, ou faire laver son corps et laver le mien, sinon comme préliminaires avant de nous rejoindre dans l'amour?

— Oh! mon chéri! comme je suis gauche, avoue-t-elle.

Je m'efforce d'expliquer, comme elle le sait d'ailleurs, que surviendront chez elle des pannes de désir, une des séquelles de son passé.

— Que faire? demande-t-elle, désemparée.

— Les prévoir et trouver les mots pour l'exprimer. Il existe plus d'une façon de s'aimer qui n'exacerbe pas le désir de l'autre. Et maintenant, on dort!

— Serre-moi très fort, un moment, pour me dire que tu m'aimes et que tu ne m'en veux pas, soupire-t-elle.

— Pourquoi as-tu ajouté de ne pas t'en vouloir?

— Je n'ai rien dit. Dors, toi aussi!

Nous nous sommes levés tôt. Elle s'est réveillée, me dit-elle, m'a regardé dormir encore pour conserver en elle mon image. Elle s'est rendormie en refrénant son désir de reprendre son nid au creux de mon ventre pour ne pas déranger mon sommeil.

Je me rase, fais ma toilette et prépare les bagages. Coralie s'est enfermée dans la salle de bain. Elle vient ensuite vers moi, me demande de fermer les yeux et me dirige, sa main dans la mienne.

Sa voix rauque et douloureuse me rappelle mon départ tout à l'heure.

— Tu viens pour les préliminaires? demande-t-elle en entrant dans le bain.

— Mais tu es incroyable!

— Accepte que je le sois pour te dire que je t'aime.

Chapitre 27

Je reçois un dernier courriel de Coralie.

Nous partons, ton père et moi, demain, à 10 h. Libre de l'hôpital du 2 au 6 juillet, grâce au remplacement de fin de semaine et d'aujourd'hui, jour de la Confédération. Ajoute un congé férié.

Quatre jours avec toi, sans oublier le samedi. Impatiente et heureuse.

Coralie

Depuis mon retour à Montréal, nous avons correspondu presque chaque jour. Verrouillé à mon bureau, j'avance dans l'écriture de ma thèse grâce à des journées chargées. Coralie a accompagné papa au lac Kénogami pour le voir peindre. Sa surprise du travail préparatoire : esquisses de divers points de vue, notes prises sur place des reflets du soleil sur la rivière, du jeu des nuages, d'un premier plan : une épinette seule ou un pan de forêt? Au retour, il s'est enfermé dans son atelier à la recherche des couleurs appropriées, d'essais de leur mixture, pendant qu'elle prépare le repas du midi avant de quitter pour l'hôpital. Ils retourneront, demain, au même endroit : « Un amour, ton père », écrit-elle. Elle s'inquiète d'une toux persistante qu'il néglige, malgré ses réprimandes.

Ses courriels ressemblent à un journal de bord. Elle consigne dans un style dépouillé les événements de la journée. La concision, la précision de ses observations me surprennent, elle si expansive et si enjouée. Ils sont retournés en chaloupe au lieu choisi de la rivière Pikoba. « Ton père, m'écrit-elle, tousse de plus en plus. » Elle craint une pneumonie dont elle décèle certains symptômes : manque d'appétit, fatigue qu'elle ne lui connaissait pas. Qu'il ait souhaité revenir plus tôt à la maison ne présage rien de bon.

Elle constate un début de fièvre et l'oblige à s'aliter : « Ouf! le surhomme n'aime ni les ordres ni la chambre! » Elle apprête une soupe légère qu'il s'efforce de manger, pose des Tylenol sur la table de chevet, à prendre aux quatre heures, et du Seven-Up à boire souvent. Dans la chambre d'invité au sous-sol, elle prépare le lit où elle dormira après son retour de l'hôpital. Cette décision me frappe par sa confiance envers papa et l'oubli de sa peur, à moins qu'elle ne me cache la vérité.

Deux jours plus tard, un autre courriel confirme son appréhension. Il s'agit, à coup sûr, croit-elle, d'une pneumonie. La fièvre a progressé, sa faiblesse s'est accentuée. Elle informe Florence qui arrive vers treize heures et approuve le verdict. Elle le conduira à l'urgence où Coralie l'attendra. « Pneumonie », soutient le docteur Girard. Antibiotiques durant dix jours; un jour ou deux à l'hôpital, sous observation.

Pourront-ils se retrouver au début de juillet? Elle viendra seule, s'il le faut, quitte à prendre l'autocar : « Je m'ennuie de toi à mourir! » Je lui ai téléphoné vers l'heure du midi, au Portage Nord. Sa voix heureuse flanche très vite en un sanglot. J'essaie de la consoler en lui répétant qu'elle me manque et que son absence me distrait dans mon travail. « C'est bien pour toi! » « Et papa? » Il prend du mieux et mange maintenant à table avec elle. Son repas du soir préparé, elle le visite une dernière fois. Il la trouve belle dans son pantalon blanc et sa chemise bleu pâle : « Tu vois, il est presque guéri, puisqu'il me complimente. Charmeur comme toi! » Il ne comprend pas qu'en plein mois de juin, il ait attrapé une pneumonie. A-t-il oublié les soirées fraîches et les levers très tôt, à se promener sans souci de l'humidité et même du froid? Il n'a pas apprécié qu'elle l'ait grondé, et qu'à son âge, on doive mieux s'habiller.

Leur arrivée, aujourd'hui, me distrait de mon travail. Au début de la soirée, j'ai marché vers la rivière des Prairies, son visage devant mes yeux. Je lui parle en changeant les draps de notre lit. Je me suis levé, ce 2 juillet, après avoir mal dormi. Courses à l'épicerie, chez le boulanger et le boucher. Préparation d'un repas léger pour ce soir.

De mon bureau dont la vue plonge sur la rue, je m'absorbe dans la correction de mon manuscrit et me tourmente de leur retard. « Les voilà enfin! » me suis-je écrié. La voiture gris argent de papa se gare près du trottoir, face à l'immeuble où j'habite. Je suis déjà avec Coralie dans mes bras, incapables tous deux de paroles.

— Papa, tu as maigri. Comment va ta santé? je lui demande, surpris de la chemise qui flotte sur ses épaules.

— J'aurais crevé sans elle! D'un dévouement et d'une patience...! Tu ne la mérites pas, c'est bien simple! répond sa voix de basse.

— Deux grosses valises! Tu veux rester un mois?

— Mais non! J'ai acheté tout plein de belles choses pour rivaliser avec tes amies montréalaises!

— Coralie!

Papa a rejoint la chambre d'invité qu'il occupait dans ses visites avec maman. Assis sur le lit, il me regarde de ses yeux gris. Nous ne parlons pas, unis dans le même souvenir.

— Viens, papa! Je t'offre un scotch.

Il mc suit à la cuisine, m'accompagne au salon, son verre à la main. Au-dessus du sofa, il scrute une de ses premières toiles.

— Ouais! c'est plein de gaucheries. Faudra t'en offrir une autre.

Coralie s'attarde dans la chambre et refuse de nous rejoindre avant d'accrocher « ses toilettes » dans la garde-robe où elle me défend de jeter un coup d'œil. Coquette, elle m'annonce qu'elle deviendra une nouvelle femme chaque fois qu'elle sortira avec moi. Papa, en face de nous, raconte le voyage, les retards aux barrages de la construction dans le Parc des Laurentides. Arrêt dans une halte routière pour manger le délicieux casse-croûte de Coralie.

— Il m'a obligée à conduire sur la 40. La trouille durant un bon bout de temps, avec toutes ces voitures qui me doublaient sans cesse!

« Ces deux-là s'adorent », me dis-je.

— Coralie, mets papa au lit pour une demi-heure. La fatigue lui a cerné les yeux. Nous irons marcher tous les deux dans le quartier. Toi, la future Montréalaise!

— Pas si vite! objecte-t-elle en se levant. Venez, monsieur Bédard. Une bonne sieste va vous creuser l'appétit.

Il la suit sans protester. Sa fatigue sans doute et la douceur ferme de Coralie le conduisent dans la chambre. Elle baisse la toile et laisse la porte à demi fermée.

Nous marchons sous le soleil dans une chaleur qui s'est adoucie. Elle a pris ma main. Désir de sa chair, de la rondeur de son sein qui s'appuie sur mon bras.

— Tu es aguichante!

— Mais non, amoureuse plutôt, murmure-t-elle en s'appuyant davantage.

— Pas facile de vivre loin de toi, dis-je.

Sa main serre plus fort la mienne, comme seule réponse. Une jeune femme, un sac d'épicerie dans les bras, nous croise.

— Bonjour, Emmanuel, ça va?

— Oui, et toi, Marie-Claude?

— À merveille! répond-elle en se retournant vers nous.

Surprise, elle sourit à Coralie qui fronce les sourcils, intriguée. Je reprends légèrement agacé:

— Une des meilleures amies de Mireille, deux enfants, un mari charmant.

Nous continuons à marcher. Je la sens peinée de m'avoir contrarié.

— Pardonne-moi, Emmanuel. Nous sommes à peine ensemble depuis une heure que je t'assomme avec une jalousie qui me ronge sitôt que je te sais apprécié par une autre femme. C'est idiot, mais c'est plus fort que moi!

— Je veux te répéter...

— Oui, je suis unique! Mais ça ne me suffit pas toujours pour me faire confiance, pour éviter de me comparer... Juste à penser que toi aussi tu puisses me comparer à celles que tu connais me bouleverse.

— Mais je ne te compare pas. Tu es autre, voilà tout. Si tu m'aimes, tu dois m'accepter tout entier avec mon passé. Je ne t'ai rien caché de Mireille. Je l'ai aimée comme je t'aime. Comme on aimera nos enfants. Différemment. Ne cherche pas qui j'aurai le plus aimée, d'elle ou de toi. Surtout, ne pas te comparer à elle. Vous êtes tellement différentes. Voilà pourquoi je t'aime. Tu es unique comme elle l'était. Tu comprends?

Nous retournons vers l'appartement avant d'atteindre la rivière des Prairies et le parc où s'amusent des enfants.

— Prends-moi dans tes bras, veux-tu?

— Ici, sur le trottoir, en face de mon appartement?

— Ben quoi? C'est toi maintenant qui fais des manières?

Papa lit le journal, les coudes sur la table de cuisine. Enfants, nous le regardions tourner les pages avec son pouce qu'il mouillait. Il commentait les nouvelles, ridiculisait la bêtise des politiciens. L'injustice des patrons le rendait furieux. Il me regarde, étonné de la sonnerie du carillon, puis des coups discrets frappés à la porte. J'ouvre.

— Bonjour, papa! s'exclame Jacinthe, pendant qu'il s'avance vers elle et l'étreint à l'étouffer.

— Ma grande! Si c'est pas une belle surprise! Ah! mon cachottier! dit-il en me pointant du doigt.

J'embrasse ma sœur aînée et lui présente Coralie.

— Je te connais déjà! s'amuse Jacinthe. Emmanuel et papa m'ont beaucoup parlé de toi. « Attends de connaître une perle, une infirmière dépareillée », m'a répété papa. Et Emmanuel...

Coralie, confuse, ne sait que dire. Papa et Jacinthe ont vite délaissé le salon pour nous rejoindre dans la cuisine, lieu de discussions et de palabres des gens du Saguenay. Pendant que Coralie sert le potage, je sors du four la quiche au jambon et aux légumes et verse la vinaigrette maison dans la salade. Heureuse de se sentir aimée, attentive, Coralie précède les besoins de ma sœur et de papa, « malade grognon », souligne-t-elle, pour le taquiner.

Le repas se poursuit dans la bonne humeur. Jacinthe raconte les frasques de son plus âgé, Mathieu, son pré-adolescent de treize ans. Alexandre, secret, trop sensible, l'inquiète quelquefois. Elle garde toujours une beauté discrète, une passion dans le regard très bleu qui me rappelle maman. Je me surprends à la trouver chaleureuse, moi qui la croyais inaccessible.

— Voici trois billets pour toi, ma grande sœur et tes deux enfants. Tel que convenu. Un autre pour toi, papa. Deux pour nous. Demain soir, on va au stade Olympique!

— Youpi! s'écrie papa. Toi, ajoute-t-il, à l'adresse de Coralie qui fait la moue, faut pas te traîner aux Expos si t'aimes pas!

— Je voudrais bien! répond Coralie qui joue l'offensée.

— Prends un peu de bavaroise. Surtout écoute-le pas, rit Jacinthe qui lui offre une portion du dessert qu'elle a apporté.

Sur la galerie, nous avons continué à rire, à parler d'un passé nostalgique qui nous réunissait, nous, les trois enfants, autour de maman. Coralie réussit à dévier la conversation vers son frère, l'ami d'Emmanuel, et notre première rencontre quand j'avais conduit chez elle un Julien éméché. Elle ramène la gaieté, amuse Jacinthe et papa par son récit dont elle devient la cible, « tant elle faisait dur! » Soucieuse de la fatigue de papa, Jacinthe nous quitte tôt dans la soirée. Coralie a convaincu papa d'aller dormir.

— Toi, tu me laisses la cuisine. Tu te reposes au salon ou tu prends un bain. Va te détendre, autrement tu dormiras mal et demain, tu seras insupportable!

— Emmanuel, laisse-moi t'aider, supplie-t-elle.

— D'accord!

La cuisine dégagée, nous préparons la table pour le petit déjeuner. Papa, levé tôt, sait où trouver le café dans l'armoire de gauche et, au réfrigérateur, les croissants qu'il aime. Après une toilette légère, je rejoins Coralie, assise sur le lit, dans un déshabillé de dentelle. De la main, elle me demande de m'asseoir près d'elle.

— Dis-moi que je ne rêve pas. Je suis vraiment chez moi à des milliers de kilomètres de mon ancienne vie? Avec toi, je vis une fête perpétuelle. Ça ne peut pas durer toujours.

— Tu es faite pour le bonheur!

Elle se tient en face de moi et m'embrasse. Je la déshabille avec douceur. Elle suit mes gestes, craintive encore, mais heureuse aussi, tant elle a rêvé ces moments où elle retrouverait entre mes mains le besoin de m'aimer. Elle s'est donnée avec une ferveur qui me trouble par sa fougue à poursuivre un plaisir qu'elle semble refuser dans sa hâte d'y parvenir. Sa culpabilité se cacherait-elle jusque dans les replis de son désir? Elle refuse de dormir pour goûter le bonheur d'être ensemble, revient sur la bonté de mon père, mais oublie de mentionner sa générosité à elle. Elle répond qu'au Portage Nord, la première nuit, des cauchemars l'ont poursuivie, qui cachaient peut-être ses anciennes peurs, observe-t-elle.

— Les autres nuits? J'ai dormi comme une marmotte. Emmanuel, j'ai pas été trop envahissante avec mes taquineries et mes histoires idiotes?

— Oh là là! Pas encore! Tu retrouves ta nature profonde. Accepte ta spontanéité et ta drôlerie de clown. Bon, tourne-toi. On dort.

Peu après, je l'ai suivie dans un sommeil qui m'a conduit au matin, dans l'odeur du café.

Chapitre 28

Je me suis levé avant elle, qui dort encore, et vais rejoindre papa sur le balcon. Il ferme sur lui sa robe de chambre en ratine blanche. Ses pieds nus reposent sur un barreau de fer du balcon. Il semble revigoré, heureux du soleil qui joue parmi les branches des érables en face de nous. Les bruits confus de la ville l'incommodent.

— Pas moi, papa. L'odeur de la ville, ses bruits, la foule cosmopolite m'enivrent. J'ai besoin de ses librairies, de ses cinémas, de ses bistrots. Je doute que tu pourrais y vivre.

— Tu as bien raison.

Il se tait. Son regard erre sur un vieux couple qui promène un chien. Un homme court, une bouteille d'eau à la main. Dans la rue, une voiture double un camion.

— Coralie, tu l'aimes? interroge-t-il en me jetant un coup d'œil. Tu veux vivre avec elle?

— Bien sûr! Et te donner des petits-enfants. On en désire plusieurs, comme autrefois Mireille et moi.

Je n'ai pas vu Coralie, cachée derrière la porte-fenêtre, sous le regard complice de papa. Je sens alors son corps tiède, penché sur moi, m'étreindre. Elle a tout entendu. Elle m'embrasse, émue de ma déclaration d'amour et de mon désir de plusieurs enfants.

— Tu mérites ton petit déjeuner! me dit-elle.

Papa va s'asseoir à la table de cuisine pour y lire « la grosse *Presse* », comme il l'appelle. Elle m'apporte un café. Sa robe de chambre courte – un nouvel achat – dégage ses jambes que je reluque. Elle suit mon regard et rougit.

— Voyeur, dit-elle à mon oreille.

— Je dois fermer les yeux?

— Si tu les trouves belles, non.

Elle s'assoit, une assiette sur les genoux. Des confitures et du pain grillé, un verre de lait pour déjeuner. Il faudra veiller sur mon père, me suggère-t-elle, l'engager à se reposer. Sa pneumonie aurait exigé au moins un mois de repos qu'il a refusé. L'obliger à dormir, à ne pas trop marcher. Elle devra s'imposer. Comment le restreindre?

Il a laissé le journal ouvert sur la table. De sa chambre, on entend sa voix de basse.

— Hé! Coralie, dépêche. Tu m'accompagnes en ville pour une petite demi-heure.

Il reparaît devant nous, douché, frais comme un jeune homme. Coralie lève les épaules, résignée.

Le repas du midi terminé, il nous quitte pour sa sieste. « Une longue », insiste Coralie, puisque nous ne quitterons pas l'appartement avant quinze heures trente. Elle s'assoit à mon bureau, étonnée des feuilles et des fiches qui traînent partout auprès de l'ordinateur et sur le fauteuil, des livres ouverts sur les étagères. Les murs tapissés de livres l'enthousiasment. Elle n'aura plus à courir à la bibliothèque puisqu'elle choisira sur les rayons quand nous serons ensemble.

— Tu veux m'en trouver quelques-uns que j'emporterai? Je te les remettrai à ta prochaine visite. Jacques Poulin? *Les Grandes Marées, Volkswagen blues,* je les ai beaucoup aimés. *Le Vieux Chagrin,* c'est bien? Je le prends, d'accord?

— Commence à le lire ici, dis-je, en débarrassant le fauteuil. Moi, je veux m'étendre un peu.

— Je t'accompagne.

— Pas question! Je ne pourrai pas dormir avec toi.

Au loin se dresse l'immense cou de cigogne du stade Olympique. Je descends le boulevard Pie-IX et tourne vers le stationnement du Jardin botanique. Papa s'offre à accompagner Coralie à l'intérieur de certains pavillons. Je les attendrai sur le banc près d'un arbre en fleurs. J'oublie le livre dans mes mains, attiré par les visiteurs qui s'arrêtent devant des massifs odorants, des plates-bandes aux fleurs inconnues, multicolores. Certains, des femmes surtout, notent des noms de fleurs, d'arbustes. Je souris au souvenir des cœurs saignants du maigre parterre de notre maison, qui poussaient parmi les mauvaises herbes. Un couple s'embrasse, indifférent aux promeneurs. Une bouffée de tendresse envers Coralie m'envahit, femme-fleur qui s'épanouit dans l'amour. Tellement fragile et vulnérable, forte et tenace, tout ensemble.

Les voici qui s'avancent. Elle lui a pris le bras et rythme son pas sur le sien.

— Une toupie, cette fille! J'ai la tête qui tourne, se plaint papa en s'assoyant.

Debout devant moi, elle raconte, avec force gestes, les bonsaïs, ces arbres nains plusieurs fois centenaires, la forêt tropicale avec ses filaments de mousse suspendus, « comme en Louisiane ». Et surtout les orchidées dont elle aime la délicatesse des corolles, leur velours aux multiples coloris.

— Julien aurait aimé être avec nous, lui qui apprécie tellement les fleurs.

— Mais quelle chaleur humide! se souvient papa.

Je réussis à me garer non loin de la rue d'Orléans.

Nous entrons dans le restaurant La Belle Province. Un enfant d'une dizaine d'années s'élance vers nous.

— Grand-papa! crie-t-il.

— Alexandre! Mais t'as ben grandi!

L'enfant nous conduit à une banquette où nous attendent Jacinthe et son fils le plus âgé.

— Bonjour, grand-papa! Salut, Emmanuel! dit Mathieu en nous tendant la main.

Le jeune adolescent cache sa timidité dans une désinvolture affectée. On entend Coralie commander le repas d'Alexandre.

— Pis un coke aussi, s'il vous plaît, insiste sa voix grêle.

Nous achevons de manger hamburgers, hot-dogs et frites, rituel des amateurs de baseball.

— Tu mangerais encore un hot-dog? ai-je lancé à Mathieu, l'adolescent.

— Si t'en prends un avec moi. Une petite frite aussi. Un coke, peut-être.

Jacinthe hausse les épaules et rit avec papa.

Nous passons les tourniquets de l'entrée du stade. Alexandre suit Coralie pas à pas, s'assoit près d'elle. La partie est à peine commencée qu'elle lui a déjà acheté une barbe à papa. Mathieu mange une crème glacée molle qu'il a lui-même payée.

— Regarde papa, dit Jacinthe, penchée vers moi. Un p'tit gars comme les miens! Quand Bernard et toi vous jouiez pour les *Intrépides*, il se levait, engueulait les arbitres, applaudissait vos bons coups. Tard dans la nuit, sur la galerie, ce qu'il vous en a donné des conseils! Maman savait qu'il dormirait mal.

Je regarde à peine la partie qui se déroule. Je me lève avec la foule sur un circuit de Guerrero et un mauvais lancer de Colon qui fait compter un point aux Cardinals de St. Louis. Jacinthe parle de sa vie, de son ex qui l'a abandonnée quand Alexandre n'avait que deux ans. Pas de pension alimentaire puisqu'on avait perdu la trace du père.

— Pourquoi ne pas en avoir parlé aux parents qui se morfondaient, sans nouvelles de toi?

Elle pose sa main sur mon bras, la laisse un long moment, regarde du côté de son plus jeune.

— Elle est bien, ta blonde. Ensemble, vous allez vivre heureux avec des enfants. Elle les attire. Alexandre a su dès le début qu'elle l'aimait.

Elle ajoute :

— Je dois aller au centre-ville, demain matin, penses-tu que ma future belle-sœur...?

Coralie accepte d'emblée avant de disparaître derrière les gradins avec Mathieu et Alexandre. Nous nous regardons, ma sœur et moi, assurés tous deux d'une dépense supplémentaire pour la jeune femme. Dix minutes plus tard, les deux garçons reviennent avec du pop-corn et un verre de bière pour papa.

Le temps s'écoule. La foule trépigne, soulevée par les deux points réussis grâce à un double de l'arrêt-court des Expos. Je feins le détachement et n'ose demander à Mathieu la raison du retard de Coralie, pour ne pas dévoiler mon inquiétude. Nous continuons à converser à bâtons rompus, Jacinthe et moi, mais ses questions commencent à me peser. Je prétexte une visite au petit coin pour chercher à rejoindre Coralie. J'arpente le corridor, m'attarde un moment près des comptoirs de hot-dogs et de bière, alarmé par son absence. Je la découvre enfin, assise à une table en conversation avec un homme dont la calvitie prononcée me frappe. Ils rient tous les deux. Coralie se tourne soudain et m'aperçoit. Je continue à marcher malgré sa voix qui m'appelle. Je retourne m'asseoir dans le stade, au bord de l'allée, avec au cœur une morsure que la vue du tondu m'a causée. Elle ne tarde pas à revenir, s'excuse de son retard qui m'a inquiété. Elle touche mon bras pour attirer mon attention et me confie son bonheur d'avoir rencontré par hasard son meilleur ami dont elle m'a déjà parlé. « Tu sais, je suis la marraine de sa fille. » Je feins l'agacement et fixe le terrain de baseball, à l'écoute de papa, excité par le lanceur des Cardinals qui a retiré un frappeur. Elle se glisse auprès de Mathieu et d'Alexandre, blessée par ma froideur et ma mauvaise foi. J'ai envie de m'excuser, mais mon amour-propre s'y refuse. La neuvième manche se termine par un catch spectaculaire du voltigeur de gauche des Expos. Je me colle à papa qui ne se possède plus de joie et analyse les temps forts de la partie. J'écoute le pépiement d'Alexandre et le silence de Coralie. Nous quittons Jacinthe et les enfants qui marcheront jusqu'à leur appartement de Rosemont. Le rétroviseur me renvoie l'image de Coralie, affaissée sur la banquette arrière, les deux bras croisés. Je me reproche mon silence d'amoureux buté.

À l'appartement, après avoir embrassé papa sur la joue, elle se précipite dans notre chambre. J'en ai à peine franchi le seuil qu'elle m'apostrophe, debout, l'œil sombre.

— Toi, Emmanuel Bédard, tu me rendras pas coupable de ta mauvaise humeur! Je me suis excusée de t'avoir inquiété de mon retard. Pas toi, de m'avoir boudée. Oui, oui, de m'avoir boudée! Je l'aurais accepté d'Alexandre, pas de toi! J'ai eu le malheur de rencontrer Étienne, mon meilleur ami. Je te crie pour que tu le rencontres. Mais non, trop frustré pour le saluer, tu te sauves. Tu m'humilies, moi qui vantais ta bonté et ton amour. J'ai eu l'air de quoi, hein, dis-le-moi? D'une menteuse! Claire, sa femme qui revenait avec ma filleule, m'a demandé : « C'est qui? » J'aurais dû répondre quoi, au juste? J'ai dit : « En d'autres moments, mon amoureux. » J'ai même ajouté : « Un être extraordinaire. » Sûr que je suis une dinde!

— Viens! T'es pas une dinde, mais mon soleil qui prend feu quand je fais l'imbécile! Faut que je t'avoue pour me faire pardonner que... j'ai même été jaloux de ton pelé!

— Non, pas Étienne. C'est pas vrai! dit-elle, incrédule.

Les deux mains sur la bouche, elle commence à rire, d'un rire qui s'enfle. « Pas Étienne! » Le rire reprend, lui emplit les yeux de larmes. J'ai beau chercher à l'arrêter, son rire irrépressible l'emporte. Elle se jette à mon cou.

— Faut que tu m'aimes un peu pour devenir jaloux. C'est merveilleux!

— Ne va pas pleurer pour de vrai.

— Mais non! murmure-t-elle. Je dois être fatiguée et un peu nerveuse.

Je lui fais couler un bain qui la calmera de la peine que je lui ai causée.

Serrée contre moi, elle sent le lilas. Nous ne parlons pas mais, à ses regards, à son besoin de bouger, je sais qu'elle s'apprête à me poser une question.

— Emmanuel! il faudrait tous les deux jurer.

— Quoi?

— Jurer que jamais on ne dormira sur une dispute ou une peine faite à l'autre. Et qu'on se pardonnera. Je le jure, dit-elle, les yeux fermés.

— Moi aussi.

— C'est pas bon, assure-t-elle.

— Je le jure, moi aussi.

— Notre première dispute, murmure-t-elle dans mon cou. Ouais! on forme un vrai couple.

Chapitre 29

Coralie ne comprend rien aux indications de Jacinthe. Elle me cède l'appareil. J'écoute ma sœur. Elles s'attendront à onze heures trente, sur le quai du métro Berri-UQAM, en face du dépanneur. Quant aux concerts de jazz, rendez-vous à celui de la Place-des-Arts à seize heures trente. Elle qui n'a jamais pris le métro, comment s'y retrouver? me demande-t-elle, anxieuse. Je descends avec elle jusqu'aux tourniquets de la station Henri-Bourassa. Au bas de l'escalier mécanique, prendre le couloir à droite et s'asseoir dans l'une des voitures. Je lui répète les consignes de Jacinthe. Elle dépose un ticket et me salue d'un geste évasif.

Je regarde papa, assis à la table de cuisine, consulter l'horaire du Festival international de jazz de Montréal. Il a encerclé les groupes qu'il souhaite entendre et se réjouit que les scènes soient regroupées non loin l'une de l'autre. Le concert de Dave Brubeck samedi soir, à la salle Wilfrid-Pelletier, l'enchante, mais l'heure tardive de son entrée chez Jacinthe le déçoit.

— Tu déménages chez elle?

— Oui, demain. Elle me l'a offert. Ça serait pas juste pour elle et les enfants que je vois déjà si peu.

Après une sieste exigée par « l'infirmière Coralie », il tient à marcher jusqu'au métro. Le soleil de fin d'avant-midi qui cuit l'asphalte l'incommode et le projette en esprit vers la fraîcheur de la rivière et de la forêt qui ceinturent le Portage Nord, à Laterrière.

— Nous aurions pu prendre le métro avec Coralie, me dit-il, en un vague reproche.

— Elle doit s'habituer. Elle habitera peut-être Montréal, si nous décidons de vivre ensemble.

— Tu lui en as parlé?

— De vivre ensemble? Oui, à quelques reprises. Le temps fixera notre relation. Si l'on continue à s'aimer malgré la séparation, nous pourrons envisager la vie commune.

— Elle parviendra à s'acclimater à la grande ville? Tu prends pas un risque en la déracinant?

La crainte qu'il manifeste me secoue. Nous nous connaissons depuis si peu de temps. Nous n'avons pas encore abordé ce sujet qui nous préoccupera bientôt. La solution? Je ne la possède pas, ai-je rappelé à papa, sans lui révéler cependant ma crainte de la déstabiliser, de retarder sa guérison dans un exil loin de tout ce qui la sécurise.

Papa lit *La Presse* qu'il a apportée et moi, assis près de lui, *Thomas K*, d'Alain Gagnon, un solide écrivain de chez nous.

— Papa, faudra que tu le lises. Ça te rappellera le boom de la construction de Shipshaw dans les années cinquante, quand on envoyait ces immigrés de Polonais travailler de nuit sur les barrages et qu'un camion de ciment en enterrait un par mégarde, en reculant. Pas grave, disparu dans la brume, le Pôlok!

Il lève la tête à un arrêt et lorgne les nouveaux voyageurs.

— Quand mon père m'emmenait à Montréal, j'avais pris avec lui, tout petit, deux ou trois fois le tramway. On rencontrait quelquefois un Russe, un Polonais ou un Irlandais. Regarde autour de toi, c'est plus les mêmes immigrés : des Africains, des Sud-Américains, un sikh, là-bas, avec son turban. Les temps ont bien changé. On était racistes, à l'époque. Est-ce qu'on l'est moins, aujourd'hui? interroge-t-il en se remettant à lire.

Nous avons choisi une terrasse sur Saint-Denis. Papa s'amuse à regarder la faune déambuler, pendant qu'il achève son verre de vin blanc. Son voyage à Montréal l'a dégourdi, même s'il a craint un surcroît de fatigue. Quant à sa pneumonie, elle s'est résorbée plus vite qu'il ne croyait. Il loue, en souriant, la sévérité de son infirmière.

— Tu adorais Mireille, papa. Coralie me fait oublier son absence. Je garde son souvenir, comme tu gardes celui de maman. Tu as encore mal?

Que je lui pose cette question lui semble naturel.

— Non, plus maintenant. Sans avoir besoin de penser à elle, je l'ai près de moi, comme une présence invisible. Comme un vide quelquefois que personne ne comble. La maison est grande et les soirées, souvent longues, seul à jongler.

— Pourquoi tu ne cherches pas une compagne près de toi? T'es trop jeune pour vivre comme un ermite. Maman en serait heureuse, c'est ce que Jacinthe pense, comme Bernard.

Il joue avec son verre, refuse le dessert que lui offre le serveur.

— Ben sûr que ça serait plus agréable de revenir à la maison quand quelqu'un nous attend et qu'on mange un bon plat cuisiné par une femme qui se plaît avec nous. Je vais y réfléchir.

— Ça suffit pas! ai-je ajouté en me levant avec lui.

Nous sommes sortis de chez Omer de Serres avec deux spatules, une réserve de pinceaux, de tubes et de pots de peinture que j'ai déposés dans mon sac à dos.

Du quai de la Place-des-Arts, Coralie vient vers nous. Je l'embrasse. Nous allons nous asseoir au banc où Jacinthe et moi l'écoutons raconter sa journée: sa peur, seule, dans le métro, la Sainte-Catherine, pleine de monde de toutes les couleurs, des Ailes de la Mode, « ben trop cher », de son magasinage à La Baie. Jacinthe, « un amour, monsieur Bédard, un amour, votre fille! » Elles ont mangé dans une crêperie bretonne.

De la rame de métro qui s'arrête, sortent Mathieu et Alexandre. Jacinthe examine leur sac à dos. Ils ont bien emporté le casse-croûte préparé pour tous.

Dehors, à la Place-des-Arts, circulent les gens, des groupes sont assis sur les marches ou autour du jet d'eau. Une odeur de nourriture flotte dans les airs, le soleil de fin d'après-midi jette sa lumière ocre sur les édifices, rayonne dans les fenêtres. En face, sur la scène de Radio-Canada, joue « un band de Louisiane », assure papa. Il explique à Mathieu les instruments : les trompettes, les castagnettes, le saxophone, la caisse et le gros tuba qui marque le tempo. « Les Noirs, là-bas, jouent dans la rue et accompagnent leur mort de leur musique joyeuse », dit-il.

— Emmanuel! assure Coralie, je reste avec toi. Pas comme au stade Olympique!

Nous sommes assis sur un mur de ciment à écouter cette musique populaire qui s'harmonise avec le soleil et la brise légère, avec la foule bigarrée dont la rumeur participe à la fête.

Grâce à un bon pourboire, j'obtiens une table dans un coin peu achalandé d'une jeune serveuse noire « vraiment cute », murmure Coralie à mon oreille. Nous nous assoyons tous les six. Jacinthe distribue les sandwichs au jambon ou aux œufs. Papa et Mathieu reviennent d'un comptoir, sous un chapiteau rouge, avec des jus et des bières. Le groupe, sur scène, est québécois. Chacun son tour présente une pièce. Je retiens : *Baby, won't you please come home*, que je chante à Coralie pendant que la trompette, le trombone à coulisse, la clarinette et le banjo ou le tuba à tour de rôle interprètent avec des variantes la chanson reprise par le groupe. Je regarde Coralie marcher vers le comptoir et rapporter aux enfants des crèmes glacées. « Sera-t-elle heureuse à Montréal? » Cette question me poursuit depuis que papa l'a évoquée. J'écoute la musique répétitive les yeux fixés sur mon amour dont le visage rond sourit à papa tourné vers elle. Le joueur de clarinette annonce *Rosetta*. « Je la connais », s'écrie-t-elle. Elle la chante, en claquant des doigts.

Un couple près de nous se lève pour aller écouter Andrew Downing and the great uncles of the Revolution. « Un des meilleurs groupes de jazz. » Nous les suivons. Sitôt assis dans les marches d'escalier du Complexe Desjardins, papa sort *La Presse* de mon sac à dos.

— J'ai lu un article dans le métro sur cet Andrew Downing.

Il fouille la section des spectacles et, tout heureux, brandit l'article : « Andrew Downing rafle le grand prix du jazz! » Sur la scène très vaste s'amène l'artiste avec sa contrebasse et ses musiciens. En un français laborieux, l'Ontarien annonce des pièces connues : *Pierre et le Loup, Le Chat et la Souris.* Jacinthe et Alexandre nous ont quittés pour se joindre à la parade précédée d'un immense alligator. Des enfants maquillés, des clowns, des danseurs et des musiciens traversent la foule.

Papa écoute le jazz nouveau. Il a fermé les yeux pour se souvenir et le réentendre pour lui seul, me dit-il, à la fin du jeu que termine le piano. Un vieux couple, à notre gauche, m'amuse par son accoutrement, lui, avec sa casquette multicolore, elle, avec sa jupe écossaise. Il écoute les pizzicatos du violon en jouant des doigts. Coralie, assise sur la marche arrière, se tient penchée sur moi, les bras entourant mes épaules. La trompette et la guitare jouent un moment en duo, soutenues par la contrebasse. Les notes appuyées du piano modulent le thème auquel répondent les autres instruments. Jacinthe et Alexandre surgissent et interrompent le charme. Papa jette un coup d'œil, se lève en haussant les épaules. « Ah! le concert des enfants! » lance-t-il, en boutade, pour oublier sa déception.

Sur la terrasse, un autre groupe s'apprête à jouer.

— Ton père est fatigué, me souffle Coralie. Il aurait aimé rester avec le groupe Downing. On devrait rentrer, tu ne penses pas?

Elle me quitte et se dirige vers lui qui discute avec sa fille.

— Oui, il veut se reposer à l'appartement, me rapporte Coralie.

Nous marchons à travers la foule et contournons la Place Desjardins pour rejoindre le métro. Sur une scène brillamment éclairée, une voix forte chante. Les gens frappent des mains, d'autres, près de la scène, dansent. Johnny A, avertit le dépliant, se trémousse, accompagné d'un orchestre. Papa goûte peu la musique effrénée, yankee, qu'amplifient les haut-parleurs.

— Ça, de la musique de jazz? me dit-il, dégoûté.

De retour à l'appartement, papa s'est versé un verre de lait et a mangé quelques biscuits avant de regagner sa chambre, heureux de sa journée, mais fatigué. Peut-être traîne-t-il encore les derniers reliquats de sa pneumonie?

Rafraîchi par une douche, j'attends Coralie qui achève son bain. Elle apparaît bientôt dans le salon, dont la fenêtre grande ouverte laisse couler la brise et la rumeur assourdie de la ville. Elle repose la tête sur mon ventre, soupire de bien-être. Elle sent le besoin de parler de notre séparation.

— Tu as aimé tes deux premiers jours?

— Oui, répond-elle. Le stade Olympique, les heures passées avec Jacinthe, au centre-ville, le jazz à la Place-des-Arts, ton appartement où je me sens chez moi. Des heures inoubliables.

— Vivre à Montréal? Bâtir notre vie, ici? Qu'en penses-tu, Coralie?

Elle réfléchit un long moment, cherche à se ronger un ongle, rit de son réflexe et me laisse voir ses doigts. Elle n'y touche plus depuis mon départ de chez elle.

— « Qui prend mari, prend pays », dit-elle en haussant les épaules.

— C'est un dicton ancien, du temps où l'homme était le seul pourvoyeur de sa famille. Depuis ces dernières semaines, tu as songé à déménager à Montréal, à travailler dans un de ses hôpitaux? Vivre ici, ça te plairait?

Elle se blottit dans mon cou et se demande si elle pourra quitter son coin de pays, avec ses lacs, ses forêts, ses gens. Nos petits, elle souhaiterait les élever dans une maison à nous, dans une rue où les gens nous connaissent, à qui on pourrait confier sans crainte nos enfants. Qui ne soient pas des inconnus, des étrangers.

— Je me doutais de ta réponse. Papa m'a demandé, sans connaître ton passé, si je ne craignais pas de te déraciner. Oui.

— Et si ça ne te convient pas?

— Retourner dans la région? J'avais pensé obtenir une année sabbatique pour terminer ma thèse. La reporter à plus tard? Commencer les démarches pour obtenir un transfert? On m'a parlé d'un prof de français dont la femme a décroché un poste de direction chez Alcan à Montréal. Un échange sera-t-il possible? Je ne sais pas. Et si tu t'habituais à vivre ici? Laissons le temps mûrir la meilleure solution pour nous deux.

— Tu vois comme c'est compliqué de m'aimer! murmure-t-elle. Viens vite, avant que je m'endorme!

Chapitre 30

Elle me demande, fin d'après-midi, de la conduire sur la rue Fleury qu'elle a parcourue la veille avec papa. « Apporte-toi un livre, si tu ne veux pas devenir bourru à m'attendre. » Elle refuse que je l'accompagne, entre dans un magasin pour hommes. En face de l'église, assis sur un banc, je la vois ressortir plus tard avec une boîte au bras, enveloppée d'un papier coloré. Elle s'impatiente des voitures qui circulent et l'empêchent de traverser la rue. La voilà qui court vers moi, sportive dans son short et ses sandales lacées sur ses jambes. Je l'ai taquinée en l'appelant « ma guerrière romaine », dans l'escalier de l'appartement. Elle pose la boîte sur mes genoux.

— Tiens! un cadeau dont t'as vraiment besoin!

Je veux l'ouvrir. Pas question avant ce soir. Elle l'a choisi avec papa, bien d'accord avec elle.

Nous avons roulé vers le centre-ville et marché parmi la foule qui déambule, insouciante, réjouie du soleil, gorgée de rires, de langues dont les mots étranges crèvent comme des bulles de toutes les couleurs. Nous évitons sur le trottoir des groupes heureux de se retrouver, louvoyons parmi des flâneurs arrêtés devant un menu, en évitons d'autres qui quittent une terrasse et se mêlent aux promeneurs. Coralie s'est montrée surprise un moment de la rumeur des voix et des autos qui circulent, des couleurs des nappes et des vêtements des femmes, de cette vie foisonnante et désordonnée, inconnue d'elle. Je la sens bientôt anxieuse, rétive. Elle me précède vers une table dont elle occupe une chaise. Je lui souris. Elle me fixe de ses yeux noirs qui m'interrogent.

— J'ai choisi un petit restaurant tranquille où nous irons tout à l'heure. Tu veux bien?

Elle ne répond pas et continue à me fixer. J'ignore son interrogation et supporte son regard, jusqu'à ce qu'un sourire s'étende peu à peu à ses fossettes.

— Pourquoi tu réponds pas?

— Tu m'as parlé?

— Emmanuel, tu sais trop bien ce que je veux dire!

Je hausse les épaules pour lui signifier que je ne comprends pas.

— Ton test de me faire aimer Montréal dans une foule qui me bouscule, ben c'est raté. Les odeurs de friture, de goudron, pis de sueur...

— T'exagères.

— Écoute le bruit des autos, celui des gros rires et des éclats de voix. Tu vas pas me faire accroire qu'on est au concert!

Elle se tait à l'approche du serveur, commande un Cinzano avec de la glace, et moi, une bière. Un couple s'installe près de nous. La jeune femme pose son sac par terre et frôle de son épaule celle de Coralie qui recule, s'assombrit, se penche au-dessus de la table et me confie un « c'est raté », qui me fait rire, tant est spontanée et drôle sa mimique. Je dois inventer une histoire invraisemblable devant la mine ahurie du couple qui se croit la cible de notre folle gaieté.

Cet incident l'a détendue. Elle boit à petites gorgées, s'amuse d'un gars et d'une fille aux vêtements excentriques qui s'embrassent, indifférents aux promeneurs qui s'arrêtent un moment avant de reprendre leur marche. Le couple près de nous se dispute, quitte la terrasse.

— T'as entendu la petite rousse qui engueulait son homme, Albert – quel prénom –, de regarder les autres femmes et de ne pas s'occuper d'elle, la pôvre!

— C'est vrai que les femmes sont belles, non?

— Si tu continues à les zieuter, je crève tes billes gris bleu!

Deux hommes ont vite remplacé les disparus, l'un assez âgé, l'autre, frêle au crâne rasé. Ils commandent des jus et discutent avec un accent pointu du film projeté au Ex-Centris. Des gais, sans doute, qui habitent le Plateau.

Je glisse dans une torpeur délicieuse, en harmonie, ai-je pensé, avec le soleil très doux et la présence de Coralie qui joue avec son verre. Ses yeux s'égarent par moments vers la rue et le trottoir, reviennent vers moi. Elle rumine une question, mais n'ose la formuler, attendant peut-être que je la provoque. Elle appuie sa tête sur ses bras posés sur la table et demande tout bas :

— Tu m'aimes?

— Mouais! ai-je répondu à travers la dernière gorgée de bière que je roule dans ma bouche.

— T'es pas fin! Pis je sais que t'es heureux, le ventre au soleil dans ton Montréal où je pourrai pas vivre, même si je t'aime comme une folle. Ben trop!

Trop longtemps a-t-elle vécu dans la peur de la promiscuité, dans la hantise de l'inconnu, et elle a réussi à atteindre un certain équilibre grâce à des gens qui l'aiment, à des lieux, à un travail qui la sécurisent. Elle a acquis ainsi une liberté peu à peu apprivoisée. Dans la grande ville qui me plaît tant, elle sera perdue, sans points de repère familiers. Cette ville impénétrable lui fait penser à un ventre énorme qui l'engloutira.

Elle se renverse sur le dossier de la chaise et s'efforce de sourire, mais ses mains qui papillonnent, ses yeux qui chavirent avant de pleurer m'indiquent que ses paroles révèlent la peur tapie en elle de demeurer dans une ville qui la broierait, j'en possède maintenant la certitude. Son instinct de petite bête traquée qui subsiste toujours le lui signale par des signes qu'elle déchiffre et que je saisis comme en écho.

Sur le trottoir, je prends sa taille et la force à s'arrêter pour l'embrasser longuement.

— Grand fou! dit-elle, toute rouge. Devant tout le monde!

— Si tu sais pas encore que je t'aime, on recommence.

— Oui, oui! tu m'aimes, reprend-elle, hâtant le pas.

Son rire heureux, sa main dans la mienne qu'elle tient très fort me réconfortent. Le nuage sur notre tête s'est éclipsé. Nous attendons pour traverser la rue et rejoindre le petit restaurant indien qu'indique l'enseigne.

Nous avons choisi une table à l'écart dans une salle presque déserte. Les nappes blanches, la mosaïque à notre droite sur le mur, les serveurs immobiles au visage très brun, les odeurs, ces odeurs vaguement épicées et sucrées de l'Orient la fascinent.

— Il nous reste la fin de la journée et demain à passer ensemble. Faut pas que tu perdes ces heures à t'angoisser sur ta vie future à Montréal. Tu ne l'habiteras pas, d'accord? Nous y reviendrons durant les vacances. Tu n'y penses plus?

— Je suis heureuse que tu le dises de nouveau et, en même temps, peinée. J'ai vu cet après-midi ton plaisir d'y vivre. J'ai peur que tu t'emmures là-bas et qu'un jour tu me le reproches.

J'ai voulu répondre et, dans un geste d'impatience, j'ai hoché la tête, levé les bras.

— Tu vois comme je ne sais pas parler de mes appréhensions sans t'exaspérer. Je suis si gauche et...

— Faudrait que tu t'excuses?

— D'accord, je m'excuse pas! répond-elle, mortifiée de s'être encore sentie coupable.

— Je reviendrai chez moi là où j'ai vécu si longtemps. Penses-tu un seul moment que je ne serai pas heureux avec toi dans un pays qui te ressemble? Qui me ressemble aussi?

Un serveur s'est approché. Je commande des plats peu épicés qu'elle appréciera, sans doute. Je reconnais le son de la cithare qui joue en sourdine, accompagnée d'instruments de percussion que je ne peux identifier. Coralie a peu mangé. La soupe consistante et aromatisée a suffi pour apaiser sa faim. Elle a pigé dans mon assiette une bouchée d'oignon Bhali et croqué un morceau de poulet rougi par les épices. Elle n'en revient toujours pas de mon appétit qui a vidé la plupart des plats. J'ai craint qu'elle n'ait pas aimé, mais elle m'assure que l'après-midi l'a suralimentée. Nous rions tous les deux de l'expression. J'ai posé la tête sur mes bras et lui ai demandé : « Tu m'aimes? » Elle a pris la même position de la tête et des bras pour répondre : « Mouais! » et s'est vite redressée à la vue d'anglophones à la table voisine, surpris de notre manège.

Sur le trottoir, à la recherche de notre voiture, elle me demande :

— Tu m'emmènes où, maintenant?

— Marcher ensemble et regarder se coucher le soleil sur la ville.

J'ai pris le chemin ombragé et sinueux qui nous a conduits au centre de la montagne du Mont-Royal, à la surprise de Coralie qui ne croyait pas que Montréal possédait dans l'enchevêtrement de ses rues et de ses buildings un sanctuaire si vaste de verdure. Nous flânons dans un sentier où croissent des érables, et, çà et là des bouleaux et des pins. Des sitelles à poitrine blanche picorent les morceaux de pain près des tables de pique-nique délaissées, puis, nerveuses, s'envolent à notre approche. Nous nous assoyons sur un banc près du lac des Castors. Dans la fin du jour, les rires fusent des pédalos qui zigzaguent sur l'eau. Des familles entières bavardent assises sur l'herbe, alors que des mères corpulentes, vêtues de noir, italiennes sans doute, s'occupent à ramasser les victuailles, les petits autour d'elles. D'autres refluent vers le stationnement avec chaises de jardin, glacières, sacs et landau poussé par la grande sœur.

Coralie accueille cette vie rieuse, exubérante autour de nous, comme si elle se retrouvait, se dit-elle, sur les bords de la rivière au Sable qui accueillaient ses dimanches étirés dans la tristesse. Elle se retrouvait seule avec un livre pour se désennuyer, enviant les femmes de son âge qui promenaient leur bonheur, main dans la main avec leur homme, ou adaptaient leur pas à celui de leur enfant.

Nous marchons de nouveau sur le chemin piétonnier qui monte doucement. Un policier à cheval nous salue. Ses yeux insistants sourient à Coralie qui lui envoie la main. Je sens que l'hommage secret du policier et de cet homme dans la trentaine qui nous croise et la reluque ne lui est pas indifférent. Je la regarde, moi aussi. Elle rougit, consciente de sa beauté qu'elle semble accepter, sans la crainte qui l'accompagnait hier encore.

Elle me dit son bonheur d'être venue à Montréal pour nous deux, bien sûr, mais pour connaître une autre réalité qu'elle possède comme un talisman. Une famille. Ses visites au Portage Nord, son rôle d'infirmière, comme les heures heureuses du voyage vers moi lui ont fait apprécier un père qui l'aime et l'enveloppe d'une affection dont elle ne craint pas les débordements.

— Je le sens tellement respectueux, d'une tendresse qui m'émeut. Ton frère, Bernard, ressemble à Julien par sa passion de la nature et les gamineries dont je le sais capable. Mais un Julien qui n'a pas souffert. Et Florence qui me couvre de sa délicatesse de mère-poule, parce qu'elle a lu, je crois, mon drame de petite fille. Jacinthe, c'est un peu une grande sœur que je n'ai jamais eue. Elle est drôle. Ce que nous avons ri à nous couvrir de chapeaux ridicules, aux Ailes de la Mode, et de fringues à des prix exorbitants!

— Pis moi? T'oublies que je suis de la famille, non?

— Toi, tu restes celui qui m'a tout donné, son amour et une famille merveilleuse!

Devant nous se dresse le Chalet du Mont-Royal dont les fenêtres reflètent les lueurs du soleil couchant. Appuyés au parapet du belvédère, nous voyons le ciel mêler ses cramoisis, ses ocres à la dorure déchiquetée de bandes perdues dans la frange du fleuve. Habituée à la splendeur des soleils mourant sur les monts Valin, Coralie admire la montée de la nuit qui envahit le ciel et teint de ses derniers feux les édifices du centre-ville. Une immense traînée lumineuse et mouvante coule sur les ponts qui enjambent le fleuve. Partout s'est allumée une symphonie de lumières qui créent une autre ville.

— Je comprends mieux pourquoi tu l'aimes. Tu vas t'ennuyer, hein?

Elle m'étreint, émue que je l'aie préférée à cette rivale.

Nous sommes revenus tard dans la soirée. J'ai dû me pavaner dans le salon avec la robe de chambre bleue sous le regard espiègle de Coralie, heureuse de son cadeau qui remplacera « l'infect survêtement » que je portais.

— À ton tour, maintenant. Hier, en revenant de la rue Fleury avec papa, tu es passée en coup de vent devant moi. Tu cachais quoi dans ta main?

— Qu'est-ce que tu inventes?

Dans la chambre, je cherche dans la garde-robe et les tiroirs. Sous le lit, je découvre une boîte.

— Je l'ouvre?

— Non, non, t'as pas le droit! s'écrie-t-elle, rougissante. C'est un cadeau pour...

Elle cache sa tête dans mon cou et me révèle qu'elle n'a pu résister à une pub de la revue *Châtelaine*. Une dépense inutile. Elle ne pourra pas, non, elle ne pourra pas devant moi porter... Ça ne lui convient pas. Je lui glisse la boîte entre les mains et la pousse dans le corridor.

— Tu riras pas de moi? insiste-t-elle en s'éloignant.

J'écoute couler l'eau du bain. J'assisterai à une démonstration, sûrement, mais laquelle? me suis-je demandé en allumant les bougies qui « créent une atmosphère romantique », répète-t-elle chaque fois.

Elle apparaît dans son peignoir qu'elle abandonne avant de se précipiter dans mes bras, tendue, cherchant à cacher sa gêne de porter des dentelles affriolantes qui cachent à peine ses seins et son sexe.

— Pourquoi ce sentiment qui ressemble à de la honte? Tu te sais belle et désirable. Des revues féminines affichent ces tenues, des boutiques les vendent. Te croirais-tu la seule à les porter? Si je te désire et t'aime davantage, tu devrais te le reprocher à en être malheureuse?

Elle cherche à oublier son embarras. Elle n'avait pas trouvé de la journée le prétexte de paraître dans une tenue légère, se reprochant cet achat encombrant, empêtrée dans la hantise d'une trahison de son désir et la crainte de me déplaire par un érotisme qu'elle jugeait vulgaire.

— Je n'aurais pas osé, Emmanuel, si tu ne m'y avais poussée.

— Tu es une conquérante!

— Oui, je crois, murmure-t-elle en m'embrassant.

Je l'ai sentie plus détendue, plus épanouie dans les gestes de l'amour. Comment ne pas s'émerveiller, ai-je pensé, devant son acharnement à poursuivre le bonheur, ce feu très doux dont elle aime respirer la flamme en elle.

Je l'ai regardée dormir, abandonnée, avant d'éteindre les bougies. Une brise légère souffle de la fenêtre. Les trilles d'un pinson à gorge blanche m'ont réveillé à l'aube.

Chapitre 31

Je me suis levé tôt, ai bu un café avant de rejoindre l'ordinateur. La veille, Coralie avait souhaité demeurer à l'appartement toute la journée. Je travaillerai à mon bureau et elle continuera à lire *Le Vieux Chagrin* de Poulin, à peine commencé. « Nous habituer à vivre notre vie de tous les jours. » Ses propres mots, ai-je repris, heureux de replonger dans la rédaction de ma thèse, au moins d'ici la fin de juillet avant la préparation d'un cours nouveau. Prévoir les jours à venir que nécessiteront les recherches de transfert d'un collège à l'autre. Les lignes continuent à noircir sur l'écran pendant que ma pensée dérive vers l'abandon de ma thèse pour combien de mois ou d'années? Je continue le plan du chapitre commencé avant sa venue avec papa. Je fixe mon attention sur les mots qui surgissent et développent les idées emmagasinées depuis des mois, les références qui s'insèrent dans le texte. Tout s'ordonne mieux que je ne pensais. Le temps qui semblait perdu a approfondi mon projet qui s'ouvre comme un fruit mûr. Déjà deux pages de rédigées. Le bruit étouffé de pas, une porte qui se ferme en douceur m'avertit de son lever. Je continue à écrire dans l'attente de sa venue.

Sur le bloc-notes, j'inscris quelques mots qui éclairent une réflexion nouvelle que quelques paragraphes développeront plus loin. Cette idée demeurait enfermée en moi, informe, entravée par l'absence des mots pour l'exprimer et l'extraire de sa gangue. Je la reprenais par moments, mais elle résistait. Elle éclôt maintenant, comme par magie. Mystère de la création qui nourrit le chercheur et l'écrivain, et leur apporte une joie qui récompense leur peine.

Son pas léger me distrait. Je la vois, à l'entrée, appuyée au cadre de la porte.

— T'aurais pas dû te retourner. J'aurais continué à te regarder travailler. Tous ces papiers, ces feuilles que tu manipules, tes doigts qui courent sur l'ordinateur m'émerveillent. C'est si loin de mon quotidien!

— Je t'attendais pour t'embrasser et tu restes si lointaine.

Vive, elle s'approche, m'enlace à m'étouffer et m'ordonne de ne pas dire de sottises. Je la suis sur le balcon. Assise, elle trempe son pain dans son café et s'inquiète que je mange si peu, mais l'infirmière a vite compris que mon travail m'oblige à la frugalité. Je ne parle pas, habité par les pages à écrire, par cette tension intérieure qui nous retranche dans l'œuvre à poursuivre dont me parlait mon ami peintre. Elle respecte mon silence, me jette un coup d'œil et murmure :

— Va travailler, Emmanuel. Tu vis dans ton bureau depuis un bon moment.

— Oui, mais...

— Tiens, tiens, il se sent coupable de me négliger. Va, mon chéri!

J'ai repris la page délaissée. Tout s'enchaîne et se développe comme si l'abandon prochain de ma thèse me sollicitait à couvrir le plus de terrain possible. Cette pensée me poursuit comme un échec et me frustre, en même temps qu'elle m'oblige à me hâter. Bien vrai que l'entrée de Coralie dans ma vie a tout bouleversé! Pendant que l'écran aligne ses phrases et ses paragraphes, j'écoute le silence dans l'appartement qu'égratignent ses pas autour du lit qu'elle refait, la baignoire qu'elle nettoie, son arrêt devant ma porte pour me regarder, sans doute. J'ai à peine entendu s'éteindre ses pas dans l'escalier. Où va-t-elle? Lire au parc?

J'ai marché dans le corridor et le bureau pour me reposer. Après la mort de Mireille, mon cœur délesté de l'amour avait laissé à mon intelligence la place pour une recherche vierge de tout autre élément. Je pouvais travailler plusieurs heures dans un monde allégé de tout lien avec le quotidien ou l'amour, happé par le monde enchanté des idées à faire naître. Voilà que se mêlent maintenant le pas, l'odeur, le visage d'une femme aimée. À la pensée qui s'exprime sur l'écran de l'ordinateur, cette présence furtive la paralyse-t-elle, l'incommode-t-elle? Je n'essaie pas de répondre. Ces considérations qui m'effleurent vont, viennent pendant que je reprends le dernier paragraphe du chapitre entamé il y a plusieurs jours.

Je relis les pages écrites depuis ce matin. Une lassitude heureuse m'envahit, ressentie chaque fois à la suite d'efforts de plusieurs mois de recherches et de balbutiements qui conduisent à l'expression définitive qui couvre ces pages, blanches tout à l'heure, envahies maintenant par l'écriture.

Je sursaute sous la pression des mains de Coralie sur mes épaules. Je n'ai pas vu s'envoler le temps. Déjà midi trente.

— Viens, Emmanuel, on va dîner au parc.

Nous marchons sous le dôme des grands érables qui tamisent la lumière. Je sens la chaleur du soleil oubliée durant toutes ces heures de travail à mon bureau. Dîner au parc souligne le souci discret de Coralie de casser une routine que je pratique sans discernement et dont elle a pris conscience au chalet.

— Promets-moi, Emmanuel, de couper ton travail

avec des heures de repos, après mon départ, me demande-t-elle en dépliant la nappe sur une table de pique-nique. Quand on sera ensemble, on avisera de nos activités. Je demande à Julien de nous laisser le canot de Maxime? Ça serait bien de nous promener sur la rivière. Ah, oui! faudra que tu te débrouilles durant mes gardes de nuit pour des activités individuelles, marche, tennis, qui te maintiennent en forme. Pourquoi pas le Nautilus?

Elle étale le dîner sur la nappe et se surprend que je me sois à peine aperçu qu'elle préparait le repas dans la cuisine. Je loue sa discrétion et sa crainte de déranger, mais ne la convaincs pas. Elle demande si je l'oublierai chaque fois que je travaillerai à mon bureau.

— Mais non! Tu m'as accompagné une partie de la matinée, comme toi quand tu t'occupes d'un malade et que l'espace d'un instant tu me rejoins par la pensée.

Nous nous dirigeons vers la rivière des Prairies. Elle me tient le bras, puis glisse sa main dans la mienne, mue par le désir impérieux de me toucher, de sentir la douceur de ma peau, elle qui détestait tout contact il y a peu de temps encore. Je me suis assis sur le talus, près de la rivière. Elle pose sa tête sur mes genoux, cligne des yeux sous l'effet du soleil qui filtre à travers la masse des feuilles. Elle s'efforce, malgré un reste de gêne, à exprimer le besoin secret qu'on la trouve belle, que ses vêtements épousent les formes de son corps au lieu de les cacher. Elle craint moins le regard des hommes, le souhaite même quelquefois. Elle tourne la tête vers moi, espérant sans doute que je poursuive. Je me tais pour l'obliger à se dire. Je pressens qu'elle n'a pas révélé le plus difficile qui reste au bord de ses lèvres.

Des enfants s'amusent non loin de nous. Un

homme âgé rame lentement, s'arrête pour flatter un chien au long poil, assis près de lui, sur le siège de la chaloupe. Des nuages naviguent à peine dans le bleu du ciel. Je laisse couler le silence. Coralie s'assoit, s'appuie un moment à mon épaule, avant de reposer de nouveau sa tête sur mes genoux. J'écoute sa voix s'enfler peu à peu :

— Tu vas me dire : « T'es guérie, Coralie. Tes blessures sont cicatrisées. » C'est ce que tu penses, hein?

La violence contenue avec laquelle se bousculent les mots m'abasourdit. Je crois comprendre la déception que ni le temps ni l'amour n'aient effacé encore son passé qui ressurgit sans qu'elle le veuille, et que son rêve de normalité ne soit pas atteint.

— Je sais comme toi que je suis une convalescente fragile. Un jour, serai-je guérie? Mes cicatrices, je vais continuer à les porter comme les marques d'un passé gravé en moi, bien sûr, mais que j'aurai assumé. Je me répète que je serai délivrée bientôt. Si c'était, Emmanuel, un rêve? Un pauvre rêve!

Je l'ai prise dans mes bras. Elle se laisse bercer et pleure, la tête sur mon épaule.

— Tu m'as pas tout dit, ai-je murmuré à son oreille. Faut pas garder pour toi seule ce secret, autrement il va pourrir en toi.

— Comment tu le sais? demande-t-elle, à moitié surprise. Viens marcher dans le parc. Ce sera plus facile.

Elle se sait gauche en amour, inhibée, et n'a pas encore vaincu une certaine gêne et une crainte qui l'empêchent de s'oublier en cédant au plaisir, dans une liberté qu'elle a atteinte dans les autres domaines de notre vie. Cette impuissance à être elle-même la frustre et l'insécurise. Elle ne voit pas le jour où elle s'épanouira dans les gestes de l'amour et me suivra dans l'harmonie de nos corps réunis.

— Tu subis mes maladresses. Non! laisse-moi continuer. Je suis consciente qu'en n'étant pas comblée, je ne te satisfais pas complètement. Tu me demandes de ne pas me comparer! Je ne veux pas m'inquiéter, mais...

Elle se tait, incapable de poursuivre.

— Tu ne veux pas t'inquiéter? De quoi?

— De ne pas être comme les autres femmes! Et qu'un jour, tu me laisses parce que je n'aurai pas pu...

— Qui te dit que les autres femmes n'ont pas éprouvé les mêmes anxiétés et la même incapacité d'être satisfaites au début d'une relation? Combien n'y parviendront jamais? Ça, tu le sais par tes lectures et peut-être par des confidences de certaines patientes. Et elles n'ont pas subi ton passé! Je voudrais qu'on s'installe dans le temps et qu'il devienne un ami, notre allié.

— Tu crois qu'on y arrivera?

— Bien sûr.

— Et si j'y pense encore quelquefois? me demande-t-elle en s'efforçant de sourire.

— Ben! Tu le répéteras jusqu'à ce que tu n'y croies plus!

— Faut que je sois fraîche comme une rose, ce soir, m'a-t-elle confié, à moitié assoupie.

Elle dort, vieille habitude chez elle, avant le souper, pour reprendre, reposée, son travail de nuit à l'hôpital. Lentement, je me dégage afin de rejoindre mon bureau sans pouvoir renouer avec le rythme de la matinée. Cette crainte, cette obsession qui la poursuit ne freine-t-elle pas encore davantage son désir?

Je délaisse les deux pages du nouveau chapitre qui ne me satisfont pas, pour ajouter dans les marges les indications qui m'aideront demain, peut-être, à continuer le travail inachevé. Elle s'est levée, je l'entends rôder dans le corridor, puis se diriger vers la cuisine. J'essaie de poursuivre encore une heure, dans le silence revenu. Peine perdue, je n'avance pas.

Elle lit sur le balcon, dans la fraîcheur de l'après-midi. Je lui prépare un jus d'orange et de pamplemousse et décapsule une bière.

— Ne regarde pas, lance-t-elle, alors que j'entrouvre le four, attiré par le fumet qui s'en dégage.

Nous lisons, elle, *Le Vieux Chagrin*, et moi, *De si jolis chevaux* de Cormac McCarthy qui s'ajoutera peut-être au programme de mon cours de littérature étrangère. Mes yeux s'égarent par moments sur la ligne courbe de son cou et sur sa main qui soulève la page. Elle se sait observée et s'efforce de ne rien laisser paraître. L'ombre de fin d'après-midi s'allonge sur le balcon et participe au sentiment de paix qui m'envahit, d'un bonheur simple à portée de la main.

Elle se lève pour jeter un coup d'œil au fourneau, met la table, revient sur le balcon, m'enlace :

— Laisse ta lecture, Emmanuel! J'ai si peu encore à rester avec toi.

Elle rapproche sa chaise et pose ses longues jambes brunies sur les miennes. De tous les petits bonheurs ressentis ces derniers jours, elle ne peut oublier ceux de me regarder travailler et de lire ensemble, dans un silence habité par la présence de l'autre. Elle ne connaissait pas cette harmonie qui nous lie dans un geste d'amour partagé, « comme si nos âmes se touchaient ». Cette phrase, je veux la retenir pour me souvenir de sa présence en cette fin d'après-midi, embaumé par le parfum de lilas qu'elle dégage.

Nous avons peu parlé durant le repas. Un verre de blanc rehausse le filet de sole enrobé de crevettes que nous mangeons. J'ai lavé la vaisselle, nettoyé la cuisine et préparé la table du petit déjeuner. Quelques minutes plus tard, elle se présente, élégante, dans une robe très simple. Je reconnais le collier et les boucles d'oreilles qu'elle porte pour la deuxième fois pour son premier concert à la Place-des-Arts. La voiture garée au stationnement du sous-sol, je la conduis non loin des guichets, lieu de rencontre avec papa.

— Tu l'attends avec moi? demande-t-elle, un brin anxieuse, pendant que nous marchons parmi une foule bruyante.

Je la laisse au bras de papa, guindé dans son habit bleu pâle d'été.

Il était minuit passé quand nous sommes revenus à l'appartement. Les rumeurs de la ville dans la nuit, le rythme jazzé des sons qu'elle gardait encore en elle, la fatigue et l'appréhension du départ, le lendemain matin, l'empêchent de démêler la joie de sa peine. Elle sourit des deux roses entrecroisées sur son oreiller, d'un sourire au bord des larmes.

Lentement avons-nous repris les gestes qu'inventent chaque fois nos corps. Elle s'abandonne, ardente, généreuse. Pour la première fois, murmure-t-elle, elle s'est offerte sans réserve, avide du bonheur d'être aimée et de se donner tout entière. Elle sait maintenant, tant son corps l'en avertit, que bientôt le plaisir la submergera. Elle s'est vite endormie. Oui, ai-je pensé, laisser le plaisir mûrir au rythme du temps, comme l'aurore dans quelques heures au bout de l'horizon.

Papa, Jacinthe et les enfants nous attendaient sur le trottoir. Je la tiens embrassée et je lui murmure tout bas : « Je t'aime. » « Je t'attends, mon amour », prononce-t-elle dans mon cou. Elle se dégage. L'auto disparaît vite sur le boulevard.

— Elle va revenir, Coralie? me demande Alexandre.

— Oui, bien sûr, dis-je.

Chapitre 32

Les phares éclairent les bancs de neige et des bouquets d'arbres givrés de l'autoroute 40. Au loin, sur les champs se lève la frange incertaine du jour. La lueur falote des lampadaires indique les rues de villages qu'annoncent les panneaux. Près de la route, les bungalows se sont éveillés.

J'ai quitté très tôt un appartement sans vie, aux souvenirs dévastés. Les boîtes s'amoncellent dans le salon. Vides les armoires et les garde-robes. Vendus à une collègue les appareils électriques. J'ai regardé une dernière fois la chambre que j'appelais mon bureau. Le temps a marqué l'emplacement des tablettes où s'entassaient les livres. J'ai jeté le petit tapis sous le bureau qui gardait l'empreinte de mes pieds. « Ça alors! » ai-je pensé, surpris de ce relief des années écoulées. Je me suis assis sur le lit nu de ses draps et de sa couverture. Sur une table de chevet, j'ai ramassé son courriel d'hier soir : « Mon amour, je suis inquiète de ton retour. Sois prudent. Coralie. » Auprès des fleurs séchées et de la bouteille de bordeaux déposées sur la table de la salle à dîner, j'ai griffonné :

Heureux séjour chez vous.
Succès auprès des nouveaux patrons de l'Alcan,
Et de tes nouveaux étudiants.
Amitiés, Emmanuel.

La route s'est animée avec le lever d'un jour gris cendre. Le poids des caisses dans le coffre et la pile de vêtements entassés sur le siège arrière offrent une meilleure adhérence à la chaussée glacée par endroits. Au Relais du Nord, je commande un léger déjeuner à Isabelle, ai-je lu sur la blouse de la serveuse, tandis qu'apparaît à mon souvenir le visage énergique et grassouillet de la compagne de Marc, nos nouveaux amis qui emménageront dans mon ancien appartement en copropriété. À Isabelle, j'ai laissé les luminaires et les accessoires qu'elle désirait. J'ai lavé, épousseté toutes les pièces pour son rire et sa bienveillance lors de nos visites à leur maison de la rue des Hirondelles dont s'est entichée Coralie.

Ma connaissance du directeur pédagogique de Marc avait gagné à notre cause celui du collège où j'enseignais à Montréal : « Le profil des deux professeurs : années d'études et d'ancienneté équivalentes, amour de leur profession, appréciation de leurs collègues et des étudiants permettent un transfert harmonieux », avions-nous lu, Marc et moi, sur la lettre de réception que nous avait remise Gilles, mon ami d'enfance.

J'ai repris le volant. Le jour bas à l'horizon annonce la neige. À la radio FM, la guitare et le luth jouent en sourdine *Danse espagnole* de Falla, qui nous avait accompagnés à La Marée haute où nous avions invité Marc et Isabelle, ce samedi soir d'octobre. Coralie, dès la fin du potage, avait manifesté notre intérêt pour leur maison. Le vin avait animé la discussion. Je leur avais proposé de les héberger lors de leur prochaine visite à Montréal. Pendant qu'Isabelle rencontrerait de nouveau ses patrons de l'Alcan, Marc prendrait contact avec la direction, ses collègues et les lieux où il enseignerait en janvier prochain. Ma proposition les avait enchantés. Nous les avions quittés, heureux d'une nouvelle amitié qui nous engagerait plus tôt que prévu.

J'avais annoncé à Coralie leur venue à Montréal. « Si je les accompagnais? » J'avais refusé. « Tu te rappelles notre dispute qui failli mener à une rupture? » « Ne dis plus rien! » avait-elle murmuré. Je jette un coup d'œil sur son courriel laissé sur une boîte de livres près de moi : « Mon amour... sois prudent. »

Sa dernière visite avait tourné au cauchemar, me suis-je souvenu, pendant qu'un camion lourd me double et laisse une traînée de neige dans le pare-brise. Après sa nuit de travail, elle avait pris l'autocar sous une pluie froide, s'efforçant de dormir. Je l'avais cueillie à l'arrivée, fripée, maussade, absente. Elle avait dormi douze heures d'affilée, « comme une marmotte », lui avais-je dit pour rire. La remarque l'avait offusquée. Elle avait boudé tout l'après-midi. Je m'étais enfermé dans mon bureau à corriger des copies d'un travail raté par plusieurs étudiants. « J'ai pas fait cinq cents kilomètres pour m'écraser sur une banquette de restaurant », avait-elle répondu à mon désir d'une sortie. Durant la soirée, j'étais retourné lire dans mon bureau, la laissant seule devant la télévision. J'avais entendu l'eau du bain couler, ses pas en arrêt dans le corridor. Elle s'était couchée, espérant sans doute que je la rejoindrais. J'avais dormi dans la chambre d'ami. Vers deux heures, elle m'avait réveillé. « Emmanuel, viens, je t'en supplie! » Je m'étais tourné vers le mur. Avant de la quitter au terminus, comme un adolescent boutonneux qui veut s'affirmer, j'avais exigé qu'on évite de s'écrire : « Donnons-nous une semaine, après on verra! » Je tape de la main sur le volant à plusieurs reprises : « Quel con, quel idiot! Est-ce possible? »

À cause du « je t'aime », qu'elle n'avait pu éviter de m'écrire, j'avais roulé jusqu'au petit matin du vendredi. Je l'avais attendue, assis dans la salle à dîner de son appartement. À ma vue, elle avait laissé tomber son manteau et s'était précipitée dans mes bras. Ses larmes se mêlaient à ses rires, tandis que je la pressais contre moi pour qu'elle ne me voie pas pleurer. « C'est bien toi, Emmanuel? » ne cessait-elle de me demander. Je me suis détaché : « Va te changer pour dormir. Je prépare le déjeuner. J'ai faim. Toi, tu as maigri? Il faut te remplumer! » Elle n'avait presque pas mangé durant tous ces jours. « Ça ne passait pas! » Devant moi, elle avait à peine touché à son pain grillé, mais avait bu son verre de lait. « Maintenant, tu dors. » Je l'avais bordée. « On aura demain et dimanche pour nous retrouver. Je te demande pardon! » « Chut, chut », avait-elle murmuré en posant sa main sur ma bouche.

Dans le corridor, j'avais laissé une note.
Chez papa. De retour vers 16 h 30.
Emmanuel, pour toujours.

À mon arrivée, sitôt la porte franchie, elle avait accouru pour m'embrasser. « Les bougies de nos retrouvailles », avait-elle annoncé quand je l'avais rejointe : « Tu ne dors pas? » « J'avais trop hâte de te revoir. » La douceur de sa tendresse pour me faire oublier ma bêtise! Longtemps nous sommes-nous aimés, émus de nos caresses et de leur nouveauté, comme si tellement de jours nous avaient séparés. Je me rappelle, lancinante, la blessure qu'elle s'efforçait de me cacher de son incomplétude en amour. Il neige à l'entrée du Parc des Laurentides. Les conifères encapuchonnés tremblent à peine sous le vent qui souffle et poudroie sur les lacs.

Je recevais tôt, la semaine après notre rencontre au restaurant, un appel de Marc et d'Isabelle acceptant l'offre d'habiter chez moi, jeudi et vendredi, avant leur retour au Saguenay. Au repas du soir, ils m'avaient avoué adorer mon condo, vaste, calme et lumineux, et souhaiter visiter le quartier. « Tu as tout à portée de la main, même le métro! » Naïvement, je m'étais étonné de leurs questions. Isabelle avait jeté un regard à Marc: « Aussi bien être francs avec toi. On veut acheter ton condo. Nous avons dépensé une petite fortune auprès d'un agent immobilier qui n'a rien trouvé qui nous convienne et soit à un prix abordable. Sa réponse : « Rareté des appartements en copropriété. » Nous avons fait parler Coralie, entichée, tu le sais, de notre maison. Marc et toi, vous avez échangé vos collèges. Pourquoi ne pas continuer? Échanger ton condo pour notre maison! »

Il neige maintenant à gros flocons. Je stationne sur l'accotement pour nettoyer les phares et la vitre arrière. Peu de voitures. « Je suis inquiète de ton retour, sois prudent », me supplie Coralie. Pas de radio FM pour me distraire. Je reprends le dialogue avec Isabelle et Marc. « Pas bête du tout! » avais-je soufflé.

Par courriel, j'avais décrit à Coralie l'échange possible, souhaitable même.

Je t'ai précédé, m'avait-elle répondu aussitôt, *en obtenant le prix approximatif de ce style de maison auprès d'un agent immobilier. Je te montrerai les calculs établis pour le prix d'achat. En jouant sur les rénovations (sous-sol inachevé, cour arrière à paysager), nous pourrons obtenir un rabais important sur le montant final. Est-ce possible, une maison à nous? Viens vite. Apporte tous les documents nécessaires.*

Je t'...
Coralie.

Je souris en me souvenant de sa détermination et de son habileté en obtenant presque le prix souhaité.

Deux semaines plus tard, j'avais demandé à Coralie de se joindre à Marc et Isabelle qui venaient à Montréal. Ils avaient effectué les mêmes démarches auprès d'un agent immobilier et d'un inspecteur en bâtiments.

J'avais déposé sur la table de la salle à dîner contrat du notaire, hypothèque de la banque, assurances. Après plusieurs heures, nous avions abouti à une transaction heureuse. Tous les quatre, nous nous étions embrassés, ravis que les affaires n'aient pas entamé notre amitié. « Ben, Coralie, nos hommes doivent nous aimer un peu pour accepter un tel chambardement! » avait souligné Isabelle.

Nous avions peu dormi. Coralie avait étalé sur le lit le résultat des transactions : un gain de plusieurs milliers de dollars pour les rénovations futures. Je l'avais prise un long moment dans mes bras pour l'obliger à se détendre. « Et pourquoi pas un voyage en France, comme tu le souhaites tant? » avais-je murmuré à ma comptable endormie.

Arrêt à l'Étape pour me reposer, manger une soupe et boire un café. Je reprends la route en suivant de loin les feux arrière d'un camion qui me guide dans la poudrerie et les courbes nombreuses qui contournent le lac Jacques-Cartier.

Qu'annonce cette nouvelle vie dans laquelle je m'engage? Je ne sais si c'est la tempête qui balaie la route qui m'affecte ou la fatigue des longues heures depuis mon départ sans retour d'un passé vécu dans une vie antérieure. Je me secoue pour ne pas plonger dans la mélancolie devant un futur incertain avec une femme merveilleuse de tendresse. Mais qu'adviendra-t-il de ses pannes possibles de désir? Pourra-t-elle un jour vaincre sa peur inconsciente qui l'empêche d'accéder à la plénitude harmonieuse de l'amour? Recommencer une carrière auprès d'étudiants, de collègues, dans un milieu délaissé depuis tant d'années? Un rideau de tristesse vague m'a empêché de reconnaître les abords du lac Tourangeau. À gauche, plus loin, un stationnement où sont garés plusieurs poids lourds offre à mon souvenir la barrière et la maison blanche aux volets noirs qui annonçaient la fin du Parc des Laurentides. Sur le boulevard Talbot, je tourne au rond-point, vers Jonquière.

La tempête s'est apaisée et sommeille, sous un froid de -12 °C. La neige blanche de l'autoroute crisse sous les pneus, si loin de la gadoue des rues de Montréal. Un soleil timide perce sur la ville à travers la fumée des cheminées. Je stationne rue des Érables. Dans la fenêtre, le rideau se lève sur le visage heureux, épanoui de mon amour. J'arque le dos, étends les bras et les jambes, ivre de fatigue. Voilà, ai-je pensé, en sortant de la voiture, l'enfant du pays renaît dans la joie incertaine de sa seconde venue au monde.

Chapitre 33

— Emmanuel! s'écrie Coralie, tout heureuse. C'est lui!

Elle reconnaît son frère dans l'homme qui agite les bras. Je stationne la camionnette sur l'accotement bordé d'une falaise de neige, content de retrouver, sous la tuque, le visage cuivré de Julien.

— On t'avait promis de passer Noël à ton camp. Nous v'là!

— On n'est pas encore arrivés! Hé! ma petite sœur, du cuir des pieds à la tête. Pis toi aussi! s'amuse-t-il en nous serrant dans ses bras.

— Du butin chic de Bernard et de Florence, répond Coralie.

— J'avais reconnu sa camionnette, répond-il en s'avançant vers la remorque.

Il m'aide à en sortir le traîneau, fait glisser les deux madriers cerclés de fer sur lesquels descend la motoneige.

— Une Bombardier. Ça tourne comme une toupie! crie-t-il, sous le vrombissement du moteur. Une belle machine!

Le traîneau accroché, nous rejoignons Coralie.

— Le père Gagnon m'a laissé ta liste. On t'en a apporté un peu plus.

— T'as fait encore des folies, hein? Comme à chaque fois.

Il la gronde, mais ne peut s'empêcher de rire, d'un

rire plein de tendresse. Le froid pique. La boule rouge du soleil peine à quitter l'horizon. Sous nos bottes, la neige empesée du chemin craque pendant que nous transportons deux glacières, nos sacs de vêtements et une boîte de bois pleine de provisions que Julien enroule dans une couverture et attache avec des courroies. Il jette ensuite sur son gros traîneau une toile solidement nouée aux œillets des montants.

— C'est quoi, là-dedans?

— T'as pas le droit de savoir. Des surprises, lance-t-elle.

— T'as engraissé encore? Tu t'es vue dans ta *soute*? Tu ressembles à ma tante Angélina!

Elle le bourre de coups avec ses grosses mitaines.

— Je suis pas grosse! C'est ma combinaison qui...

Il l'arrête, la soulève de terre et la jette dans mes bras.

— Je te plains avec une furie pareille!

Nous transportons sur ma *sleigh*, comme il l'appelle, cinq bidons d'essence de cinq gallons chacun, des contenants de naphta et d'huile pour les lampes. Dans une caisse de plastique, il dépose des boîtes d'aluminium de différentes grosseurs où nous avons rangé les condiments et les éléments de base de la cuisine.

— Et les œufs? J'en ai trois douzaines!

— T'es cinglé, Emmanuel! Tu veux une omelette? Comment les transporter sans les casser? Va les déposer sur le siège de ma motoneige. J'ai déjà réussi des miracles!

Coralie et moi retournons à la camionnette.

— Tiens! le cadeau de Florence, lui annonce sa sœur en lui remettant une boîte qu'il ne peut ouvrir avant ce soir, veille de Noël.

— Le cadeau de Bernard, ai-je continué en glissant dans sa main un quarante onces de gin De Kuyper. Pis le mien!

— Deux quarante onces? Je me soûle pour une semaine! T'en veux une p'tite *shot*?

Je refuse en jetant un regard vers la motoneige. Nous attachons nos casques. Coralie s'assoit derrière moi et m'encercle de ses bras. Les moteurs vibrent. Julien lève la main et s'élance, tandis que je l'accompagne, les oreilles assourdies par le bruit. La motoneige, comme un pur-sang, obéit aux moindres désirs que je lui impose, les mains sur les guidons. Julien ne force pas la vitesse, ralenti comme moi par le lourd traîneau qui oscille quelquefois sur les renflements de la route ou les congères soufflées par le vent en face de la grande tache blanche des lacs.

La journée d'hier avec Bernard, au lac Kénogami, m'a permis de m'habituer de nouveau à sa Bombardier dont la direction des skis, les chenilles et le mouvement me sont devenus familiers. Précédés d'un soleil timide qui bleuit le ciel et dégage les grandes épinettes, nous filons sur une neige dure. Personne devant nous, en ce 24 décembre, à avaler des kilomètres. Coralie se couche par moments sur mon dos. Je la sais heureuse, reposée, en harmonie avec la nature sauvage, avec ses amours, Julien et moi.

Elle m'avait reçu trois jours auparavant, anxieuse dans son bonheur, tendue par les heures d'attente, les événements de l'achat de notre maison et sa vie maintenant liée à la mienne à laquelle elle ne s'était pas encore habituée. J'avais désavoué les nombreuses heures supplémentaires qu'elle avait acceptées « pour dépanner la directrice du département ». « Ça tombe bien. Tu sais, on aura besoin de sous. » « Ta santé, tu devrais la protéger pour nous deux et le petit. » Ce dernier argument l'avait émue et rendue plus économe de ses forces. Elle avait accepté que je la gâte durant ses deux dernières nuits à l'hôpital. Elle revenait le matin, prenait le petit déjeuner que je lui avais préparé en me redisant le mot d'amour que j'avais glissé dans son lunch. Je courais ensuite acheter la liste d'épicerie de Julien. Chez papa, nous avions préparé ensemble pendant deux jours des mets pour estomacs solides, que les efforts dans une nature froide et hostile rendraient indispensables.

Je la cueillais fin d'après-midi. Le souper mijotait pendant qu'elle me présentait les plans de décoration de chacune des pièces de notre maison et le calcul des dépenses. Je riais d'elle qui, vexée, faisait mine de bouder avant de me sauter au cou. J'aimais la petite fille, rêveuse incorrigible. Elle dormait une heure avant de me quitter pour son travail dans sa robe d'infirmière.

Un vent coulis glisse parmi les arbres et frise les massifs encroûtés qui bordent les côtés de la route. On dirait qu'il a neigé dans le ciel avec les nuages éparpillés comme des congères tassées par la brise. Je rattrape Julien et, d'un grand geste, lui demande d'arrêter.

— Hé! bonhomme. Tu cherches à gagner la course?

— Toi, le gars de Montréal, faut t'endurcir! répond-il en contractant les courroies de son traîneau.

Il reprend le même geste que le mien, resserre les bouchons d'essence. Coralie soulève le banc de notre motoneige, sort deux thermos, en tend un à son frère et m'offre l'autre.

— Du chocolat chaud? Oh! ma petite sœur, j'en ai pas bu depuis des mois!

J'enlève mon casque et celui de Coralie pour retrouver son visage et son rire. Elle boit une gorgée, se brûle, en reprend une autre. La boisson chaude nous revigore. Julien boxe avec moi, tandis que Coralie danse pour se délier bras et jambes. Je regarde la forêt dont les épinettes ploient sous d'épais manchons de neige. Partout, des traces de lièvres.

— Encore une heure, mes enfants! souffle Julien en abaissant la visière de son casque.

Malgré la fine poudrerie que soulève un vent aigre, je ne ressens pas la morsure du froid. Je demande à quelques reprises à Coralie si elle a froid. « Non. Un tout petit peu aux pieds. Ça va! » crie-t-elle. Elle se repose en s'appuyant sur le haut dossier de la motoneige, puis place de nouveau ses mains autour de ma taille ou sur mes épaules.

Quatre motoneigistes surgissent au loin, s'avancent vers nous dans le bruit des moteurs et nous saluent de la main. Le voyage progresse dans un paysage sans cesse renouvelé de lacs où souffle une faible neige et de conifères qui forment rempart contre le vent. Sur plusieurs kilomètres, une coupe à blanc a ravagé la forêt, devenue un lieu désolé, cimetière de troncs d'arbres, de branches figées, d'arbres entremêlés, de souches renversées avec leurs mottes de terre que la neige n'a pas ensevelies. Nous contournons un lac très vaste, aux plaques luisantes et crayeuses : « Le lac à la Croix! crie-t-elle, tout agitée. On arrive! » Julien bifurque soudain à gauche et s'engage lentement dans une piste creusée par les chenilles. Des branches fixées dans la neige balisent la *trail* qui traverse une partie du lac.

Sur la pointe d'une baie s'avance vers nous, dans la lumière du midi, le camp en bois rond couleur de miel que font ressortir la forêt de conifères empanachés de blancheur et, à sa gauche, le tronc des bouleaux. De ses larges fenêtres, il regarde le lac à ses pieds. À côté se cache la remise, en bois rond elle aussi, à moitié ensevelie sous la neige. Les motoneiges abandonnent le lac, grimpent la pente légère et s'immobilisent. Julien, debout, rit, ouvre les bras qui embrassent le camp et la nature sauvage tout autour.

— Mon domaine! Je vous invite chez moi.

Je me tais, ébahi par l'étendue du silence et la vertigineuse beauté qui s'étale partout où se pose le regard. Le soleil de midi inonde de cristaux la neige éblouissante de blancheur, creuse des ombres violettes autour du camp. Nous prenons un moment pour nous dégourdir avant de vider les traîneaux et d'entrer. Je reste sur le seuil, saisi par la lumière qui inonde la pièce principale. Coralie s'émerveille de la propreté, enlève bottes et combinaison. Nous l'imitons. Elle dispose déjà des provisions, tandis que Julien va vers le poêle à quelques pieds du mur, jette sur la braise encore chaude des morceaux de bouleau qui s'enflamment. La chaleur revenue bientôt enlèvera l'odeur de bois brûlé et de renfermé.

— Hé! ma petite sœur, laisse-nous souffler. Viens t'asseoir un moment.

Elle s'approche, m'embrasse au passage, se berce près du poêle. Julien vient vers nous, verse dans deux tasses du gin De Kuyper et une liqueur dans celle de Coralie.

— Voici pour toi, Coralie, un cadeau de Maxime. Il est venu fin novembre, a trappé avec moi durant trois jours avant de repartir, son traîneau plein de viandes. Ouais! trois belles journées! reprend-il, une pointe de regret dans la voix.

Intriguée, soupçonneuse, Coralie examine le liquide brun, le renifle, me le laisse goûter.

— C'est un pineau des Charentes très doux. Déguste-le à petites doses!

J'ai versé de l'eau chaude dans ma tasse. Le gros gin brûle, mais me détend. Je marche dans le camp qui ressemble en plus petit à leur chalet où j'ai connu mon amour. Isolé pour l'hiver, il garde longtemps sa chaleur pendant les froids sibériens. Julien peut revenir après plusieurs heures sans crainte de geler. Une bonne attisée suffit souvent. Il lui a fallu deux ans pour le bâtir, lui, le menuisier et l'homme aux cent métiers.

— Y a pas un trappeur qui s'est offert un camp comme le mien! ajoute-t-il, non sans fierté.

Il me fait visiter sa chambre, petite, et, à l'autre bout, la toilette. La porte fermée du milieu m'intrigue.

— Ça, c'est mon antre.

Une fenêtre éclaire un établi qui court des trois côtés des murs. Des planches de formats variés, « des moules », comme il les appelle, où il fixe les peaux, occupent un mur. Ailleurs, accrochés partout, des pièges de différentes grandeurs. Certains traînent dans un coin. Des couteaux, des grattoirs.

— Des Colbert, ces pièges qui tuent sur le coup. Les animaux ne souffrent pas. On nous prend quelquefois pour des barbares. Ceux qui les connaissent et les aiment, c'est nous! Les vrais barbares, ce sont les barrages qui les noient, les coupes à blanc qui leur enlèvent leur territoire, les pesticides des gouvernements et des compagnies forestières. L'homme le plus amoureux de la forêt et des animaux sauvages que j'aie connu, c'est mon ami Maxime, l'Indien. Il m'a laissé son héritage!

Il se tait, surpris sans doute d'avoir dévoilé les songeries de ses soirées d'hiver et des heures à essayer de déjouer les ruses d'adversaires qu'il admire.

— Le métier d'un trappeur commence à la barre du jour et finit vers minuit. Sept jours sur sept, énonce-t-il, comme une vérité toute simple. C'est pas tout de piéger un renard ou un castor. Faut les vider, « les dépiauter », comme on dit, nous autres. Puis séparer la peau de la chair et de la graisse, en taillant par petites coupes. Gratter les moindres morceaux. Un travail de patience et de finesse. Préparer une peau de castor, tu sais le temps que ça prend à un gars habitué comme moi?

— Non, je sais pas, dis-je, haussant les épaules.

— Au moins un bon quarante minutes.

— Faudra que tu me montres, un de ces jours.

— Bien sûr!

Nous sommes revenus dans la grande pièce, attirés par une odeur délicieuse. La table déjà mise, Coralie brasse la soupe aux légumes sur le poêle. Un gros jambon trône sur la table. Le four réchauffe une baguette de pain. Dans une assiette, des feuilles de laitue.

— J'ai enveloppé deux salades Boston dans une serviette. Elles n'ont pas gelé, répond-elle à ma mine étonnée.

Julien rayonne à la pensée de vivre une veille de Noël et un 25 décembre avec sa sœur et son beau-frère, dit-il en souriant. Le plus beau cadeau depuis ses cinq ans en plein bois.

— Je veux aller lever quelques pièges avant la brunante.

Pendant qu'il s'habille de sa vieille combinaison et enfile ses bottes, je lui demande où percer un trou dans le lac pour pêcher quelques truites. Il s'avance vers l'une des fenêtres.

— Tu vois l'épinette piquée dans la neige? J'en ai creusé un tout près. Apporte la scie mécanique sous mon lit, la tranche et une pelle. La glace s'est prise de nouveau. Depuis le temps!

Près de la remise, d'un bouquet d'arbres épargnés par la neige, je coupe un sapin de trois pieds, branchu, à la forme élégante. Dans une bûche amputée de moitié, je creuse un trou grâce à un vieux vilebrequin égaré dans le cabanon. Coralie m'ouvre la porte. Elle enlève de mon épaule le panier où gisent plusieurs truites de belle taille, s'exclame à la vue du petit arbre fiché dans sa bûche.

— Hein, un sapin de Noël?

— Je l'ai préparé pour toi.

Ses mains pleines de farine n'osent me toucher, mais elle m'offre ses lèvres. Sur la table, la recette de sa grand-mère écrite de sa main. Dans des moules lèvent les pains qu'elle a pétris.

— Je t'aime, Emmanuel! répète-t-elle plusieurs fois, gourmande des mots d'amour.

— Ne regarde pas!

J'extrais de mon sac une bouteille de vin, une boîte et du papier d'emballage dissimulés à travers le linge. Je m'esquive vers la mezzanine. Sur le grand lit, je dépose trois boîtes où cacher mes cadeaux. Plusieurs autres boîtes traînent dans un coin à droite où sont accrochés des ballots de fourrure si soyeux à l'œil que je n'ose les palper. Le petit sapin s'est embelli de boules de Noël, de glaçons, de papillottes colorées. À ses pieds, trois boîtes recouvertes de papier aux couleurs vives, avec des noms dessus.

Coralie a nettoyé la table et s'est éclipsée vers la mezzanine. Je sors un gros poulet d'une des deux glacières, des légumes et des épices. Le soleil a disparu de l'horizon. Sur la vaste étendue du lac, sur les arbres enneigés tombe lentement le crépuscule. Le spectacle de cette nature sauvage m'étreint par sa solitude. Non, ai-je pensé en découpant le poulet, non, je ne pourrais vivre ici. Y demeurer quelques jours pour me reposer, fuir les bruits de la ville, m'ouvrir à sa beauté, bien sûr. Mais la compagnie des hommes me manquerait bien vite.

Je tends l'oreille et me hâte vers la fenêtre de la porte. La motoneige de Julien débouche du sentier, s'arrête près de la remise. Du traîneau, il sort deux castors qu'il accroche au plafond, revient avec un renard et un animal plus petit qu'il suspend auprès des deux autres. Je lui ouvre la porte.

— Bonne chasse?

— Ouais! j'ai visité juste une partie de mon

territoire. T'as vu le renard argenté? Superbe! Et la loutre aussi.

Il « dételle », selon son expression et marche « en pied de bas » vers le sapin de Noël. Il hoche la tête, décontenancé par sa décoration et ses cadeaux, bouleversé par l'extraordinaire odeur du pain qui cuit. D'autres attendent d'être enfournés. Comme si sa grand-mère vivait ici avec nous. Il s'arrête près de la table et me regarde assaisonner les morceaux de poulet et les légumes. Coralie descend avec des boîtes dans les mains et les dépose au pied de l'arbre.

— Tu nous avais promis ton fameux ragoût, Julien! Tu nous le prépareras pour le voyage de chasse avec Bernard, à l'automne.

— Tu remplaceras Richard! Ça serait bien si tu venais quelques jours, Emmanuel!

Le chalet est plongé dans l'ombre. Coralie examine l'obscurité blanche de la neige et la frange rosée que rongent les grandes épinettes de la montagne. Son frère, près d'elle, allume le fanal à naphta, l'accroche à un clou de la poutre qui traverse le camp en son milieu. La lumière crue inonde la pièce et creuse des ombres derrière le poêle et près des armoires de la cuisine. Coralie se tourne vers son frère :

— Toi, tu sens le vieux garçon! Tu te laves. Ensuite, je te coupe les cheveux. Ton premier cadeau de Noël!

« Décrotté », comme le lui rappelle sa sœur, il s'est assis sur une chaise, une serviette autour du cou, et subit la poigne solide de Coralie et les ciseaux qui coupent dans la tignasse longue de cinq mois. Je lui apporte un gin De Kuyper coupé d'eau chaude et de miel.

— Ça fait passer la torture! soupire-t-il.

Chacun s'est endimanché pour cette veille de Noël

unique, qui restera gravée en nous comme un moment inoubliable de notre vie. Les odeurs de pain, de bois qui brûle et pétille, celle des mets qui mijotent nous rendent sensibles à la tendresse qui nous unit, à la jeunesse nouvelle de Julien sans sa crinière, à la beauté de Coralie qui prépare la table.

Julien éteint le fanal pour allumer deux lampes à la lumière tamisée. Je suis allé vers la fenêtre regarder le croissant de la lune et le jardin d'étoiles neuves dans le ciel. Elle me rejoint. Comme moi et son frère sans doute, je la sens émue devant ces instants fragiles de beauté et de ferveur. Je tire Julien de côté et lui demande à voix basse s'il veut devenir notre témoin. Il hausse les épaules, ne comprend pas.

— Tu verras tout à l'heure.

Coralie pose une lampe à huile sur le comptoir et l'autre sur le plancher. La lumière jette des reflets d'or sur les boules et illumine l'arbre tout entier.

— Je commence? demande-t-elle.

— Laisse-moi celle-ci, dis-je en prenant une boîte plus petite pour la placer sur la table.

Nous avons déballé nos cadeaux dans la bonne humeur, à travers l'amoncellement du papier et des boîtes. Julien a tenu à parader avec la chemise de drap épais, aux motifs variés, que je lui ai offerte, ainsi que le chandail à col roulé qui le tiendra au chaud durant les grands froids de l'hiver. À ses poignets, Coralie porte une montre et une chaîne d'or, elle qui n'ose pas encore s'acheter des bijoux et des produits de beauté. Elle m'a donné une Waterman pour que je continue à lui écrire des mots d'amour. Julien, qui se doutait des étrennes de sa sœur, a bien ri en les recevant : une tuque, des pantoufles, des mitaines et trois paires de bas doublés qu'elle lui a tricotés. Dans deux boîtes d'écorce de bouleau qu'il a mis des heures à confectionner et dont le couvercle ouvragé s'orne de verroteries indiennes, il a déposé deux casques de martre et de castor. Un ancien trappeur de ses amis, Ti-Dé Desbiens, les lui a offerts en échange de deux fourrures.

— Et ce cadeau pour toi et pour moi? me demande-t-elle en prenant la boîte sur la table.

Je me lève, grave sans le vouloir. J'essaie de parler, ému tout à coup devant ces instants vécus dans un chalet du bout du monde. Coralie m'observe, incertaine devant mon attitude solennelle qui m'est si peu habituelle.

— Julien, peux-tu être notre témoin?

Il se lève et se place en face de nous. Il a compris, je le sais à son regard. Du premier boîtier, je sors une bague cerclée d'un diamant.

— Coralie, veux-tu devenir ma fiancée?

La surprise, l'effarement s'inscrivent sur son visage. Elle balbutie, ne sait que dire. Elle se jette à mon cou, les yeux pleins de larmes. Julien, plus ému qu'il ne paraît, répète en souriant :

— Tu lui as pas répondu!

— Il sait que je l'aime! parvient-elle à murmurer.

— Tu lui as pas répondu! insiste-t-il.

— Oui, oui, Emmanuel! Tu sais que je le veux

Je lui prends la main et glisse la bague à son doigt. Je lui cède l'autre bague.

— Ma p'tite sœur, à ton tour de demander s'il...

— Emmanuel, dis-le que tu veux être mon fiancé.

— Oui, Coralie!

Sa main tremble et je dois l'aider à passer la bague à mon annulaire.

— Embrassez-vous! suggère le futur beau-frère.

Nous nous embrassons. Je la serre sur moi et la garde ainsi un long moment. Elle se calme, s'amuse de la consternation qui l'a saisie et l'a empêchée de trouver les mots cachés au fond d'elle-même qu'elle espérait prononcer un jour, sans oser le croire.

— Je suis si heureuse! Tu es tout à moi maintenant.

Julien a voulu trancher le pain cuit dans son four, des tranches larges comme sa main, à la croûte blonde et dont il ramasse les graines tombées pour les porter à sa bouche. J'allume les bougies sur la table, ouvre la bouteille de vin. Nous attaquons les truites préparées par notre hôte et trinquons à notre bonheur. Coralie joue avec sa bague, examine sa main qu'elle trouve belle, tient ses yeux fixés sur moi, étourdie encore du cadeau de cette veille de Noël. « Toi, mon amour », souffle-t-elle à mon oreille.

Elle a dû raconter dans le détail sa venue à Montréal, les Expos et le jazz, sa rencontre avec sa nouvelle famille, Jacinthe, la sœur aînée et ses deux enfants, Bernard et Florence qu'il connaît déjà, et papa, surtout papa, les heures vécues chez lui au Portage Nord pour l'aider à guérir d'une bronchite.

— Dans ta lettre que le père Gagnon m'a laissée, t'as écrit que vous vous étiez acheté une maison à Jonquière?

— Une maison, troquée avec mon appartement en copropriété. On a même réussi à échanger nos postes de professeurs, Marc et moi, ai-je ajouté à un Julien étonné, qui n'ose y croire.

— T'es revenu dans la région pour tout le temps?

— Pour tout le temps!

— J'suis bien content, manifeste-t-il. Elle mérite d'avoir un gars comme toi. Toi aussi, tu la mérites. Ma sœur, c'est une femme dépareillée!

Je me souviens de ses paroles dans la camionnette après la rencontre avec le gars de La Baie. Il portait alors la même admiration et la même tendresse envers elle.

— Faut pas pleurer, Coralie! Pour une fois que je te complimente!

Nous rions de la sincérité de Julien et de l'émotion qu'il ne parvient pas à cacher.

Il a pris une deuxième assiette de poulet et de légumes.

— Un banquet, avec une entrée, une soupe, pis un plat principal, arrosé de vin, je connais pas ça. Je mange souvent le soir sur le bout du comptoir, la chemise sale et les bas mouillés, avant d'entrer dans ma cache pour préparer les peaux jusqu'à minuit.

— Hé, on n'a pas fini! s'écrie Coralie en ouvrant une armoire où elle a caché un gâteau qu'elle dépose devant son frère.

— Un renversé aux ananas! Mon gâteau préféré.

— Pour te remercier des compliments de tout à l'heure!

Nous sommes restés longtemps autour de la table à écouter Julien, plutôt réservé d'habitude, raconter sa vie de trappeur qui commençait à lui peser depuis le départ de Maxime venu, l'an dernier encore, passer quelques jours chez lui avant de retourner dans son territoire. L'attente de l'arrivée de son ami, sa visite, deux mois plus tard chez l'Indien, allégeaient sa solitude.

Une crainte, depuis quelques mois, le taraude et le fait jongler. Des gars d'une compagnie de papier ont arpenté la montagne, en face. Ils prenaient des mesures, sciaient une bûche par-ci, par-là, notaient dans un cahier. Ils ont survolé le territoire durant plusieurs heures.

— Pas vrai, t'as peur qu'un jour des coupes à blanc...?

— Ouais!

Le silence se glisse entre nous. J'en profite pour raconter le dernier voyage de chasse de Bernard, en septembre dernier, au camp de Julien : « Un fameux guide qui connaît son territoire comme le fond de sa poche », répétait mon frère. Grâce à ses conseils, Bernard et son ami Marcel avaient abattu un *buck* de six ans. Julien et un autre gars avaient tué, eux aussi, trois jours plus tard.

— C'est curieux! Bernard n'a pas voulu me révéler le nom de cet homme.

« Tu poseras la question à Julien. Moi, je me souviens plus de son nom. » Il mentait! C'est qui ce chasseur mystérieux? ai-je insisté.

Julien se lève, verse de nouveau le thé bouillant dans sa tasse, s'assoit dans la berceuse qu'il tourne vers nous. Coralie s'est approchée de moi, mal à l'aise. L'attitude de son frère lui paraît suspecte. Il continue à se bercer, boit le thé d'un geste lent, à la recherche des mots qui exprimeraient sa pensée. Il lève la tête, rive ses yeux à tour de rôle dans ceux de Coralie et les miens.

— Ce gars-là, c'était Richard!

Je réussis à ne rien dire, tandis que Coralie ne peut taire un « ah, misère! » Nous écoutons le silence qu'interrompt le crépitement du bois dans le poêle.

— Pourquoi il m'a achalé pour venir avec nous? Est-ce qu'il croyait que j'ignorais sa saloperie avec Régine? C'est pas possible. Il savait. Par culpabilité afin d'être pardonné? Il ne pouvait plus vivre avec sa faute. Il me l'a dit.

— Et toi? Pourquoi as-tu accepté de l'inviter? fais-je, décontenancé.

— Pour l'éliminer. Le projet avait mijoté jour après jour dans mes jongleries. Je l'exécuterais sans laisser de trace. Ce matin-là, je l'ai conduit vers les pistes fraîches d'une femelle et de son petit, près de la décharge d'un lac à plusieurs kilomètres d'ici. Richard, à la différence de ton frère, Bernard, c'est pas un chasseur. Il a pas le flair, ni l'œil. Il s'est égaré, a cherché à retrouver les traces, comme un incapable. Je l'ai guidé tout doucement vers un terrain où des bruyères poussaient parmi des chicots morts. Pas un arbre. J'ai jamais vu un animal sauvage marcher dans ces broussailles. Leur instinct les avertissait d'éviter un ancien marécage que les années avaient recouvert d'une couche de terre. En dessous, la boue devait fermenter en brassant par bouillons des feuilles pourries, des morceaux d'arbres, de la terre apportée par l'eau d'une source, peut-être. « On prend un raccourci par là », m'a-t-il lancé, sûr de lui. Je l'ai regardé s'approcher du bord, s'aventurer de quelques pas sur cette terre meuble dans laquelle ses bottes se sont enfoncées. Il a cherché à se dégager, mais non, il pataugeait, ses jambes commençaient à disparaître. Il s'est jeté à plat ventre, mais le marais commençait à l'avaler. Ses yeux fous de peur me fixaient, sa bouche s'est mise à râler : « Julien, aide-moi, laisse-moi pas crever, Julien! » Toute ma colère, toute ma haine, le marécage que je gardais en moi et qui me pourrissait l'âme, se sont envolés devant ses yeux remplis d'épouvante. Je lui ai lancé la corde que je porte autour de la taille, à la grosse chasse. Je l'ai tiré jusqu'à mes pieds où il est resté un bon moment, écrasé de panique, de honte, je crois, et de reconnaissance. Il savait que j'aurais pu le laisser s'enterrer vivant. « Retourne au camp, Richard. Lave-toi et essaie de te reposer. Ce qui restait de mort entre nous, on l'a abandonné dans le marais. Laisse-moi seul, veux-tu? » Je n'ai pas reconnu ma voix, douce. Je l'ai regardé disparaître au tournant de la piste, surpris de pleurer à grosses larmes.

Coralie se lève et serre dans ses bras son grand frère. Les mots deviennent inutiles pour exprimer sa compassion et son amour pour lui.

— J'ai souvent réfléchi à mon geste, a-t-il poursuivi. Je lui ai pardonné, façon de dire, pour me délivrer.

Il se tait un long moment, déambule dans la pièce, creusant des ombres sur le mur. L'atmosphère est redevenue légère. J'en profite pour bourrer le poêle d'une bûche de bouleau. Nous restons collés l'un contre l'autre, et lui, à se bercer dans la chaise. Les bougies agonisent, les lampes achèvent de brûler leur huile. Julien rallume le fanal au naphta. La lumière crue éclaire la vaisselle sale sur la table et le comptoir. D'un geste, il nous oblige à nous habiller et à marcher dans la piste durcie, creusée par les motoneiges.

— Une nuit de veille de Noël bourrée d'étoiles et une lune pareille, faut fêter ça! Allez, les amoureux. Moi, je lave la vaisselle. Non! Emmanuel, t'as rien à dire. Va avec ta fiancée!

Nous marchons vers la piste du lac, sur une neige qui crisse sous nos pas. Les casques de fourrure nous gardent la tête et les oreilles bien au chaud. La nuit laiteuse nous guide et découpe les branches qui servent de balise. La face sombre de la montagne engoncée dans les étoiles, la vaste plaine du lac où se reflètent les éclats de la lune nous subjuguent. Seul, perdu dans l'immensité, se détache, minuscule, le camp de Julien où brille l'œil du fanal.

— Je me sens tellement petite dans cet espace démesuré, dit-elle. Il m'angoisse, je ne sais pourquoi. Aujourd'hui, cette nature m'a rendue heureuse, légère, près de toi. Ou avec Julien, les deux Noëls vécus avec lui. Mais la nuit, elle m'écrase. Qui suis-je aujourd'hui parmi les milliards de vivants et morts depuis des siècles? Ce sentiment, je le porte en moi depuis toujours. Tu es le seul à qui j'ai osé en parler. C'est pas très original, hein? Tu en as été habité, toi aussi?

— Oui, comme toi. Le sacré, il réside dans le sentiment de petitesse, dans notre vulnérabilité devant ce qui nous dépasse : la nature, la mort, l'amour. Tiens, pourquoi ai-je voulu vivre avec toi? Et toi, pourquoi as-tu accepté de me confier ton passé, ton avenir, ta vie? Toutes les explications ne pourront éclaircir le mystère de notre rencontre.

— Embrasse-moi pour que je me sente moins seule.

Elle m'enlace avec une passion inconnue. Elle prolonge son baiser jusqu'au tremblement de tout son être, comme si elle l'attendait pour desserrer son étreinte. Elle s'abandonne sur mon épaule afin de reprendre le battement normal de son cœur, me confie-t-elle.

— Coralie, ma fiancée, ma fiancée dans l'amour!

— J'ai eu envie de toi durant tout l'après-midi. Les heures s'allongeaient, sans que j'ose te toucher ni me blottir en toi. Je suis maintenant ta fiancée, le plus beau cadeau de ma vie. J'ai peur que t'en profites trop, dit-elle en s'élançant sur la piste.

Je l'attrape bien vite. Elle tombe, empêtrée dans ses vêtements, se plaint de s'être blessée. Je fouille sous la combinaison à la recherche de la blessure. Chatouilleuse, elle rit, se tord, crie au secours. Je la relève.

— Tu m'as attendue. Je t'aime pour ta patience, pour ta tendresse. Tu es merveilleux!

— Et toi aussi, tu es merveilleuse et très belle.

Elle se laisse embrasser. Son visage rieur tout à l'heure a pris une gravité imprévisible. Je le tiens entre mes mains.

— Les paroles de Julien m'ont prise au cœur. Il a voulu m'atteindre à travers son histoire avec Richard, peut-être.

Je l'aide à monter la butte qui mène au camp. Nous entrons, heureux de retrouver la bonne chaleur du poêle. Julien se berce, emmitouflé dans sa jonglerie. Il s'étire, bâille avant de se lever. La lampe creuse des hachures d'ombre sur son front, les commissures de ses lèvres, et lui compose un masque cuivré. Il s'amuse des joues rouges de sa sœur et de son casque de loutre qui l'avantage.

— Moi, je vous laisse pour me lever tôt. Je dîne avec vous. Je vais reprendre ensuite la levée de mes pièges, du côté sud. Le poêle bourré de bûches va chauffer plusieurs heures. Bonne nuit.

Nous restons seuls dans la pénombre. Une bougie et les interstices du poêle suffisent à deviner l'emplacement de la table, les chaises et son visage à elle. Je la berce, pelotonnée sur elle-même, les mains autour de mon cou, lourds tous les deux du besoin d'aimer. Elle goûte les baisers sur ses yeux fermés, son cou, sa bouche que j'effleure. Mes mains caressent en douceur ses seins, libres sous la blouse et le chandail.

— Tout est doux chez toi, ces derniers jours, même ton caractère!

Elle se retient d'argumenter, trop engourdie d'amour, serre ma main afin que je devine sa bague. J'apporte la bougie pour éclairer la montée de l'escalier vers notre chambre. Sur une marche, Julien a laissé une lampe que j'allume et dépose sur la table de chevet. Elle me demande de l'aider à enlever la combinaison thermos enfilée avant son départ en motoneige, ce matin. Mes mains parcourent lentement son corps satiné que la lampe à huile dore, projetant ses formes sur le mur comme des ombres chinoises.

— Tu es belle, Coralie.

— J'ai besoin que tu le dises.

La peau d'ours sur laquelle nous nous étendons est moelleuse. Elle se serre contre moi, bientôt emmêlée en moi dans un besoin irrépressible d'être caressée, dans un besoin inassouvi de baisers. Je la découvre flamme vive brûlant son passé, ses peurs, ses hontes, consumée dans une passion amoureuse inconnue d'elle jusqu'alors. Je la prends brutalement pendant qu'elle m'offre sa bouche et qu'elle me rejette pour me reprendre aussitôt de peur d'être abandonnée. Le feu en elle l'agite. Elle module une plainte qu'elle ne peut réprimer et gît maintenawnt, immobile, sur une plage inhabituelle qui la ramène à elle-même et à son amour. Elle ouvre les yeux, me regarde cueillir sur son visage les gouttes de sueur qui roulent comme des perles.

— Coralie, tu es revenue d'un beau voyage?

Elle se tait, pose sa tête sur ma poitrine. Je caresse son dos, sa hanche, sa jambe repliée.

— Je me suis perdue en toi, mon fiancé, si heureuse de t'avoir rejoint. Oui, un merveilleux voyage!

— Tu veux dormir?

— Non, mais éteins la lampe.

Longtemps, le murmure de sa voix s'est rappelé d'elle, de nous, de notre vie à peine éclose, de notre maison. De mon nouveau travail avec des collègues inconnus, à part, bien sûr, « la divine Odile, pot de colle! » Je la bourre de coups légers comme des caresses qui l'effleurent de partout dans la nuit d'encre de la mezzanine.

— Prends-moi de nouveau, Emmanuel!

J'ai posé la main sur sa bouche pour éteindre le gémissement qui montait de ses lèvres. Longtemps, j'ai attendu le sommeil, accablé de bonheur. J'ai tourné la tête vers la fenêtre où pleuvaient les étoiles.

Chapitre 34

De la fenêtre, je vois poindre l'aube au-dessus de la forêt poudrée, rayée de marbrures roses. Je recouvre Coralie de la couverture et m'habille. En bas, Julien a jeté une bûche de bouleau dans le poêle qui réchauffe la pièce. Le café préparé, il lève les yeux vers la mezzanine.

— Elle dort, ai-je murmuré.

Sans bruit, il marche vers le garde-manger, les pantoufles de sa sœur aux pieds. Son assiette déborde de fèves au lard, d'œufs, de jambon. Il coupe trois tranches de pain qu'il refuse de griller sur le poêle. Assis en face de lui, je le regarde dévorer son déjeuner.

— Faut respecter le pain de ménage de ma grand-mère, murmure-t-il.

Après quelques secondes, il reprend d'un ton badin :

— Les seuls œufs cassés, Emmanuel, sont dans mon assiette! T'as vu? J'ai tout neuf, ce matin : les bas, la tuque, les mitaines. Embrasse-la pour moi! De la neige pour la fin de l'après-midi, affirme-t-il avant d'ouvrir la porte et de me lancer un « salut, Emmanuel! »

La table dégarnie, je me débarbouille avec l'eau chaude de la bouilloire. Le vrombissement de la motoneige a disparu depuis un moment. Je tends l'oreille au bruit froissé, là-haut. Coralie apparaît bientôt dans une robe de nuit bleu pâle qui lui descend à peine aux genoux. Elle m'échappe sous le prétexte de se refaire une beauté. Je lui apporte l'eau chaude du « canard », selon le joli mot de Julien. Dans l'attente, je prépare le déjeuner, copieux pour moi, moins frugal que d'habitude pour elle, puisqu'elle mangera bien un œuf, des confitures aux bleuets préparées pour son frère et du pain de ménage. Elle désigne de la tête la berceuse où elle désire s'asseoir avec moi. Pour respirer son odeur, je ferme les yeux.

— Je suis laide à faire peur?

— Mais non, ma femme nouvelle, tu sens l'été.

Vrai, qu'elle est devenue une femme pour la première fois, cette nuit, songe-t-elle à haute voix. Elle éprouve un bonheur tout neuf, délicat, dont elle mesure le prix gagné sur la honte et la peur. Tous ces mois à espérer le feu qui la consumerait dans l'abandon de l'amour.

— Je t'ai toujours dit que tu étais une gagnante!

Nous revenons d'une longue promenade en raquettes sur la piste suivie par Julien, hier. Il neige toujours en flocons serrés dans une nature silencieuse. Le casque de fourrure de Coralie s'est changé en bonnet de neige. Elle enlève une de ses mitaines pour arracher les glaçons qui couvrent ma barbe, puis reprend sa marche, infatigable. Je lui demande de m'attendre. J'ai trop chaud. Mes jambes et mes cuisses brûlent de fatigue. De mon sac à dos, elle sort le thermos de thé. Je lui emboîte le pas, rafraîchi. Elle s'efforce de suivre mon rythme, tourne la tête, s'amuse de mes enjambées irrégulières, s'extasie devant la variété sans cesse changeante des paysages. Dans une courbe, sa main pointe un rocher grisâtre à peine visible sous la couverture de la neige, là, les figures fantasques des épinettes habillées de blanc. Le camp apparaît enfin avec son filet de fumée dans l'air très doux.

Après m'être changé, je me suis écrasé de fatigue

dans la chaise berceuse. Coralie, dans le soleil qui envahit la pièce, s'affaire déjà, légère, reposée. Je l'oblige à s'arrêter un moment, mais elle s'échappe.

Julien dîne avec nous et ne tarit pas d'éloges sur les mets préparés par papa et moi-même. Il reste à table pour boire son thé brûlant, avant sa sieste d'une petite demi-heure. Son frère parti, je veux aider Coralie à la vaisselle. Elle me pousse vers le vieux sofa, près de la porte, et me force à une sieste bien méritée, croit-elle. Combien de temps ai-je dormi? Il neige toujours. Coralie me demande de lui laisser de la place.

Elle glisse aussitôt dans le sommeil. Je la regarde, épanouie, fragile encore, nous le savons tous les deux. L'angoisse qui me tenaillait par moments s'est apaisée, transformée en une inquiétude intermittente qui m'abandonnera sans doute dans le quotidien de notre vie. Elle bouge, veut se retourner, ouvre les yeux. Elle se lève à demi, m'examine et dessine les traits de mon visage avec ses doigts. En m'embrassant, elle répète « je t'aime », se dévêt et m'oblige à la suivre. Elle repose maintenant parmi les vêtements égarés, troublée par ses débordements, comme si le feu qui l'embrase la consumait tout entière.

— Les gestes de l'amour m'apaisent maintenant, alors que j'en sortais insatisfaite, hier encore. Je sais que le désir chez moi va s'atténuer, disparaîtra peut-être par moments. Il faudra l'alimenter tous les deux.

J'admire sa lucidité et cette ténacité qui ont guidé sa vie et n'ont pas failli depuis tous ces mois vécus avec elle.

Julien, de retour avec une bonne récolte, verse deux doigts de gin De Kuyper dans sa tasse de granit qu'il remplit d'eau chaude et de miel, notre recette infaillible pour nous détendre. Il s'est revêtu d'un pantalon côtelé, de la chemise et du chandail que je lui ai offerts la veille, et trinque avec moi.

— Vous partez demain? C'est pas un peu vite? demande-t-il.

— Le camion de déménagement quittera mon appartement le vingt-huit décembre pour arriver à la maison vers la fin de l'après-midi. Je voudrais, avec l'aide de papa, peindre mon bureau et placer les étagères, le vingt-sept, de bonne heure le matin.

— Ouais! vous avez pas fini de sitôt!

— Ça serait bien, supplie sa sœur, si tu acceptais de tirer les plans pour terminer le sous-sol, revoir certaines boiseries, pis...

— Arrête, ma sœur! dit-il, la main levée. Attends au moins au printemps.

Autour de la table, nous ne parlons pas, attentifs à l'arôme et au goût relevé des mets, aux projets qui nous préoccupent. Julien regarde sa sœur à quelques reprises, et, la fourchette suspendue, la remercie d'être venue avec moi.

— Ouais, un vrai cadeau de Noël!

Il se lève, va chauffer le poêle d'une grosse bûche, ouvre la porte et saisit des flocons de neige.

— Un vingt-cinq décembre! Le père Noël nous a gâtés avec de la neige, comme on le souhaitait quand on était petits.

Je l'aide à déposer dans le garde-manger et la dépense, dehors, le contenu des glacières.

— Eh! De la bouffe pour plusieurs semaines! J'en reviens pas!

Nous remplissons d'essence les motoneiges et versons le reste des gallons dans un récipient de la remise. La lampe, qu'il tient à la main, éclaire les castors, les martres et les visons accrochés près de ceux qu'il a rapportés hier. Coralie se dirige vers nous, habillée de sa combinaison de motoneigiste, son casque à la main.

— Emmanuel! Notre voyage de fiançailles?

— C'est vrai, on l'a oublié! s'exclame Julien, tout heureux d'une balade de nuit en motoneige.

Pendant que j'endosse ma tenue de motoneige, sous le vrombissement des moteurs, j'entends les rires étouffés du frère et de la sœur. Julien a détaché les traîneaux et m'attend pour m'indiquer la route à suivre, puis descend la butte vers le lac pendant que je le suis, Coralie assise en arrière. La motoneige de Julien troue la nuit et transfigure la piste en un corridor ouaté, tandis que la neige qui tombe toujours flotte, irréelle, lisse, comme si elle déroulait un immense écheveau de laine. Le tapis qui couvre la glace roule sous le vent que soulève la vitesse des chenilles. Julien s'amuse à zigzaguer en dehors de la piste afin d'illuminer les dunes accumulées par le vent qui, sous la lueur des phares, laissent surgir, éphémères, des formes inconnues. Au bout du lac, il s'évanouit un moment dans la nuit, réapparaît ensuite sur le haut d'un banc de neige, éclairant la tranchée du chemin. Nous arrivons côte à côte sur la route, nos phares scrutent les formes fantastiques des épinettes qui marchent un moment vers nous, puis disparaissent pour laisser place à la surface indistincte d'un lac figé ou d'un rocher revêtu de glaces aux reflets métalliques.

— Superbe, notre voyage! crie la voix de Coralie qui couvre le ronronnement du moteur et me parvient, bouleversante de bonheur.

J'approuve de la tête. Quel Noël merveilleux, étrange! Dans cette nuit fervente, une paix et une joie profondes rappellent certains Noëls de mon enfance : mon premier bas de Noël tendu sur le mur de l'escalier avec ceux de mes frères et sœurs, le retour à la maison après la première messe de minuit et l'odeur de la dinde, sous le sapin illuminé du salon, le merveilleux cadeau de mon petit train électrique. Une fausse manœuvre me ramène vite auprès de Julien qui signale de la main la sortie de la route vers un sentier éclairé par nos phares.

Prudent, il tempère l'allure de la course. Nous avançons dans un passage étroit, bordé d'épinettes ensevelies sous un amoncellement de neige. Les motoneiges valsent dans des creux avant de remonter les pentes abruptes et d'éclairer de brèves lueurs le faîte des arbres à travers le flou de la neige qui chute toujours.

Je prends la main gauche de Coralie qu'elle serre très fort pour que nos bagues soient réunies. Dans le corridor de la piste, nous poursuivons notre balade sans le vent du lac. À plusieurs reprises, Julien a ralenti, la main levée vers les traces de raquettes, à moitié ensevelies, qui conduisent à un lac. Coralie signale, dans l'éclat des phares, « les étangs de castors », là-bas, les rives d'un ruisseau avec ses rapides où jouent « les loutres ». Plus loin, il s'arrête, se retourne et crie, en désignant une rivière dont la décharge vibre de lueurs mouvantes :

— Des martres, des rats musqués, y en a plein dans ce coin-ci.

Nous poursuivons notre quête, attentifs aux gestes et à la voix de Julien. Il s'arrête de nouveau, dévoile un passage au bout d'une clairière.

— Au printemps, les ours sortent de leur *ouache*. Plusieurs viennent manger ici.

— Et les loups? demande Coralie d'une voix forte.

D'un geste vague, il pointe vers la forêt, dans la nuit.

— Comme les lynx et les coyotes. Pas faciles à trapper, dit-il, avant de s'élancer dans le sentier.

J'observe sa silhouette ramassée sur sa motoneige et je songe à l'ascèse des heures à préparer ses pièges, à épier l'animal sauvage, à sa ruse pour le débusquer.

Le plaisir secret d'affronter son adversaire et de le vaincre, il le paie, pensai-je, par une vie solitaire et rude, soumise à toutes les intempéries et aux incertitudes d'un avenir précaire. Je goûte le poids et la chaleur de Coralie dans notre balade amoureuse et je me dis que les voies du bonheur sont mystérieuses, insondables même.

À certains indices qu'elle déchiffre, le rocher gris, l'arbre bossu, l'énorme branche cassée en son milieu, Coralie m'annonce notre arrivée pour bientôt. De la nuit, surgit le camp en bois rond, notre refuge.

Je tends les mains au-dessus du poêle dont la chaleur me revigore. Julien s'est changé et a revêtu une robe de chambre, cadeau des chasseurs de septembre dernier. Nous entendons le pas de Coralie, là-haut. Elle prépare sans doute nos sacs de linge pour le départ, demain. Elle descend enfin, vêtue d'un pyjama de flanelle aux motifs de fleurs des champs.

— Je me suis offert un p'tit cadeau! lance-t-elle, intimidée par nos regards.

— Ouais, Emmanuel! s'amuse Julien. Ma sœur, c'est tout un mannequin!

— Continuez, pis vous vous passerez du cadeau de Florence! bougonne-t-elle.

Nous nous taisons. Elle ouvre une boîte, la remet à Julien qui en sort une bûche de Noël au glaçage de chocolat clair et de vanille. L'imitation frappe par la vérité des détails : l'écorce, les nœuds et l'un des bouts fendillés.

— Avant ton arrivée, je suis allée chez ton père, vers le milieu de l'après-midi, invitée à souper avec Bernard et Florence. J'ai commencé le gâteau. Tout allait de travers, je ne sais trop pourquoi. Florence s'est approchée : « Ça va pas? » J'ai haussé les épaules, découragée : « Laisse-moi faire. J'ai l'habitude. » Sans regarder la recette, elle a vite terminé. Elle m'a aidée aussi pour le glaçage. J'ai au moins réussi les nœuds! ajoute-t-elle en riant.

Elle tient dans sa main une petite hache de bois qu'elle plante dans la bûche.

— Tu te rappelles, Julien?

— Ouais! murmure-t-il. Je l'avais gossée chez grand-maman pour notre premier Noël chez elle.

— Pendant que l'un de vous coupe de bonnes tranches, moi, je prépare du thé, une tisane de camomille ou du lait?

— Hein! du lait? Donne-m'en un plein verre, dis-je, ravi.

— Moi aussi, continue Julien. Il remplacera le lait Carnation.

Le temps a filé, plein de rires et de souvenirs de notre jeunesse commune, à Julien et moi. Il avait repris sa chaise berceuse, et nous, le sofa.

— Tiens! il neige plus, dit-il en s'approchant de la fenêtre. On va dormir avec les étoiles au-dessus de la tête. Je me tire. Bonne nuit, les amoureux!

— Viens, me demande-t-elle. Demain, nous partons tôt.

Je l'ai suivie dans un sommeil sans rêves. Un matin clair, sans nuages, baigne la chambre.

— Serre-moi un peu, demande sa voix langoureuse.

— T'es réveillée depuis longtemps?

— Depuis que Julien traîne dans la cuisine. Il a préparé le déjeuner.

Il a tenu à nous raccompagner jusqu'au chemin, a embrassé sa sœur et m'a pressé contre lui : « Bon voyage, les amoureux! » « À bientôt, le beau-frère! » ai-je repris. Nous filons sur la neige neuve, parmi des paysages renouvelés, dans l'immense nature de mon pays. Je sens les mains de Coralie m'enserrer la taille, et sa tête, reposer sur mon dos. Coralie, ma fiancée toute neuve.

Épilogue

Je ferme la porte de mon bureau qui donne sur la façade du collège et prends l'escalier, près de la salle François-Brassard. Quelques étudiants discutent à la porte d'une classe. « Bonsoir, Élise », ai-je lancé à une de mes étudiantes qui m'a salué. Les réflecteurs éclairent les bancs de neige. Je lève le col de mon manteau et me hâte vers le stationnement.

Déjà deux semaines d'envolées, pensai-je, pendant que je roule vers la rue Principale. L'adaptation s'est révélée plus facile que prévu. Le pont franchi, j'arrête à l'épicerie : jus d'orange, litres de lait, bœuf en cubes, muffins, indique l'écriture de Coralie sur la feuille de bloc-notes.

Le rideau de notre chambre s'agite à mon arrivée dans l'entrée de garage. Peut-être ses migraines et sa fébrilité des derniers jours ont-elles disparu? Son absence de désir et son insomnie qui l'inquiètent? J'ai à peine fermé la porte d'entrée qu'elle m'étreint. Une bûche se consume dans le foyer. Et la table? Nappe et vaisselle des grands jours, fleurs et bouteille de vin! Elle m'aide à enlever mon manteau et mon foulard, prend ma main et me force à m'asseoir près d'elle.

— Coralie, tu vas me dire...!

— Il est là! murmure-t-elle, la main sur son ventre.

— Quoi? C'est pas vrai! Tu te trompes pas? T'es enceinte?

Elle hoche la tête. « Oui, oui », expriment ses yeux brillants, et la joie rayonne en elle.

— Ça m'inquiétait que mes règles retardent. Les symptômes de la femme enceinte, tu les as subis, mon pauvre chéri. Tu m'as même parlé de mon mauvais caractère!

— Tu étais enceinte sans le savoir, toi l'infirmière?

— Je m'en doutais, sans oser le croire pour éviter de fausses joies. Jusqu'au test positif, cet après-midi.

— Prends un peu de vin avec moi pour célébrer cette fête.

— D'accord, pour t'accompagner cette fois-ci. Mais, c'est pas bon pour le petit!

Je m'amuse de son intransigeance, même si je lui donne ensuite raison. La directrice des soins intensifs lui a accordé congé cette nuit et cherchera à lui obtenir un nouveau poste pour les vingt prochaines semaines.

Elle s'oblige à marcher pour respirer du « bon air ». Je l'accompagne et l'écoute raconter les prochains mois de sa grossesse. De retour, elle s'enferme dans notre chambre afin d'annoncer la bonne nouvelle à grand-papa, à Florence et à Hélène, sa grande amie. Elle écrira bientôt à Julien une lettre que le père Gagnon lui transmettra.

— Emmanuel, murmure-t-elle, je t'ai négligé ces temps-ci.

— Mais non!

— C'est vrai. Pardonne-moi.

— Quoi? Que dis-tu?

— Rien.

J'embrasse son ventre. Nous nous sommes aimés dans une tendresse nouvelle. L'abat-jour jette sa lumière discrète sur la beauté de son corps qui changera bientôt, craint-elle. Je l'assure qu'elle ne sera que plus aimée. Longtemps après, je me suis levé, incapable de dormir.

— Tu dors pas? me demande-t-elle.

— Toi non plus?

— Je suis tellement heureuse! Viens.

Elle reprend sa position habituelle et saisit ma main qu'elle tient sur son ventre. La sienne se détache bientôt, emportée par le sommeil.

***

Je marche d'un pas rapide dans les rues de notre quartier pour me reposer des longues heures penché sur les copies du dernier travail de session. La fin d'année s'étire avec ses cours suivis distraitement, avec la rencontre d'étudiants à sauver d'un échec, si possible. Bientôt, ce sera la remise des notes.

Coralie a obtenu son congé de grossesse de l'hôpital et a déjà commencé la décoration de la chambre du bébé. Julien habite chez nous depuis le début de mai et travaille de longues heures chez des clients qui connaissent son habileté de menuisier. Il souhaite s'attaquer, la semaine prochaine, aux travaux du sous-sol.

Un billet m'attendait sur la table du salon.

J'ai reçu un appel de l'hôpital de Chicoutimi. J'emmène Coralie.
Julien

Je relis une deuxième fois. Je demeure perplexe, anxieux. Bientôt dix-sept heures et pas de nouvelles. Pourquoi un tel retard? J'achève la salade de fruits, quand enfin sonne le téléphone.

— Ne t'inquiète pas, Emmanuel, nous sommes en route. Tout s'est bien passé. Je t'aime.

Elle a fermé son cellulaire avant que je ne lui pose une question. La table mise, je vois apparaître Julien suivi de sa sœur dont la démarche chaloupée ne me fait pas sourire cette fois. Je vais vers elle, pâle, dont les yeux ont pleuré.

— Je me morfonds depuis mon arrivée à la maison!

— Coralie n'a pu te rejoindre à ton bureau.

— Je m'étais absenté pour une réunion du département.

— Maman m'a annoncé une deuxième crise cardiaque de papa, très sévère. Elle m'a demandé de venir. Quant à Coralie, ils comprendront si...!

— Je savais pas comment réagir, continue-t-elle. J'ai appelé grand-papa qui m'a répondu : « Va là où penche ton cœur. Quelle que soit ta décision, faudra pas regretter. » Je suis partie avec Julien. Maman est venue à notre rencontre, vieillie, courbée, heureuse, oui, très heureuse de me revoir. Ça m'a fait tout drôle de retrouver papa dans ce vieillard maigre, ratatiné, aux cheveux blancs, avec un masque à oxygène au visage. Il m'a regardée longuement, a fermé ses yeux qui pleuraient. Sa main toute veinée tremblait sur le drap. Je l'ai prise. Il l'a serrée très fort, a regardé mon ventre. « Une petite fille », ai-je dit. Il a tourné la tête vers la fenêtre avant de me regarder de nouveau. Il savait que c'était pas pour me venger que j'étais venue près de lui, mais pour lui apporter la paix, pour l'aider à vivre.

— Pour l'aider à vivre les jours qui lui restent, ajoute Julien.

— C'est pour ça que je suis venue près de lui.

DISTRIBUTEURS EXCLUSIFS

Distributeur pour le Canada et les États-Unis
LES MESSAGERIES ADP
MONTRÉAL (Canada)
Téléphone : (514) 523-1182 ou 1 800 361-4806
Télécopieur : (514) 521-4434

Distributeur pour le Benelux
S.D.L. CARAVELLE
BRUXELLES (Belgique)
Téléphone : 0032 2 240 93 00
Télécopieur : 0032 2 216 35 98
info@sdlcaravelle.com

Distributeur pour la Suisse
TRANSAT S.A.
GENÈVE
Téléphone : 022/342 77 40
Télécopieur : 022/343 46 46

Distributeur pour la France et autres pays européens
HISTOIRE ET DOCUMENTS
CHENNEVIÈRES-SUR-MARNE (France)
Téléphone : 01 45 76 77 41
Télécopieur : 01 45 93 34 70
www.histoire-et-documents.fr

Dépôts légaux
2ᵉ trimestre 2004
Bibliothèque nationale du Canada
Bibliothèque nationale du Québec

MEMBRE DE SCABRINI MEDIA

Québec, Canada
2004